파르마콘, 몸의 소설

이 청

파르마콘, 몸의 소설

초판 1쇄 인쇄 · 2018년 10월 28일
초판 1쇄 발행 · 2018년 10월 31일

지은이 · 이   청
펴낸이 · 한봉숙
펴낸곳 · 푸른사상사

편집 · 지순이 | 교정 · 김수란
등록 · 1999년 7월 8일 제2-2876호
주소 · 경기도 파주시 회동길 337-16 푸른사상사
대표전화 · 031) 955-9111(2) | 팩시밀리 · 031) 955-9114
이메일 · prun21c@hanmail.net / prunsasang@naver.com
홈페이지 · http://www.prun21c.com

ISBN 979-11-308-1379-0   93800
값 23,000원

이 도서의 국립중앙도서관 출판예정도서목록(CIP)은 서지정보유통지원시스템 홈페
이지(http://seoji.nl.go.kr)와 국가자료공동목록시스템(http://www.nl.go.kr/kolisnet)에
서 이용하실 수 있습니다.(CIP제어번호 : CIP2018034307)

현대문학
연구총서

52

파르마콘,
몸의 소설

이 청

푸른사상
PRUNSASANG

　이 책은 우리 현대소설 속에서 몸이 어떻게 나타나는지를 알아본 연구 작업이며 그중에서도 특히 신체가 어떤 상징성을 지니는지에 대해 다룬 것이다. 우선 인간의 신체가 소설 속에서 특정한 상징 작용을 할 것이라고 가정했다. 1930년대 이상의 각혈하는 몸은 그저 병든 청년의 몸이 아닌 현실 탈주 욕망을 파행적 글쓰기로 표출한 '창백한 낭만'이라는 이미지를 덧쓴다. 이와 마찬가지로 시기를 예민하게 받아들인 작가들이 다룬 신체와 사회의 코드(code)가 만나는 지점을 드러내보려 하였다. 소설을 공부하면서 왜 하필 신체를 중요히 다루어야 한다고 판단했는지 확실히 답하기 어렵다. 다만 그것이 내게는 소설을 보는 안목의 중심 즉 코어(core)와 같은 것이었다. 몸의 중심 근육이 강화되어야 균형이 무너지지 않고 다른 근육을 단련할 수 있다는 코어 운동의 논리처럼 신체라는 매개체를 통해 접근할 때 안정감을 가지고 소설을 볼 수 있었다.

　그런데 따지고 보면 신체는 언제나 소설의 중심이었다. 신체는 존재를 증명할 유일무이한 증거이자 가장 강력한 존재의 근거이기 때문이다. 만약 신체와 관련 없는 이야기만 해야 한다고 생각해보라. 그 이야기는 굉장히 막연하고 어려워질 것이다. 소설은 인간을 다루고 인간은 신체 없이 존재할 수 없다. 그러니 신체를 어떻게 받아들이는가에 따라 인간을 그리고 소설을 어떻게 이해하는지가 달라진다. 다행히 신체의 상징들이 잡히면 소설을 읽는 즐거움이 배가되었기 때문에 신체표징들에 집착했고 그 결과 나름대로 소설 속에 신체표징이 갖는 질서와 의미를 정리해내게 됐다. 이 책은 박사학위 논문으로 작성했던 글에 이어 신체표징과 연관 지어 다른 세 편의 논문을 모은 것으로 더딘 공부의 소박한 결과물이다. 여전히 고민은 끝나지 않았지만 어설프고 엉성하게라도 중간 정산을 한 번 하는 것이 다음 길을 예비하는 데 도움이 될 것이라 생각해 그동안의 글을 책으로 묶어 내기로 했다.

책의 구성은 크게 1부와 2부로 나뉜다. 다른 분류 기준을 적용하면 여섯 개의 작가론과 하나의 주제론으로도 나눌 수 있다. 처음 이 주제로 논문을 기획했을 때는 통시적인 맥락을 잘 짚어내는 것에 주안점을 두려 했다. 그래서 시대를 대표할 작가들을 탐색하는 데 공을 들였고 각각의 시대와 사회가 한 작가의 소설 속에 담긴 신체와 어떻게 조응하는지를 밝히고자 애를 썼다. 그러나 어느 순간 처음 기획과 달리 좌절을 하게 되었다. 전쟁과 관련된 작품을 다루던 때였다. 전쟁과 신체는 떼려야 뗄 수 없는 관계를 맺고 있었고 그 때문에 통시적인 맥락을 짚는 것보다 공시적인 특히 1950년대를 관통하는 상징들을 강조하는 것이 신체라는 메타포를 더욱 강렬히 잘 전달할 수 있겠다고 생각이 바뀐 것이다. 끊임없이 전쟁과 관련된 신체의 상징들을 고민했다. 그러나 전쟁 및 전후의 시기를 완벽히 정리해내리라는 다짐이 무색하게 네 편의 논문으로 큰 포부는 일단 정지 상태로 접어들게 됐다.

이런 사정으로 이 책의 1부는 초기의 통시적 맥락을 짚으려는 시도의 일환 즉 대표성을 갖는 작가 이상, 오정희, 조세희 소설에 대한 분석이, 2부는 전쟁의 여파 아래 남은 공시적 속성을 공유하고 있는 손창섭, 장용학, 하근찬의 소설 분석과 전쟁 소설과 혼혈의 문제를 다룬 주제론이 채우게 되었다. 먼저 1부의 첫 자리는 작가 이상의 소설 분석이다. 우리가 익히 알고 있는 이상의 소설들은 이미 엄청나게 많은 연구자의 환심을 산 텍스트다. 그런 이상의 소설을 신체표징이라는 분석틀 안에 넣자 비껴보는 시선에 잡히는 것이 있었다. 두 번째는 오정희 소설 분석이다. 오정희 소설에서는 메마른 여성성, 생산 거부로써의 불임 등 저항의 기호들이 채집되었다. 세 번째는 조세희의 소설 분석으로 산업화와 난장이라는 불구의 표징이 불가분의 관계에 놓여 있음을 역설한 논의다. 2부는 손창섭의 소설 분석으로 시작하며 바로 뒤에 장용학 소설 분석이 이어진다. 전후 신세대 문학의 양대 기수로 알려진 두 작가의 분석 키워드는 공포를 대하는 허무와 도착이다. 시기의 차이는 있지만 같은 주제 아래 하근찬 소설을 놓았다. 마지막으로 전쟁과 혼혈의 문제를 다룬 논문을 배치했다. 전쟁과 관련된 신체표징을 살피면서 혼혈이라는 존재가 자주 그리고 느닷없이 튀어나와 관심을 가지고 다루게 되었다.

이 책이 나오기까지 어떤 일들이 있었던가, 곰곰 시간을 되짚어보니 즐거운 고통의 감각으로 아득하다. 그런 와중에도 내내 소설을 공부할 수 있도록 이끌어주신 서종택 선생님께 감사하다. 이 책에 담긴 글을 읽고 힘을 내라고 응원해주신 한용환 선생님과 황현산 선생님이 그 사이 고인이 되셨다. 내게 용기를 북돋아주셨던 눈빛, 목소리를 잊지 않고 기억하며 정진하겠다. 무엇이 될지 모르는 확신 없는 글을 탓하지 않고 성실하고 진중하게 읽고 도움을 준 선후배 동학들에게도 고마움을 전한다. 그리고 세상을 대하는 어수룩한 나의 영혼을 담금질하는 현실적인 남편의 도움 또한 잘 새겨두겠다. 마지막으로 너그러이 출판을 허락해주신 푸른사상사의 한봉숙 사장님과 정성으로 교정과 편집을 해주신 편집부 여러분께도 감사드린다.

2018년 10월

이 청

차례

제2부

공포 · 허무 · 도착의 온상, 전쟁 트라우마

결론

신체표징, 부정의 현실을 경계하는 환상적 역설

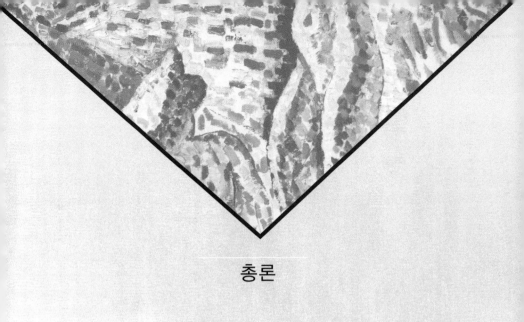

총론

신체표징과
파르마콘의 역설

한국 소설과 신체표징

이 책은 한국 현대소설에 나타난 신체표징(標徵)을 검토하여 한국 현대소설이 사회와 관계 맺고 있는 양상과 그 의미를 살펴보는 데 목적을 두고 있다. 신체는 사회성을 체현하고 함축하는 담론 생성의 장(場)이다. 개인의 신체는 사회와의 깊은 관련 속에서 끊임없이 생성되고 또 변화한다. 신체와 사회는 각각 별개로 존재하는 것이 아니라 서로 영향을 주고받는 것이다. 소설 속에 나타나는 신체표징은 그 소설이 창작되던 시기와 불가분의 관계를 맺기 마련이다. 그러므로 신체표징 분석을 통해 소설이 어떻게 사회를 표현하고 또 그것이 어떤 의미를 갖는지를 해명할 수 있다.

신체와 관련되는 상징은 그 사회와의 관계 양상에 따라 다양한 방식으로 결정된다. 신체는 그 사회의 질서에 따라 규정되는데 예를 들면, 불교나 유교와 같은 가치관이 사회를 지배하던 과거 사회에서 신체는 마땅히 그러한 가치 체계가 요구하는 방향으로 길들여져야 했다. 그리고 그 사회에 속한 사람들은 그러한 사회구조에 따라 신체가 길들여지는 것을 억압이라고 느끼지 못했다. 전통 사회에서 신체는 사회구조의 변화에 영향을 받았으면서도 구속으로 작용하지 않았다. 그러나 근대 사회가 도래하면서 신체는 이전의 질서가 아닌 새로운 질서를 따르게 된다.

근대 이전에 인간의 신체는 상징적 사회성을 갖지 못했다. 그때에 신체에 가해진 문제는 개인의 불구나 기형과 같은 결손은 물론이고, 전염병처럼 집단 전체의 운명이 걸려 있는 문제일지라도 '하늘의 뜻'과 같은 막연한 의미로만 파악되었을 뿐이다. 그러나 근대 이후 사회 내에서 인간의 신체가 자리매김 되는 방식은 크게 변화한다. 근대는 그 어떤 사회 변동보다도 빠르고 폭넓게 사회 전반에 영향을 미쳤다. 질병이나 불구와 같이 신체에 가해진 문제들은 근대 이후에야 비로소 사회적인 맥락으로 해석되기 시작한다.

한국 사회 또한 근대 이후 식민지 상황 그리고 전쟁과 산업화 등 큰 사회적 변동을 경험했으며, 이러한 사회 변화는 상징적인 형태를 띠고 소설 속에 출현한다. 신체표징은 그러한 사회 변화를 나타내는 하나의 명징한 방법이다. 즉, 현대소설에 등장하는 인물의 신체는 분화되고 불안정한 현대 사회에 대한 일종의 비유이자 개념화된 신체로 규정될 수 있다. 따라서 현대소설에 나타나는 신체표징을 검토하는 작업은 이상적 사회와 현실 사회 사이의 모순을 감지하고 그것을 적실하게 드러내는 것과 관련이 있다.

소설과 신체표징 사이에는 사회라는 매개항이 설정되어 있다. 표징을 통해 드러나는 신체는 개인의 특수성만을 나타내는 것이 아니라 사회적인 비유로 작용함으로써 고유한 의미를 지닌다. 현대소설에 나타나는 신체표징은 지금까지의 문학이 보여주었던 그 어떤 기법이나 장치보다 더 사회를 잘 드러낸다. 그것은 사회에 대한 직접적인 발언은 아니다. 그러나 간접적이고 우회적인 상징이 때로는 직접적인 발언보다 더 실효성을 갖기도 한다. 소설에 나타난 사회적 메타포로서의 신체표징은 은유적인 방식으로 문제를 제기함으로써 독자에게 해결의 실마리를 고민하게 하는 기능을 한다.

한편 현대소설에서는 이전의 집단적 사고와 구분되는 개인의 이야기가 보다 중요해진다. 이러한 사사로운 사건들의 부상(浮上)은 자아와 세계와의 대립에서 자아 쪽으로 그리고 추상적 세계로부터 구체적인 세계로 무게 중심이 옮겨 왔음을 입증한다. 이렇게 볼 때, 개인주의는 현대소설에서 신체가 글쓰기의 영역에 본격적으로 진입하게 만든 계기라고 할 수 있다. 이제 보통 사람들의 일상생활 즉 사적(私的) 영역이 현대 서사의 주요 주제가 되었고 이와 함께 신체에 대한 개념이나 관습 또한 새로운 관심 사항으로 등장하게 된다.

그러나 소설은 단순히 개인의 이야기를 다루는 데서 그치지 않는다. 소설 창작은 그 자체가 이미 사회적 활동이며 사회적 관점에서 이해되어야 할 예술이다. 소설은 작중 인물을 통해 사회를 압축적으로 제시하는 문학으로서 다른 어떤 문학 장르보다 현실에 대해 많은 관심을 보이는 장르인 것이다. 그렇기 때문에 소설 속의 작중 인물은 어떤 방식으로든 사회 현실을 반영하게 마련이고, 사회적 인물로 그려지는 그 인물들은 자연스럽게 상징성을 갖는다.

소설 속에 나타나는 인물의 신체는 작가의 의식을 가장 핍진하게 드러내는 하나의 장치이다. 그래서 신체표징이 두드러진 작품들은 간혹 작가의 전기적 사실과 혼란스럽게 뒤엉켜 있다는 인상을 주기도 한다. 그러나 작가와 인물이 아무리 밀접한 관련을 지닐지라도, 그 둘을 동일한 존재로 간주할 수는 없다. 소설 속의 인물은 개연성을 부여받고 허구적 세계를 표현하는 대상일 뿐 현실의 인물과 동일한 것은 아니기 때문이다. 소설 속의 인물은 현실의 존재에게 영향을 미침으로써 사회적인 역할을 수행할 뿐이다.

그러므로 소설에서 신체에 대한 문제를 다루는 경우, 해당 작가의 개인적인 환경이나 조건보다는 사회적 조건에 더욱 중요한 방점이 찍힌다. 신체는 개인의 소유이지만 그것을 감각적으로 파악하고 표현하는 작가의 행위는 사회적인 맥락으로 파악해야 한다. 소설은 늘 "문제적 개인이 자신을 찾아가는 여행"[1]이며 이때 '문제적 개인'인 작가는 상상을 통해 사회 집단의 의식을 창조하는 사람이다. 따라서 이 책은 작가의 전기적 사실을 밝히는 작업은 가능하면 생략하고, 소설 속에 표현된 신체표징과 작가가 활동하던 시기와의 관계를 중점적으로 다룰 것이다.

구체적으로 신체에 관한 문제는 어떤 방법으로 논의가 가능한가. 이 문제는 의학을 비롯해 철학과 사회학, 정신분석에 이르기까지 거의 전 분야의 학문에서 관심을 두고 있는 사항이라고 할 수 있다. 모든 학문

---

1   게오르그 루카치, 『루카치 소설의 이론』, 반성완 역, 심설당, 1998, 86쪽.

에서 신체에 대한 내용을 다루더라도 그것을 해석하는 사람의 가치관이나 관점에 따라 그 결과는 다양하게 나타날 수 있다. 그러나 그러한 다양성에도 불구하고 신체에 대한 문제와 관심은 크게 내부적인 것과 외부적인 것으로 나누어 볼 수 있다.

내부적인 것으로는 우선 건강과 질병에 관한 문제, 또 노화로 인해 신체의 기능이 저하되어 원기 회복에 관심을 갖는 것 등이 해당된다. 외부적인 것으로는 미적 차원의 문제, 즉 타인의 시선을 의식하여 자신의 아름다운 얼굴이나 몸매를 가꾸거나 유지하려는 욕망의 문제들을 지적할 수 있다. 분명한 것은 내부적인 것과 외부적인 것의 어느 한 편만이 아닌 모든 부분이 신체 연구의 대상이라는 점이다.

현대 사회에서 신체의 입지나 위상은 과거와는 확연히 달라졌다. 과거에는 정신적인 가치를 위해 신체는 희생될 수 있다고 생각하는 것이 보통이었지만 현대는 그와 반대로 신체를 위해 다른 것들을 포기할 수 있다고 생각하는 시대이다. 이러한 경향이 다시 전도되지 않는다는 보장은 없지만 적어도 현대 사회의 가치관이 신체에 무게를 두고 있는 만큼 신체에 대한 문제를 고려해보는 것은 의미 있는 일이다. 문학작품에 나타나는 주제 역시 반드시 정신적인 어떤 부분을 고양해야만 하는 것은 아니며, 소설 속에서 신체가 다양한 형태로 형상화되고 있다면 그것 또한 충분히 고찰 대상이 될 수 있다.

중요한 것은 신체 그 자체를 다룬다는 것이 아니라 신체와 글쓰기 또는 소설 사이에 어떤 관계가 있으며 그것이 무슨 의미를 지니는가 하는 점이다. 일반적으로 기호는 소통의 매개이거나 소통을 전제로 하는 표지이다. 문학에서 신체는 이러한 기호의 영역에 속한다. 문학의 기호는 일종의 상징이고 상징을 해석한다는 것은 어떤 기표가 가지고 있는 표면적인 의미 너머의 숨은 의미를 찾아내는 작업이다. 현대소설에 나타나는 신체는 인물을 분석하는 유의미한 하나의 기호이며, 우리는 이러한 신체 기호 분석을 통해서 인물의 특징 및 문학작품의 의미를 보다 면밀히 파악할 수 있게 된다.

피터 브룩스는 신체에 대한 개념을 "생물학적 개체, 정신적 · 성적 구성물, 문화적 산물 등 여러 의미를 포함"하는 것으로 규정하면서, 신체는 "본질적으로 기호학적 대상으로서의 육체, 즉 언어의 영역에 포함된, 다시 말하면 기호 체계 속에서 의미 있는(또한 의미를 표현하는) 대상"[2]이라고 설명한다. 그에 따르면 인간의 신체는 서사적 글쓰기의 대상 및 동기이다. 브룩스에게 '육체에 기호를 새기는' 작업은 "육체가 문학 서사물의 한 주제"가 됨으로써 "육체가 글쓰기의 한 부분이 된다"[3]는 것을 뜻한다. 즉, 신체의 재현을 통해 이야기가 만들어진다는 것은 곧 신체가 글쓰기의 한 부분이 됨을 의미한다.

이렇듯 신체는 언제나 소설의 대상이 된다. 신체는 인간의 주된 관심사 중 하나이기 때문이다. 소설은 인간의 신체를 재현하고 그로부터 의미를 이끌어내는 작업이라고 할 수 있다. 그러므로 소설은 신체를 기호화하는 것, 바꿔 말하면 '이야기의 육체화'라고 설명할 수 있다. 신

---

2 피터 브룩스, 『육체와 예술』, 이봉지 · 한애경 역, 문학과지성사, 2003, 10~14쪽.
3 위의 책, 24~25쪽.

체는 정신적인 활동들이 새겨져 나타나는 장소로서 상징의 원천이다. 신체는 의미를 만들어내는 매개물이기 때문에 이야기는 그러한 신체의 의미를 통해 만들어지며, 이로써 신체는 상징적인 이야기가 펼쳐질 수 있는 근원이 된다. 따라서 소설 속에 나타나는 신체의 의미를 파악한다는 것은 곧 그 이야기의 중심적인 부분을 살피는 작업을 수행하는 것과 같다.

그런데 궁극적으로 근대정신의 산물인 소설은 근대의 정신을 공고히 하기보다는 그것에 저항하고 결국에는 그것의 해체를 지향한다. 따라서 그것은 아이러니와 패러독스에 가까우며, 신체적 자질들을 강하게 드러내는 소설 속의 인물은 프라이가 제시한 "아이러니 양식"[4]의 주인공이기가 쉽다. 아이러니 양식의 주인공은 정상적인 인간성의 한계 너머로 우연의 희생물이 되는 인물이라고 할 수 있는데, 그는 사회로부터 소외되고 추방당하는 인물이며, 자기 자신을 비하시키는 인물이기도 하다. 아이러니 양식에서 주인공의 신체는 훼손되거나 결손을 보이는 이상(異常) 신체로서, 뒤틀리고 왜곡된 인상의 그로테스크 미학으로 그려진다. 그러한 소설에서 비정상적 신체는 사회의 고통이나 위기를 비유하기 위해 동원된다.

신체와 사회와의 관계를 살펴볼 때, 아이러니 양식에서 나타나는 신체의 변형, 예를 들면 불구나 기형과 같은 형상적 상징뿐 아니라, 질병을 앓는 신체의 경우 또한 초점을 맞추어 분석을 가해야 할 대상이다.

---

4 노스럽 프라이, 『비평의 해부』, 임철규 역, 한길사, 2000, 110~111쪽.

신체적 질병의 양상이 나타나는 방식을 살펴봄으로써 신체가 사회에 대해 어떠한 메타포로 기능하는지를 드러낼 수 있기 때문이다. 소설 속에 나타나는 질병은 사회적 환경을 하나의 인체처럼 다루면서 그것의 부정적인 면을 표현하는 역할을 한다는 것과 한편으로는 병든 사회의 치료 가능성에 대해서도 생각하게 한다는 점에서 의미를 갖는다.

앞서 보았듯 근·현대 서사 영역이 주목하는 신체는 대부분 건강한 신체가 아니다. 전통 서사에서는 거인이라든가 영웅 그리고 미인 등 주로 평균 이상의 인물을 주인공으로 다루었지만 현대소설에서 그러한 인물들은 사라진다. 현대소설은 오히려 건강한 신체와 상반되는 불구와 기형 그리고 병자들을 다양한 방식으로 형상화한다. 신체는 쇠약해졌을 때 또는 이상 징후가 발견될 때야 비로소 뚜렷하게 감지된다. 신체를 가장 확실히 각인시키는 것은 건강으로부터의 일탈인 것이다. 따라서 현대 사회의 이상 징후를 망라하는 현대소설 안에서 비정상적인 인물의 신체표징은 주목할 만한 가치가 있다.

특히 문학작품에서 질병에 걸린 신체나 불구적·기형적 표징은 사회적 메타포로 쓰이는 경우가 많다. 일례로 수잔 손택은 질병을 "사회가 타락했다거나 부당하다는 사실을 생생하게 고발해 주는 은유"[5]로 파악했다. 그에 따르면, 근대 초기의 병자들은 폐병으로 대표되는 그들의 병을 일종의 낭만으로 승화시켰다. 또 작가들은 질병에 "종교적 도덕적 의미를 부여"하여 그것을 "사회가 부패하고 부정을 자행하고 있다

---

5 수잔 손택, 『은유로서의 질병』, 이재원 역, 이후, 2002, 106쪽.

는 사실을 폭로하고 고백하는 은유로 활용"[6]하기도 했다. 이러한 주장을 따른다면, 질병은 사회적으로 만들어지는 의미 체계에 속하는 것이라고 할 수 있으며 따라서 사회적인 해석의 대상이 된다.

신체의 문제에 있어 빠뜨려서는 안 될 또 하나의 중요한 문제는 '성(性) 담론'에 관한 것이다. 여기서 성은 인간의 생식 능력을 뜻하는 것이 아닌, 성적 존재로서의 자아 개념을 뜻하는 보다 넓은 개념이다. 또한 단순히 신체만의 문제가 아닌 "인간의 정체성을 결정하는 데 큰 역할을 하는 환상과 상징의 복합물"인 동시에 "생식적 유용성으로부터의 일탈 현상"[7]을 뜻하기도 한다. 즉, 이때의 성은 인간의 존재와 깊은 관련을 맺으며 일상에 침투해 있는 것으로서 상징적 기능을 하는 한편, 사회적인 질서를 거부하는 작용을 한다. 인간의 성(性) 또한 사회적인 담론으로 사용되기 때문에 성 담론 역시 신체 담론의 주된 문제로 다루어질 수 있다.

신체의 상징성은 넓게 보면 인물을 다루는 모든 소설에 나타난다. 그러나 모든 경우에 그것이 동일한 기능이나 역할을 한다고는 볼 수 없다. 이 연구는 다른 시대, 다른 작가들에 의해 표현되었지만 신체가 표징(標徵)하는 바에 있어서 유사한 기능과 작용을 하는 텍스트 분석들을 포함한다. 그러한 작업을 통해 여러 종류의 현대소설 텍스트들이 어떻게 신체라는 같은 테마(thema) 밑으로 모이게 되는지 그리고 그것들이

---

6 황상익 편저, 『문명과 질병으로 보는 인간의 역사』, 한울림, 1998, 142쪽.
7 피터 브룩스, 앞의 책, 15쪽.

어떠한 의미를 지니는지를 살펴볼 수 있다.

또 이 책에서는 신체를 다루는 작가나 작품의 개별적인 특성을 중시하기보다는 신체가 상징하는 바가 의미하는 것을 주로 추론하였다. 물론 각 시대와 작가의 특징도 중요하지만, 여기서는 신체라는 테마가 한국 현대소설에서 보편적으로 어떠한 의미를 갖는지를 살피는 것이 더 중요한 관건이다. 이때 비교 대상은 각 작가들이 아니다. 그보다는 각 작가들의 소설에 나타난 신체적 특징이 비교의 대상이다. 그렇기 때문에 각 작가의 작품에서 신체표징의 양상이 어떻게 드러나는지를 중점적으로 살폈다. 그러나 그 각각의 양상을 통해 신체표징이 기능하는 바는 보다 뚜렷하게 드러났으며, 그로써 한국 현대소설에 나타나는 신체의 상징적 기능 또한 부각되었다.

이제껏 근대적 신체에 대한 개념과 의의 그리고 그것이 서사문학과 어떻게 관련을 맺는지에 대해 살펴보았다. 이 책은 이를 바탕으로 한국 현대소설에 나타난 신체 담론이 당시 사회와 관련을 맺는 양상을 다루었다. 분석의 방식은 소설에 나타난 불구나 기형의 표징, 질병의 표징, 성적 표징들을 살펴보는 것으로 이루어진다. 이를 통해 소설 속의 신체표징이 사회체제의 불건강하고 비정상적인 타락상의 은유로 기능하고 있음을 밝히려 한다.

이 책의 연구의 범위는 식민지 사회로부터 산업화 사회에 이르기까지를 아우른다. 연구 범위를 이렇게 넓게 상정한 것은 신체의 표징이 어느 한 시기에 국한해서 나타난 것이 아니라 각 시기에 따라 변화하면서 꾸준히 나타났기 때문이다. 특히 사회 변화에 있어 큰 결절을 보이는 시기에 신체표징은 더욱 뚜렷하게 제시된다. 사회가 큰 혼란을 겪게 되면 그에 상응하는 어떤 변화가 촉구되기 마련이고 신체표징은 그러한 변화 요구를 가시적으로 보여주는 역할을 하기 때문이다. 즉, 어떤 사건으로 인하여 사회가 혼돈 상태에 빠졌을 때 그 사회는 곧 인체에 비유되며, 그러한 인체는 정상적인 모습이 아닌 비틀리고 모자란 모습 또는 병들어 있는 모습으로 나타나게 된다.

먼저 1부에서는 이상, 오정희, 조세희의 소설을 다룬다. 첫 번째로 이상의 소설에서 식민지 시대의 폐쇄된 사회와 신체와의 관계를 다룬 예를 고찰하였다. 식민지 시대는 우리 사회가 근대로 접근해 가던 시기인 동시에, 외세의 영향으로 한민족으로서의 자유를 박탈당해야만 했던 시기이기도 하다. 식민 통치를 벗어나 자유를 되찾기 위해서는 적극적이건 소극적이건 간에 현실에 대한 비판의 담론이 발동할 수밖에 없었다. 특히 이상(李箱)은 식민지 사회의 특이한 개인으로서 여러 가지 비정상적인 신체의 특질을 보여준 작가이다. 작가 그 자신이 결핵을 앓았고 그로 인해 죽음을 맞았는데 그러한 정황은 그의 작품 속에도 뚜렷이 새겨져 있다. 그러므로 이상(李箱)의 작품을 토대로 식민주의와 근대로의 이행이라는 상황이 근대 주체에게 어떤 영향을 미쳤는지를 인물의 신체표징을 통해 알아보았다.

두 번째로 오정희 소설에서 여성의 신체적인 표징을 통해 존재에 대한 문제를 천착한 경우를 다루었다. 1970년대는 산업자본주의의 문제가 제기된 시기일 뿐 아니라 기존의 남성 위주 질서에 대한 여성들의 거부의 목소리가 등장한 시기이기도 하다. 사회적인 존재로 살기보다는 가정적인 존재로 살던 여성들이 이 시기에 속속 사회로 진출한다. 그리고 그들은 더 이상 과거처럼 남성의 그늘에 머물려 하지 않고 자아를 찾으려는 움직임을 보인다. 그에 따라 여성의 관점에서 새롭게 사회를 바라보려는 입장 또한 늘어나게 되었으며, 그를 통해 억압당하던 여성의 권리를 되찾으려는 시도가 나타난다. 여기서 오정희의 소설은 신체적 전략을 이용해 여성의 시각으로 사회를 새롭게 해석하는 한편 부당한 현실에 대한 비판을 도모하는 예로 다루어질 것이다.

세 번째로 조세희 소설에서 자본주의의 부작용이 노출되면서 여러 가지 문제를 드러낸 시기를 다룬 소설을 분석한다. 조세희의 소설은 1970년대 노동자의 삶을 통해 신체가 기계화, 자본화되는 과정을 담고 있다. 1970년대는 한국의 산업화가 시작되고 근대의 부정적 속성들이 여기저기서 출몰하였으며 그러한 부정적 현실을 비판하거나 또는 반성하자는 목소리가 불거진 시기이다. 조세희는 난장이라는 기형적 존재를 내세운 연작을 통해 현실의 잘못된 상태를 고도의 상징적인 기법을 이용해 제시하였다. 조세희 소설의 경우 기존의 체제에 대한 비판과 전복을 꾀하는 지점이 들뢰즈와 가타리가 주장한 기계 개념과 유사하다고 판단해 들뢰즈·가타리의 개념과 관련해 분석을 시도하였다.

다음으로 2부에서는 전쟁과 전후의 시기가 담긴 소설들을 분석하였다. 6·25전쟁이라는 역사적 사건은 한국인에게 쉽게 치유되지 않을 상처를 남겼다. 또한, 전쟁 상황은 사실상 현재에도 종식되지 않고 미해결의 상태로 남아 있다고 할 수 있다. 전쟁 당시에는 전쟁 상황을 핍진하게 그려내는 작업이 주로 이루어져, 전쟁 참여의 경험이 주로 다루어졌다. 반면 전쟁이 끝난 후 조금이나마 거리를 두고 현실을 바라보게 된 작가들의 경우에는 그것이 얼마나 사실적이고 진정성을 담고 있는가 하는 것보다는 속수무책의 상황에 대한 체험과 충격을 비판적으로 나타내는 데 주력하게 된다. 따라서 신체표징의 명백한 한 양상으로 전후(戰後) 폐허의 상황에서 실존적인 존재로서의 인간을 신체적 표징을 통해 나타낸 경우를 살폈다. 이를 통해 전쟁으로 인한 무질서와 혼란의 사회상이 개인의 삶 속에 어떻게 작용하고 있는지를 파악할 수 있다.

2부의 첫 번째는 손창섭 소설에서 확인할 수 있는 신체표징의 양태로 시작된다. 손창섭 소설에서 가장 중요하게 지적된 것은 불구적 신체를 그로테스크하게 표현한다는 점이었다. 이런 서술 전략은 독자들의 시선을 끌어 이야기를 계속 따라가게 만드는 힘으로 작용한다. 닫힌 외부 환경과 사회적 혼란으로 인한 비정상적 사고를 할 수밖에 없었던 손창섭 소설의 인물은 도착적 증후를 나타냈다. 누구라도 나타나 무너진 질서를 바로잡아 주기를 모두가 바랐지만 소설의 몫은 그러한 세계를 제시하는 것에서 그칠 뿐이었다. 해결을 모색하는 단계로는 나가지 못했던 것이다. 전쟁 후의 이러한 전망 부재 상황은 병자들을 속출케 하고 더불어 그들을 한없이 깊은 허무주의에 빠뜨렸다. 그리고 전쟁의 상처는 찢기고 절단된 신체와 더불어 정신적 외상으로도 이어졌다. 신체 내외부에 각인처럼 새겨진 상처의 회복은 그 당시에는 요원한 일이었다. 손창섭 소설은 그러한 한계를 뚜렷이 노정했다는 데 의의가 있다.

두 번째는 병적 양상을 과감히 다룬 장용학의 소설 분석이다. 장용학의 소설은 초기부터 비정상적인 신체 메타포를 동원해 인간을 부정하고 인간의 문명을 비판하는 데 초점이 맞춰졌다. 그는 인간이 신체에 갇힌 존재임을 강조하고 적극적으로 신체를 부정했다. 장용학은 특히 전쟁 상황에 놓인 인간의 신체를 부각시킴으로써 보다 명확히 인간 비판의 근거를 마련했는데 그로써 전쟁이라는 특수한 상황이 인간의 윤리적 도덕적 판단을 불구화시킨다는 것을 알 수 있었다. 장용학의 소설에서 근본적인 터부마저 깬 인간들이 갈 수 있는 곳은 오직 하나이며, 그곳은 문명 이전의 원시 회귀로 설정되어 있다. 결국 장용학 소설은 역설적 전략을 이용해 인간을 부정하고 비판하지만 그 이후의 지향점은 극히 비관적으로 제시한다. 그런 점은 이전 장에서 다루는 손창섭 소설의 한계와 유사한 맥락 위에 놓인다.

세 번째는 하근찬 소설의 신체표징을 논구한 것이다. 여기서는 하근찬 소설 창작 시기를 초기·중기·후기로 나누고 각각을 전쟁과 불구, 훈육과 노동, 예술과 죽음 항목으로 고찰했다. 전쟁과 불구에서는 전쟁으로 훼손된 신체가 전통 사회로의 회귀 열망으로 표상되었다. 그리고 훈육과 노동에서는 일제 때 학교의 노동 및 군사 훈련 등이 결백이나 애국심을 드러내는 표상으로 사용되고 있음을 밝혔다. 마지막으로 예술과 죽음에서는 예술 행위 및 예술가의 경우 옛것에 대한 그리움이나 전통을 지키고자 하는 의지의 표상으로 나타났고 죽음을 다루는 경우 그에 저항하고자 하는 거부감이 역으로 더욱 죽음에 관심을 갖도록 만들고 있었다. 여기에 배설의 모티프를 덧붙여 논하였는데 이 또한 죽음의 경우와 같이 금기하는 것에 대한 저항의 표상으로 사용되고 있는 것으로 분석되었다.

네 번째는 특정 작가를 다룬 것이 아니라 전쟁 관련 소설에 나타나는 혼혈 표상을 중점적으로 살핀 논의다. 여러 작가들의 소설 속에 등장하는 혼혈의 상징들을 모아 전쟁과 관련한 혼혈 의식을 고찰했다. 혼혈 인식이 부정적으로 자리 잡게 된 데는 한민족의 순혈과 단일 의식에 대한 분열을 조장할 것이라는 두려움이 크게 작용했다. 대부분의 이방인은 인간심리의 심연에 존재하는 균열의 증거들이고 그들은 우리가 의식과 무의식, 친숙한 것과 낯선 것, 같은 것과 다른 것 사이에서 어떻게 분열되는지 말해주기 때문이다. 우리는 낯선 것에 대해 이해하고 적응하든가 배제하고 거부하든가 두 가지 선택지를 쥐고 있었고 그 중 대체로는 후자를 택해왔다. 그러나 앞으로 국가나 인종의 경계가 더 공고해질 가능성은 적다. 그러하기에 혼혈 인식을 재고하고 거리를 두고 있던 실천 담론의 개선까지도 고려하고자 혼혈을 바라보는 시선들을 면밀히 따져보았다.

이상과 같이 한국 소설에 나타난 몸의 상징을 통시적으로 개괄했을 때 특히나 부각된 것은 전쟁 및 전후를 다룬 시기였다. 식민지 시기 및 1970년대 여성의 신체와 노동자의 신체는 대표성을 갖는 이상, 오정희, 조세희가 선택되었으나 50년대와 전후 관련한 경우 더 넓은 스펙

트럼으로 조명하게 됐다. 전쟁과 전후를 다룬 주된 대상 작가로는 손창섭, 장용학, 하근찬을 선택하였고 여기에 더해 전후 소설과 혼혈의 문제를 다룬 주제론을 말미에 하나 더 붙였다. 어찌 보면 균형이 어그러진 셈이다. 포섭 가능한 작가와 작품을 모두 호명하지 못한 아쉬움이 남지만 일단은 여기서 우선적인 작업을 매조지하기로 하였다.

신체표징의 사적 탐색

신체나 육체, 육신, 몸 등은 크게 구별되지 않고 쓰이는 용어들이다. 지금까지 신체를 연구했거나 하고 있는 여러 학자들이 각기 다른 용어를 쓰고 있기 때문에 아직도 학계에서 인간의 몸을 나타내는 용어는 통일되지 않고 있는 상태이다. 이 책에서는 그중에서 '신체'[1]라는 용어를 선택하기로 한다. 신체의 개념은 동양과 서양의 가치관에 따라 다양하게 인식되어왔다.

---

1 유초하, 「동서의 철학적 전통에서 본 육체」, 『문화과학』 4, 1993, 114쪽; 이숙인, 「유가의 몸 담론과 여성」, 『여성의 몸에 관한 철학적 성찰』, 철학과현실사, 1987, 121쪽; 노영범, 『한방의 몸, 양방의 육체』, 전통과 현대, 1999, 18~21쪽 참조. 유초하에 의하면, '육체'와 '육신', '몸'의 차이점은 그 대립쌍이 되는 단어로부터 구할 수 있는데, '육신'과 대립하는 단어는 '영혼'이고 '몸'과 대립하는 말은 '마음'이며 '육체'의 대립쌍은 '정신'이다. 이숙인은 정신과 분리되지 않은 육체의 의미로 즉, "어떤 사람의 모든 것, 전일적이고 총체적인 것"을 '몸'이라고 칭한다. 한편 노영범은 한방에서는 정신과 육체의 부조화로부터 병이 기인한다고 보면서, 인간의 신체가 몸과 정신의 합일체를 가리키는 반면 양방의 경우 정신과 몸을 따로 분리해서 생각하는 육체의식이 발달했음을 지적했다.

전통적인 동양적 사유구조에서는 "몸은 마음과 별개의 것이 아니라는 심신일원론"[2]을 적용해왔다. 반면 기독교 정신을 기반으로 하는 서양에서 신체는 "거부하고 극복해야 할 질곡", "영혼의 감옥이거나 무덤과 다름없는 부정적인 것"[3]으로 여겨져왔다. 그러나 인간의 몸을 가리키는 개념을 정의할 때 동서양 모두 단순히 물질적인 부분을 강조하느냐 아니면 물질적인 부분과 정신적인 부분의 총체를 의미하느냐의 차이를 따지며, 거기에서 신체에 관한 개념 구분이 비롯된다는 점은 공통적이다.

따라서 이 책에서 사용하는 신체의 개념은 "과학적 연구 대상으로서의 신체"인 "육체(Körper)"의 의미가 아닌 "경험된 그대로"의 "신체(Leib)"[4]의 의미를 가진다. 여기서 신체는 '정신'이나 '이성'의 대립 개념이 아닌, 복합적이고 총체적인 의미의 몸, '경험의 축적체로서의 몸'과 관련이 깊다. '몸'이 사람이나 동물을 구별하지 않고 쓰는 말이라면, '육체'는 정신과 대립적 관계에 놓이는 개념으로서 정신적 요소가 배제된 몸만을 지시한다. 한편 '신체'의 경우 사람에게 한정하여 쓰는 용어라는 점에서 앞의 용어들과 구별된다.

여기에서 다루는 신체는 하나의 가치를 담아내는 복합적인 기호이기 때문에 단순한 물질을 넘어서는 대상으로 생각해야 한다. 그렇기 때

---

2 조민환, 「유가미학(儒家美學)에서 바라본 몸」, 『몸 또는 욕망의 사다리』, 한길사, 1999, 68쪽.
3 오생근, 「데카르트, 들뢰즈, 푸코의 '육체'」, 『사회비평』 17, 1997, 97쪽.
4 스티븐 컨, 『육체의 문화사』, 이성동 역, 의암출판사, 1996, 309쪽.

문에 필자는 인간의 몸을 나타내는 여러 용어 중에서 신체라는 용어를 선택하였다. 이하 다른 논자들의 논의를 인용하는 경우를 제외하고, 뜻에 큰 차이가 없는 한 유사한 다른 용어들을 신체라는 용어로 통일하기로 한다.

신체에 관한 담론의 뿌리를 캐기 시작하면 인류학에서는 신화학으로까지 거슬러 올라가야 하고, 철학적으로는 플라톤에서부터 비롯되어 데카르트로 이어지는 신체-정신 간의 이분법이 성립되던 시기로 돌아가야 할 정도로 그 역사가 깊다. 물론 이 책에서 그 방대한 역사를 모두 다룰 수는 없다. 여기에서는 신체 담론의 기점을 근대가 시작되는 시점으로 삼으려 한다. 근대를 신체 담론의 기점으로 삼는 이유는 앞서도 밝힌 바 있듯이 근대사회로의 이행 과정에서 신체 담론 또한 새롭게 발견되기 때문이다.

연구사는 크게 인접 학문에서 신체를 다루어온 과정과 한국 현대소설에서 신체를 다룬 두 가지 경우로 정리할 수 있다. 인접 학문의 경우 철학으로부터 시작된 연구가 점차 세분화되어 사회학이나 페미니즘 담론 등의 학문에서도 신체에 대해 고찰이 활발하게 이루어지고 있다.[5] 서구 철학사에서 신체의 기능과 역할의 중요성을 제기하고, 강하게 역설하기 시작한 것은 니체부터이다. 물론 그 이전에 비코(Giambattista Vico)나 멘 드 비랑(Maine de Biran)과 같은 철학자가 신체를 다루기는

---

5 인접 학문에서의 신체 담론 계보를 정리하는 데, 곽경윤의 「몸 담론의 계보학을 통한 몸의 형태학 구성」(서강대학교 석사학위 논문, 2004)의 논의를 참고했다.

했지만 그것은 데카르트 철학의 반발에서 비롯된 것이므로, 신체 그 자체를 처음으로 주목한 것은 니체로 보는 것이 타당할 듯하다.

니체 철학에서 신체는 "단순한 생물학적 의미"가 아니었다. 그것은 "생리학적, 심리학적 현상일 뿐만 아니라, 사유, 느낌, 욕구의 역동적 복합성"이며 인간의 "주체문제"와 "실천적 행위문제"[6]를 다루는 데 중요한 열쇠였다. 이러한 니체의 사유는 "나는 전적으로 몸이며, 그 밖의 아무것도 아니다. 그리고 영혼은 몸에 속하는 그 어떤 것을 표현하는 말에 지나지 않는다"[7]는 언설 속에 응집되어 있다.

니체 이전에 인간의 본질은 '이성', 즉 생각하는 힘으로 한정되었다. 플라톤은 신체를 "변화하고 소멸되는 물질성의 세계에 속해 있는 것"으로 인식했으며, 신체는 "욕망과 질병으로 영혼을 혼탁하게 만드는 악의 거처"[8]이므로 인간은 신체를 거부하고 또 극복해야 한다고 생각했다. 데카르트 역시 인간의 본성에 속하는 것이 "오직 정신"뿐이라고 생각했기 때문에 코기토 명제를 이끌어낼 수 있었다. 이러한 배경으로 부터 니체가 새롭게 정의한 신체의 의미는 그것이 단지 "이론적 관조의 대상이 아니라 사회적·정치적 의미에서 해석될 수 있는 사회성의 대상"이라는 점에서 획기적인 것이었다.

니체가 오랫동안 이성에 의해 억압되어 있던 신체를 부활시켰다면,

---

6 김정현, 『니체의 몸 철학』, 문학과현실사, 2000, 172~173쪽.

7 프리드리히 니체, 『짜라투스트라는 이렇게 말했다』, 장희창 역, 민음사, 2004, 50쪽.

8 오생근, 「데카르트, 들뢰즈, 푸코의 '육체'」, 97~98쪽.

메를로-퐁티는 단순히 신체를 강조하는 철학을 넘어 정신과 신체의 상호관계에 대해 천착한다. 그는 신체가 "정신을 표출하는 매개체"라는 기존의 논의를 거부하고, 신체는 "사회적 의사소통의 매체"라는 새로운 논의를 펼치면서 "정신적인 것과 육체적인 것, 주체와 몸, 몸과 세계, 자아와 타자 등의 관계"에서 "상관적 상호 교호"[9]의 중요성을 주장했다. 그에게 신체는 적극적으로 끌어들여 역사적·사회적·문화적 맥락을 진지하게 검토해야 할 대상으로서, 그를 통해 지각의 세계를 복구시키고 타자들과의 소통이 어떻게 지각의 영역을 넘어서 가능하게 되는지를 보여줄 수 있는 것이다.

한편, 푸코의 신체 담론은 권력의 작용과 궤를 같이한다. 푸코에게 인간의 신체는 "권력의 작용점"[10]이다. 인간의 신체에 가해지는 권력의 형태를 구체적으로 밝힌 그의 작업은 신체를 사회적 메커니즘의 핵심으로 파악한 결과이다. 푸코의 주된 관심이었던 신체와 권력 그리고 지식의 커다란 구도는 '주체'의 문제와 연관을 맺는다. 그러나 푸코의 경우 신체 자체보다는 언제나 권력에 초점을 맞추어 논의를 진행한다는 점에서 적극적인 신체 논의로는 한계를 갖는다. 그러나 섹슈얼리티의 문제에 있어서는 어떤 신체 논의에서보다 확실한 답변을 내놓는데, 그의 성 논의는 인간의 성과 사회적 담론과의 관계가 얼마나 밀접한 관련을 맺으며 진행되어왔는지를 명확히 알려준다.

---

9 양해림, 「메를로-퐁티의 몸의 문화현상학」, 『몸의 현상학』 14, 한국현상학회, 2000, 110~111쪽.

10 이정우, 「미셸 푸코에 있어 신체와 권력」, 『문화과학』 4, 1993년 가을, 100쪽.

푸코 이후 신체 담론의 계보는 들뢰즈와 가타리 쪽으로 옮겨간다. 그들은 욕망에 대한 문제를 다루면서 인간의 신체를 "욕망하는 기계" 또는 "기관 없는 신체"[11] 등으로 재규정한다. 그들이 이야기하는 '욕망하는 기계'는 연결의 형태를 가지고 있는 생산의 종합에 해당한다. 반면 '기관 없는 신체'는 '욕망하는 기계'에 반발하는 것으로서 통일성을 가지고 작동하지 않고 끊임없이 움직이고 분열되며 다시 생성되는 자유로운 특성을 갖는다. 들뢰즈와 가타리의 철학에서 신체는 불연속적이고 비총체적인 일련의 과정으로 파악된다.

신체와 관련된 철학적 사유의 흐름에서 신체 담론의 생성은 인간의 이성만을 중시하던 태도에 대한 반성을 이끌어 내고, 자아 중심의 사고로부터 벗어나 사회적 존재로서의 인간에 대해 접근하게 하였다는 의의를 갖는다. 그러나 신체에 대한 철학적 사유는 정신-신체라는 이분법적 사고에 매여 있다가 그에 대한 반성에 도달하는 데 그친다. 이분법의 해체 이후, 철학은 우리가 신체를 어떻게 보아야 할 것인지에 대한 답변을 유보하였다. 이러한 철학적 사유는 사회학에 의해 극복된다.

사회학은 보다 본격적으로 신체 그 자체를 주목한 논의를 진행하였다. 신체를 다루는 사회학적 연구는 신체 담론의 목적을 해체와 전복에 둠으로써 철학적 사유의 한계를 넘어선다. 여기에 속하는 대표적인

---

11 질 들뢰즈 · 펠릭스 가타리, 『앙띠 오이디푸스』, 최명관 역, 민음사, 1994, 25~34쪽.

논자로 브라이언 터너와 크리스 쉴링, 사라 네틀턴[12] 등이 있다. 이들은 신체를 사회적인 구성물로 보는 사회구성주의적 관점을 취하면서 기존 사회학자들의 이론과 신체의 문제를 결부시킨다. 사회구성주의에 따르면 사회는 신체에 개입해 신체를 분류하고 변형시키며, 거기에 의미 부여를 한다.

　사회학에서 신체를 보는 시각은 크게 자연주의적 입장, 사회구성주의적 입장, 그리고 현상학적 접근 등으로 분류된다. 자연주의적 입장은 "몸이 보편적인 현상"으로서 "사회적 맥락에 관계없이 존재하는 생물학적 실체"라고 가정하는 반면, 사회 구성주의적 접근은 "몸이 사회적으로 창조 또는 발명되었기 때문에 사회적·역사적 맥락에 조건 지어져 있다"고 주장한다. 현상학적으로 접근하는 경우는 "인간의 몸을 이해하는 열쇠"는 "살아온 경험이라고 제안"하면서 "인간은 해석하는 존재이고 따라서 각기 의미 있는 방식으로 자신의 세계를 창조한다"[13]고 본다.

　특히 사회구성주의의 논의는 신체가 사회적 메타포로서 사회 현상을 설명하는 데 유용한 작용을 한다는 것을 밝혀주는 장점이 있다. 그 논의는 사회적 계급이나 계층 등의 문제와 관련해 하위문화와 고급문화 사이에 신체적 차이가 존재하며 신체 담론의 부상을 그러한 차이를 극

12　이 책에서는 브라이언 터너, 『몸과 사회』, 몸과마음, 임인숙 역, 2002와 크리스 쉴링, 『몸의 사회학』, 임인숙 역, 나남, 1999 그리고 사라 네틀턴, 『건강과 질병의 사회학』, 조효제 역, 한울아카데미, 1997에서 많은 부분을 참고하였다.

13　사라 네틀턴, 위의 책, 143~144쪽.

복하려는 시도로 본다. 그리고 신체를 자본화하는 자본주의 문제에 대한 경고로서의 특징 또한 사회구성주의에서 지적하는 부분이다. 이 책에서는 문학작품에 나타나는 상징적 신체를 살펴보려 하기 때문에 사회적 메타포로서의 신체를 궁구(窮究)하는 이들의 논의를 유용하게 활용하게 될 것이다.

또 페미니즘 담론들도 신체를 중요하게 다루고 있다. 사실 신체에 대한 본격적인 논의는 페미니즘 운동의 영향으로 인한 것이라 보아도 무리가 아니다. 페미니스트들은 자신들의 권익을 내세우기 위해 여성만의 신체적 특징을 강조했는데, 그로부터 신체란 무엇인가에 대해 재인식하는 단계로 논의가 확장되었다. 페미니즘 논의를 펼친 대표적 논자로는 줄리아 크리스테바, 뤼스 이리가라이, 엘리자베스 그로츠, 주디스 버틀러[14] 등이 있다. 페미니즘 논의 역시 이제는 그 분량이 방대해졌고 방향도 다양해졌으므로 여기에서 그 역사를 모두 헤아릴 수는 없다. 그러나 페미니즘 논의가 기존의 남성 권력에 저항하면서 해체주의를 표방한다는 것은 일반적인 논의가 되었다고 볼 수 있다.

페미니스트들은 여성의 신체 또는 인간의 신체에 사회성이 새겨져 있다고 보고 그것을 신체적 담론으로 체계화한다. 그들은 모성 중심의

---

14 페미니즘 논자들의 견해는 다음과 같은 저서들을 통해 확인할 수 있다. 뤼스 이리가라이, 『나, 너, 우리 : 차이의 문화를 위하여』, 박정오 역, 동문선, 1996; 줄리아 크리스테바, 『시적 언어의 혁명』, 김인환 역, 동문선, 2001; 엘리자베스 그로츠, 『뫼비우스 띠로서 몸』, 임옥희 역, 여이연, 2001; 주디스 버틀러, 『의미를 체현하는 육체』, 김윤상 역, 인간사랑, 2003.

몸을 강조하거나 여성적 특징에 주목하고 섹슈얼리티의 문제를 적극적으로 다루면서 가부장적 이데올로기를 비판하거나, 기존 사회의 규범이 가진 문제를 지적한다. 페미니스트들은 이론적인 완성을 추구하기보다는 정치적 실천이나 운동적 효과를 불러일으키는 데 더욱 집중함으로써 기존의 '성차'에 대해 성찰의 기회를 제공한다는 점에서 의의를 지닌다.

이들이 제기하는 문제가 모두 옳다거나 실효성을 가진 것이라고 할 수는 없다. 신체에 대한 이들의 논의는 남성의 그것을 적대시하거나 하향 조정함으로써 여성 신체의 권위를 회복하려 한다는 점에서 환원론적인 오류를 범하고 있다는 단점도 지니고 있기 때문이다. 그러나 페미니스트들이 남성 중심의 질서 체계에서는 소외되어 있었던 신체에 대한 인식을 새롭게 보여줌으로써 신체를 부각시킨 것은 명백한 사실이다. 그리고 그 이후에도 그들은 계속해서 선도적으로 신체적 접근 방식을 취함으로써 신체 담론이 보여줄 수 있는 여러 가능성을 제시했다.

이와 같이 철학적 사유의 전환을 기반으로 사회학적 담론과 페미니즘의 담론에서 신체는 사회를 나타내는 은유로 강조되어왔다. 신체와 정신의 이분법에서부터 남성과 여성의 이분법에 이르기까지 편을 갈라 진행되었던 해묵은 논의들은 신체라는 거부할 수 없는 그리고 현존하는 실체 앞에서 기존의 주장을 재고한다. 신체는 쪼개지는 것이 아니라 끊임없이 변화하는 것이다. 그것은 분류하고 나눔으로써 의미를 찾으려 하던 근대의 합리적 방식으로부터 벗어나 그것을 지양하고 극복하면서 새로운 것을 창조하는 쪽으로 관심을 돌리게 만드는 역할을 한다. 그런 점에서 신체는 문학이나 예술과 같이 무언가를 창조해내는 작업에 유용한 재료가 되어왔다. 그동안 제대로 밝혀지지 못하고 있던 신체의 상징적 의미는 이제 여러 방면에서 구체적으로 탐구되고 있다.[15]

다음으로 한국 현대소설에서 신체 담론을 다룬 연구들의 경우이다. 현대소설에서 신체, 그중에서도 질병은 무엇보다 현대 사회의 지배적인 테마를 강조한다. 현대소설이 이렇게 신체의 질병을 모티프로 삼는 것은 단순히 세상을 부정적으로 묘사하는 것에 그치지 않고, 그것을 넘어서려는 의도를 담고 있다고 보아야 한다. 즉, 현대소설은 신체의 비정상적인 상태를 보여줌으로써 반대로 정상적인 세계를 회복해야 한다는 주장을 하고 있는 셈이다.

현대 예술을 "사회적·문화적인 병리학의 박물관"[16]이라고 볼 때, 한국 현대소설의 경우도 예외가 아니다. 한국 현대소설 역시 불건강한 신체를 통해 불합리한 사회의 모습을 보여주는 영역인 것이다. 비정상적 신체를 통해 상처 입은 개인의 모습과 모순된 현실을 나타내는 소설에서의 신체표징 사용은 개인의 자유를 구속하고 통제하는 사회의

---

15 신체 논의는 기호학이나 현상학을 바탕으로 한 철학이나 사회학, 페미니즘을 제외하고도, 병이나 병리학적 문제를 기반으로 한 의학적 접근 및 정신분석학적 접근, 근대적 관점에서 고찰한 연구, 미학 예술적 접근, 미디어적 특성을 다룬 논의 등 거의 전 학문 분야의 주제로 활용될 만큼 광범위한 영역에서 다루어지고 있다.
16 이재선, 「현대소설의 병리적 상징」, 『문학의 이해』, 서강대학교 출판부, 1988, 5~13쪽.

외부 상황에 대응하기 위해서는 불가피한 것이다. 따라서 한국 현대소설에 신체의 불구나 질병의 은유가 빈번히 나타나는 것은 비정상적인 세계의 질서에 대한 일종의 문제 제기라고 할 수 있다.

그러나 그렇게 빈번히 신체가 다루어졌음에도 불구하고 신체표징에 집중적인 관심을 보인 경우는 드물고, 다만 피상적이거나 제한적으로만 논의가 이어져 온 형편이다. 그렇기 때문에 한국 문학에서 질병을 비롯한 신체 담론을 다룬 논의의 양이 많지는 않다. 그중에서도 제일 먼저 신체에 주목한 것은 고미숙의 연구를 비롯한 일군의 신체 의식 연구들이다. 이 부류는 근대 계몽기 또는 개화기 신소설이나 신문 논설류에 나타나는 신체에 대해 고찰했는데, 신체 그 자체보다는 주로 신체에 대한 '의식' 또는 '인식'의 문제를 다루었다는 점이 특징적이다. 신체 의식은 그 담론이 형성되던 사회적 분위기에 초점을 맞춘 것으로서, 신체 담론 형성의 밑바탕에 근대적 합리주의와 개인주의가 놓여 있다는 것을 밝히고 있다. 이승원, 이영아, 김주리 등의 논의가 고미숙의 그것과 유사한 의미의 신체 의식을 다룬 경우이다.

먼저 고미숙[17]은 한국 근대성의 기원에 대한 물음을 제기하는 과정에서 서구 기독교 전파와 더불어 병리학적 메커니즘의 도입으로 인해 이전과는 구분되는 신체가 탄생한다고 보았다. 이승원[18] 역시 신체 담론 탄생의 배경을 근대성에서 찾는 논의의 연장선상에 있다. 그는 근대

---

17 고미숙, 『한국의 근대성, 그 기원을 찾아서』, 책세상, 2004.
18 이승원, 「근대 계몽기 서사물에 나타난 '신체' 인식과 그 형상화에 관한 연구」, 인천대학교 석사학위 논문, 2000.

계몽기 서사물을 분석함으로써 근대적 시·공간에서 개인의 신체가 어떠한 방식으로 '규율화'되는지를 천착하였다. 이승원은 근대적 습속의 개량을 위한 계몽의 수사학과 기독교적 논리를 가져와 개인의 신체가 근대라는 새로운 지반 안에서 어떻게 형상화되는지를 주로 탐구한다. 그 결과 근대 계몽기에 개인의 신체는 국가의 주도로 작동되는 집단적 신체의 의미를 띤다는 결론을 내린다.

이영아[19]의 경우 신체 인식에 대해 다룬다는 점에서 기본적으로는 이승원의 논의와 같은 맥락에 놓이는데, 신소설을 주요 텍스트로 하였다는 점에서 그것과 구분된다. 이영아는 훈육적인 신체와 계몽주의를 바탕으로 근대성에 대한 논의를 개진한다. 한편 신소설에 나타난 섹슈얼리티에 대한 인식을 다루며, 그로써 한국소설이 근대적 면모를 획득하는 데 신체 인식의 변화 과정이 작한 과정을 보여준다.

김주리[20]의 경우 이광수와 염상섭, 이효석, 이상의 소설을 대상으로 신체 담론을 전개했다. 근대인의 몸과 서사담론 간의 융합을 문제 삼고 있는 김주리 역시 이승원, 이영아의 논의와 같이 근대의 변화에 따른 신체 인식의 변모를 다루고 있다. 이 논문의 경우 훈육적 신체 등에 대한 담론과 더불어 패션이라는 자본주의 상품의 교환 가치를 논의에 포함시키고 있는 점이 다른 논문과 변별되는 특징이다.

---

19 이영아, 「신소설에 나타난 육체 인식과 형상화 방식 연구」, 서울대학교 박사학위 논문, 2005.

20 김주리, 「한국 근대 소설에 나타난 신체 담론 연구」, 서울대학교 박사학위 논문, 2005.

그런데 이들이 논의의 대상으로 삼는 근대 계몽기 작품이나 신소설에서 인물의 형상화는 주로 평면적이고 단순하게 이루어진다. 때문에 당시의 신체 묘사는 상징적 의미로까지 발전했다고 할 수 없다. 이는 문학에 관한 인식의 변화와도 관련을 갖는데, 전통적인 서사 양식이 서구 문학의 영향을 받게 되면서 문학 창작 방식 역시 서구적 기준을 따라가게 되었다. 그렇게 따지면 우리 문학은 1920년대의 예비 과정을 거쳐 1930년대 이후에야 비로소 제자리를 찾아가기 시작한다고할 수 있다. 그러므로 위의 연구들이 다루고 있는 시기의 소설들은 신체를 상징적 매개물로 삼고 형상화하기보다는 단순한 인물의 묘사, 인물의 특성을 거론하는 데 그친다는 점에서 이 책에서 고찰하려는 신체표징과는 거리가 있다.

한혜선[21]은 1920년대 소설에 나타나는 신체에 대한 연구를 진행하였다. 그것은 1920년대 소설에 나타나는 결손 인물을 유형별로 분류하는 작업이다. 한혜선은 그러한 작업을 통해 얼굴에 나타나는 징표와 팔, 다리에 나타나는 징표 그리고 변이된 징표들을 살피면서 한국 현대소설 속에서 인간의 몸을 인식하는 한 방법을 소개한다. 그러나 이 논의는 단지 다른 사람과는 다른 표식을 가진 경우를 종류별로 구분하는데 주력하고 있어, 신체 결손을 가진 인물들이 사회와의 관련 하에 어떤의미를 지니는지 밝히지 못한다는 점에서 한계를 갖는다.

---

21 한혜선, 「한국 현대소설의 인물 연구 : 신체적 결손징표를 중심으로」, 이화여자대학교 박사학위 논문, 1991.

그러나 1930년대에 이르면 소설 속에서 질병을 인식하는 개인이 양적으로 증가하게 된다. 이상이나 박태원을 비롯한 1930년대 여러 작가의 소설에서 근대적 질병 보유자들이 다루어지면서 신체에 대한 관심이 새로이 생성되었던 것이다. 이 시기에 대한 논의 중에서 신체에 대해 전반적으로 다룬 논의로 김혜원[22]의 연구가 있다. 김혜원의 논문은 대상 작가로 이상과 박태원, 이효석 등을 다루고 있다. 여기에서 김혜원은 이상과 박태원의 소설의 신체는 근대적 질병의 요소들이 두드러지게 나타나는 반면, 이효석의 소설에서는 에로티시즘적 요소가 강하게 나타난다는 특징을 지적하고 있다. 김혜원 이외에 1930년대 소설의 질병에 대한 논의[23]가 더 있는데 이상, 박태원, 최명익 등의 소설을 다루고 있어 중복되는 부분이 많다.

1930년대 이후 해방과 전쟁이라는 큰 사건들을 겪으면서 신체 논의가 다시 등장하기까지 꽤 오랫동안의 시간이 걸리게 된다. 한국 현대 소설에서 신체에 대한 논의가 부활한 것은, 산업화와 더불어 급성장한 호스티스라는 직업여성을 주인공으로 한 대중 소설이 다수 등장하였던 1970년대에 이르러서이다. 1970년대 대중 소설에서는 특히 여

---

22 김혜원, 「1930년대 단편소설에 나타난 몸의 형상화 방식 연구」, 서강대학교 석사 학위 논문, 2002.

23 이와 관련된 논의로는 다음을 참고할 수 있다. 이경훈, 「모더니즘과 질병」, 『한국 문학평론』, 1997년 여름; 김양선, 「1930년대 모더니즘 소설과 몸의 서사」, 『여성 문학연구』 8, 2002; 김한식, 「30년대 후반 모더니즘 소설과 질병」, 『국어국문학』 128, 국어국문학회, 2002; 임병권, 「1930년대 모더니즘 소설에 나타난 은유로서의 질병의 근대적 의미」, 『한국문학이론과비평』 17, 2002.

성 주인공들의 삶이 조명되면서 성 담론과 섹슈얼리티의 문제가 다시 대두하기 시작한다. 이에 대한 대표적인 연구로 1970년대를 배경으로 소설에서 여성의 몸이 어떻게 재현되는지를 탐구한 김은하[24]의 논의가 있다.

이후에 여성 작가들이 속속 등장하게 되고 더불어 신체에 대한 연구들 또한 꾸준히 이루어진다. 그러면서 페미니즘 논의와 신체 논의는 더욱 본격적으로 진행된다. 사실 한국 현대 문학에서 신체 담론이 본격적으로 연구되고 주목받기 시작한 것은 페미니즘에 대한 연구가 활발히 이루어지면서부터라고 할 수 있다. '신체 페미니즘'[25]이라 불리는 여성적 글쓰기에 대한 논의를 계기로 페미니즘 비평에서 신체와 서사의 문제가 강조되었는데, 이로부터 문학에서의 신체 담론에 관한 연구 또한 활발히 진행되었다.

한국 현대소설에 등장하는 신체 양상에 대한 논의는 근대 계몽기 서사물에 대한 위생학·병리학적 접근 이후 1930년대부터 1970년대까지 지속적으로 이루어져 온 편이다. 그러나 그동안에는 현대소설에서 신체가 어떤 역할을 하고, 어떠한 의미를 지니는지 단편적이고 소략한 논의로 제한될 수밖에 없었다. 그럼에도 불구하고 소설에서 인물의 신체는 특징적인 자리를 차지하며 꾸준히 어떤 효과를 창출하고 있었다

---

24 김은하, 「소설에 재현된 여성의 몸 담론 연구」, 중앙대학교 박사학위 논문, 2003.
25 정화열, 『몸의 정치』, 박현모 역, 민음사, 1999, 267쪽. 여기서 신체 페미니즘이란 "이중적이고, 자아중심적이고, 시각중심적이며 남근지배적인 탈신체화된 이성 위에 서 있는 인식지배에게 하나의 약/독(파르마콘pharmakon)"의 의미를 갖는다.

는 점은 주목할 만하다. 한국 현대소설의 신체 담론을 분석한 초기 논의들은 신체를 상징이나 기호로 간주하기보다는 사회의 변화에 따른 신체 인식의 변화에 중점적으로 관심을 가졌다.

그러한 논의들은 신체보다는 오히려 근대라는 가치 체계에 초점을 맞춘 결과를 초래하였다. 또 그러한 논의가 중심적으로 다루는 기독교 및 위생 담론 도입, 그에 따른 질병에 대한 대처 방식과 병·의학 제도의 변화 등은 이미 확고한 논의로 자리 잡힌 내용이어서 그 자체만으로는 새로운 논의로 발전하기 어렵게 되었다. 소설 속에서 신체 인식의 방법을 찾아내는 연구가 의미 없다는 것은 아니다. 다만, 신체를 인식하는 표면적인 의식의 자취를 따라가는 것보다는 그것이 심층적으로 어떠한 역할을 하는지를 궁구하는 것이 소설 속에 나타난 신체 담론의 진의를 파악하는 데 더 적합한 방식이라는 것이다.

여기에서 다루는 작가와 작품은 이러한 사회의 변화를 인식하고 그에 대응해보려는 의지를 보여주었다는 점에서 공통적인 의미를 부여받는다. 즉, 이상, 손창섭, 장용학, 하근찬, 오정희, 조세희는 신체적인 상징을 도입함으로써, 자신이 창작 활동을 한 시기에 대한 문학적 대응을 한 작가들인 것이다. 이들은 전면적으로 사회에 대항했다기보다 오히려 자신의 자리에서 자신이 할 수 있는 몫만큼의 주장만을 펼쳤다. 사회를 충실히 반영하는 문학은 그것을 직접적으로 이야기하는 것이 아니라 은유적이며 상징적인 방식으로 표현해 내는 것이다.

위에서 언급한 작가들 그리고 작품들은 사회의 부정적인 면을 이야기하기 위해 신체의 표징을 사용하였다. 해당 작가들의 공통적인 특징은 그들 모두가 신체를 통해 은유적인 방식으로 사회의 일면을 표현했다는 것이다. 이들을 이렇게 하나의 범주로 묶는 것이 어떤 점에서는 무리로 작용할 수도 있을 것이다. 그러나 앞선 연구사에 이어 한국 현대소설에 나타난 신체표징에 대한 다양한 양상을 좀 더 면밀히 살피기 위해서는 사회 변동에 따른 현대소설의 각 분기에 해당하는 작가의 신체표징을 알아 볼 필요가 있다고 판단했다.

이러한 작업은 인식 변화에 초점을 맞추어 진행되었던 기존의 신체 연구가 간과했던 부분들을 예각적(銳角的)으로 드러낼 수 있다는 점에서 의의를 갖는다. 이제는 신체 연구에 있어서 신체를 인식하는 과정의 의미만을 찾기보다는 신체적 상징이 사회적으로 어떻게 해석될 수 있는지를 보여주고 그것을 통해 독자가 향후의 해결 방안을 짐작해보는 데까지 이를 수 있어야 하기 때문이다. 이 책은 시간을 종·횡단하여 작가의 문학작품에 나타나는 상징적 신체를 검토함으로써 그 소설들이 기존 사회가 가진 문제들을 과감하게 제기하고 드러내려 하는 욕망의 현현체임을 밝혀 보이려 한 연구이다.

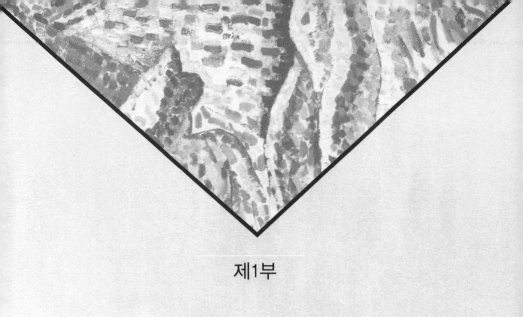

제1부

결핵 · 불임 · 기형의 몸과
저항의 제스처

제1장
이상 소설의 신체표징과 탈주 욕망

이 장(章)의 목적은 이상(李箱) 소설에 나타난 신체표징을 살펴 이상 소설의 의미를 새롭게 규정해보려는 것이다. 지금까지 이상 문학은 평전을 바탕으로 이루어진 전기적 접근,[1] 정신분석적 접근,[2] 형식적·구

---

1 김기림, 「고 이상의 추억」, 『조광』, 1937. 6; 박태원, 「고 이상의 편모」, 『조광』, 1937. 6; 정인택, 「불쌍한 이상」, 『조광』, 1937. 6; 김옥희, 「오빠 이상」, 『현대문학』, 1962. 2; 김소운, 「李箱異常」, 『하늘 끝에 살아도』, 동아출판공사, 1968; 문종혁, 「몇 가지 異議」, 『문학사상』, 1974. 4; 고은, 『이상평전』, 민음사, 1974; 김향안, 「이젠 이상의 진실을 알리고 싶다」, 『문학사상』, 1986. 5; 김승희, 「김해경 삶과 이상적 자아 사이의 갈등과 비극」, 『문학사상』, 1993. 9.

2 김종은, 「李箱의 理想과 異常」, 『문학사상』, 1973. 7; 정귀영, 「이상의 「날개」 - 정신분석학적 시론」, 『현대문학』, 1979. 7; 이규동, 「이상의 정신세계와 작품」, 『월간조선』, 1981. 6; 최상윤, 「성격학에서 본 자의식의 작중 인물고」, 『어문학교육』 4, 부산국어교육학회, 1981. 12; 김사림, 「자학과 가학 그리고 여성편력의 構造」, 『문학사상』, 1986. 1; 조두영, 「이상의 인간사와 정신분석」, 『문학사상』, 1986. 11; 김용성·이종화, 「이상 소설의 욕망구조」, 『교육논총』 14, 전북대 교육대학원, 1994. 12.

조주의적 접근,[3] 미학적 · 철학적 근대성 접근,[4] 상호텍스트적 접근[5] 등 다각적인 접근 방식으로 많은 연구자들의 연구 대상이 되어왔다. 그럼에도 불구하고, 이상 탄생 100년이 가까워오고 사후 70여 년이 지난 현재에도 이상 문학은 계속해서 분석의 대상이 되고 있다. 이처럼 이상의 문학이 줄기차게 논의 대상으로 선택되는 이유는 그것이 현대적 속성에 부합하며 작금에도 의미 있는 영향력을 지니기 때문일 것이다.

이상의 소설에서 신체는 전근대적 신체와 근대적 신체 사이에 놓여 있다. 그렇기 때문에 그의 신체는 전근대와 근대의 연속성과 불연속성이 혼란스럽게 엉켜 있는 영역이다. 이상 문학에는 전근대−근대, 여성−남성, 농촌−도시, 환자−의사 등의 이항 대립적 요소들이 산재해 있는데, 신체는 이러한 이항 대립 체계와 관련하여서 중요하게 살펴보아야 할 항목이다. 이항 대립 체계가 두드러진 것은 가치 체계의 혼란을 의미한다. 그리고 신체의 표징은 그러한 혼란을 가시적으로 드러내

3 정덕준, 「이상 소설의 시간−현재, 과거의 구조」. 『우석어문』 1. 전주우석대학교 국어국문학연구회, 1983. 12; 명형대, 「1930년대 한국 모더니즘 소설의 공간구조 연구」, 부산대학교 박사학위 논문, 1991; 황도경, 「이상의 소설 공간 연구」, 이화여자대학교 박사학위 논문, 1993.

4 김윤식, 「모더니즘의 정신사적 기반−근대와 반근대」, 『한국근대문학사상비판』, 일지사, 1980; 서영채, 「이상의 소설과 한국 문학의 근대성」, 『민족문학과 근대성』, 문학과지성사, 1995; 권영민, 「이상 문학, 근대적인 것으로부터의 탈출」, 『문학사상』, 1997. 12; 서준섭, 「이상 문학의 현대성」, 『동서문학』, 1997. 12.

5 김주현, 『이상 소설 연구』, 소명출판, 1999; 이경훈, 『이상, 철천의 수사학』, 소명출판, 2000.

제1부 결핵 · 불임 · 기형의 몸과 저항의 제스처

는 역할을 한다. 그렇기 때문에 이상 소설의 신체표징을 살펴보는 과정을 통해 1930년대 사회의 일면을 파악해볼 수 있다.

이상의 소설은 이항 대립의 요소의 둘 중 어느 하나의 가치에 치중하기보다 그 중간에 서서 저울질하고 고민하면서 양쪽의 무게를 감당하려 하는 양상을 나타낸다. 그렇기 때문에 이상의 소설에서 이항 대립적 요소들이 단지 이분법적으로 제시되는 데 그치는 것이 아니라, 양가적인 의미를 나타내는 경우가 많다. 이상에게 그러한 태도는 삶에 대한 의지도 아니고 죽음에 대한 경도도 아니며 살고 싶기도 하고 죽어버리고 싶기도 한 인간의 본능적 갈등에 가깝다. 또 이러한 갈등은 전근대적 도덕률과 근대적 가치관 사이에서 분열의 증세를 보였던 당시 지식인의 상황을 핵심적으로 드러내는 국면을 보여주는 것이기도 하다.

이상은 누구보다 전근대적 질서와 근대적 질서를 확연히 구분하고 있었으면서도 그 사이에서 갈등하면서 끝없이 근대의 질서를 추구하고 회의하기를 반복했다. 식민지와 근대라는 시대적 배경과 불가분의 관계를 맺고 있는 이상의 문학에서 신체는 사회를 바라보는 이상의 시선이 드러나는 하나의 방식이다. 신체의 표징을 통해 사회의 면면을 제시할 수 있었다는 것은, 이상이 우리 문학사에서 '질병'[6]을 앓는 자신

6　사라 네틀턴, 앞의 책, 25쪽. 의료사회학에서는 질환(disease)과 질병(illness)을 구분한다. 질환이 생리적이고 생물학적인 건강 이상 상태를 의미하는 것이라면, 질병은 질환의 사회, 심리학적 의미, 환자가 주관적으로 느끼는 병의 경험과 전문직을 포함한 주변집단의 사회적 평가와 반응을 지칭하는 개념이다.

의 신체를 자각하고 그것을 은유적인 방식으로 드러낸 선구적 작가 중 하나라는 것을 뜻한다. 이상은 새롭게 변화하는 사회를 여러 가지 신체 징후들로 포착해낸다.

특히 결핵으로 인한 각혈, 절름발이나 사팔뜨기와 같은 비정상적인 신체들, 성적(性的) 무능력 등은 이상 소설에 흔히 등장하는 메타포들이다. 이러한 신체적 특징은 신체적 증세라는 표층적 의미를 드러내는 데 그치는 것이 아니라 심층적으로 이상 문학의 본질과 관련된다는 점에서 고찰될 필요가 있다. 이상은 병으로 인해 쇠진해가는 자신의 신체를 관찰함으로써 독특한 문학적인 표현들을 얻을 수 있었고, 그것을 밑거름 삼아 특유의 작품 세계를 일구어낸 작가이다. 이 장에서는 이상의 소설에 나타나는 신체의 표징들을 검토함으로써 사회로부터 탈주하고자 하는 인물들의 욕망을 살펴보고 그로부터 이상 문학의 의의를 찾아보려 한다.

1. 사회로부터의 일탈과 결핵

질병은 현대 문학의 중요한 모티프 중 하나이다. 문학에서 질병의 은유는 하나의 기호이다. 그것은 일종의 상징이며 상징을 해석한다는 것은 어떤 기표가 가지고 있는 표면적인 의미 너머의 숨은 의미를 찾아내는 작업이다. 질병을 상징화하는 과정에서 작가는 사회를 가늠하는 하나의 척도로 신체를 다루게 된다. 예술의 영역에서 사회의 부정적인 현상들이 신체적 고통을 통해 가시적으로 드러나는 토대가 되는 이유는 신체와 사회의 비유적 관계가 성립되기 때문이다. 이때 병든 신체는 사회적 상황으로부터 일탈하고자 하는 의식과 관련된다. 예술적인 메타포로서의 신체적 질병은 위태로운 외부 현실을 표현해 내고자 하는 작자의 의도를 위해 사용되며, 궁극적으로는 그러한 현실로부터 탈출하고자 하는 전략을 숨기고 있다. 따라서 이상의 소설에 등장하는 질병 및 신체에 대한 표징을 천착해보는 것은 그의 문학에 접근하는 또 하나의 유효한 방식이 된다.

1930년대 소설에는 특히 질병을 앓는 인물들이 자주 등장했다. 이상을 비롯해 박태원, 최명익 등의 소설을 통해 인물들이 병에 대해 고심하는 장면을 쉽게 볼 수 있다. 그러한 인물들은 자신의 질병을 자각하고 그에 대해 체념하거나 극복하는 태도를 반복한다는 점에서 이전 소설의 인물들과 차별성을 갖는다. 여기서 인물들이 자신의 신체를 자각한다는 점은 특히 중요한 관건이다. 왜냐하면 질병이나 신체가 하나의 은유 다시 말해 일정한 기호로서의 표징으로 사용되기 위해서는, 그것을 사회적 맥락에서 파악할 수 있는 능력이 전제되어야 하기 때문이다.

예로부터 예술가가 보이는 병리 현상은 남보다 강렬한 열정을 지님으로써 천재적인 창작열을 불러일으키는 어떤 것으로 여겨져왔다. 예술은 때때로 마땅히 작가의 정신적인 고통을 비롯한 육체적인 고통이 반드시 수반되어야 얻을 수 있는 것으로 받아들여지기도 했다. 대중은 예술가의 고통이 "창조의 본질인 동시에 치유력이 된다"고 믿는 한편,

그로부터 "예술의 본질적인 기능이 암시"[7]된다고 생각한다. 다시 말해, 병이나 병으로 인한 상처는 창작의 추동력이 된다는 점에서 예술가의 창작열과 깊은 관련을 맺고 있다.

이상이 본격적으로 문학에 매진하게 되는 것은 총독부 건축 기사를 그만두면서부터다. 이상이 당시에 구하기 어려운 직장이었던 총독부 건축 기사를 그만둔 이유는 결핵이 심해져 일을 하는 데 무리를 느꼈기 때문이다. 그런데 건강의 악화로 인한 괴로움이 크면 클수록 이상의 창작열은 높아졌다. 그의 결핵 진행 과정이 급박해질수록 창작되는 작품의 수도 늘어났다. 그가 죽기 직전 일본이라는 타지에서 병으로 인해 극심한 고통을 겪으면서도 다수의 수필과 소설을 만들어 낸 것 또한 이러한 질병과 창작과의 관계를 뒷받침한다.

① 나는 안색이 여지 없이 창백해 가면서 말라 들어갔다. 나날이

7　이재선, 『문학의 해석』, 서강대학교 출판부, 1988, 7~8쪽. 이 글에는 필록테테스 이야기가 소개된다. 신궁의 사수인 필록테테스는 트로이 원정 도중 독사에 발을 물려서 그 화농이 된 상처로부터 지독한 악취가 나게 된다. 그래서 사람들은 그를 무인도로 보내버린다. 필록테테스는 그 무인도에서 10년 동안 머물렀지만 상처는 낫지 않았다. 그 후 트로이를 공략하려던 그리스군은 한 예언자로부터 트로이 공격에는 필록테테스와 그의 활이 반드시 필요하다는 얘기를 듣고 강한 악취를 풍기는 필록테테스를 다시 맞아들인다. 필록테테스는 악취가 나는 상처와 병환(病患) 때문에 사회로부터 배척당하지만, 정상적인 인간들은 결국 필록테테스라는 초인적인 기예(技藝)의 소유자를 다시 받아들일 수밖에 없는 것이다. 이러한 필록테테스의 이야기는 예술가의 병을 거부하면서도 그의 예술이 지닌 치료력 때문에 사회가 결국 그를 필요로 하게 된다는 우의(愚意)이다.

눈에 보이듯이 기운이 줄어들었다. 영양부족으로 하여 몸뚱이 곳
곳이 뼈가 불쑥 불쑥 내어밀었다. 하룻밤 사이에도 수십차를 돌
쳐 눕지 않고는 여기저기가 배겨서 나는 배겨내일 수가 없었다.[8]

② 於焉間 나도 老衰해 버렸다. 나는 스물일곱살이나 먹어 버
렸다.   (「봉별기」, 353쪽)

③ 봐라. 내 팔. 皮骨이 相接. 아야아야. 웃어야 할 터인데 筋肉이
없다. 울려야 筋肉이 없다. 나는 形骸다.   (「실화」, 369쪽)

④ 나는 죽었다. 나는 黃泉을 헤매었다. 冥府에는 달이 밝다. 나
는 또다시 눈을 감았다. 太虛에 소리 있어 가로대 너는 몇 살이
뇨? 滿二十五歲와 十一個月이올씨다. 夭死로구나. 아니올씨다.
老死올씨다. …(중략)… 즉 나는 屍體다.   (「종생기」, 396~397쪽)

위는 신체의 기력이 쇠진한 인물이 무력감과 자살 충동을 느끼고 급
기야는 자신을 노쇠한 노인으로, 나아가 시체와 형해로 인정해버리는
대목이다. 이처럼 이상 소설의 인물들은 질병으로 인해 근본적인 고민
에 빠지게 되며, 그 질병의 고통스러움으로부터 벗어나기 위해 자살

----

8 이상, 「날개」, 『이상문학전집 2』, 문학사상사, 1991, 326쪽. 이상 전집은 여러 판본
   이 나와 있다. 김기림, 임종국, 이어령 등에 의해 전집이 출판된 바 있고 1990년대
   이후에 엮인 것만 해도, 김윤식이 엮고 문학사상사에서 출판한 『이상문학전집』을
   비롯해 김종년이 엮은 『이상전집』(가람, 2004). 김주현이 엮은 『(정본)이상문학전
   집』(소명출판, 2005) 등 세 가지 이상이 출간되었다. 이 장에서는 이 중 김윤식이
   엮은 문학사상사판 소설 편을 텍스트로 삼고, 이후 인용문 뒤에 작품명과 쪽수만
   밝히기로 한다.

시도를 반복한다.

이상 소설에 나타나는 질병은 무엇보다도 죽음에 대한 공포로 이어진다는 점에서 중요하다. 이상이 병과 죽음에 대해 얼마나 강박적이었는지는 그의 작품에 등장하는 병원과 의학 그리고 해부학적 지식이 나열되는 부분을 통해서 잘 드러난다.[9] 그중에서도 특히, 시체의 의미는 병든 자신의 신체를 사회적 타자로 여기게 된다는 대목과 관련하여 중요성을 지닌다.

시체는 "아브젝시옹(abjection)의 절정"으로서 "삶 속에 죽음이 들끓게"[10] 만드는 것이다. 위의 인용문에서도 나타나듯이 이상 소설의 인물들은 자신의 신체를 살아 있는 시체로 취급한다. 즉, 시체라는 형상의 강조를 통해 그들은 자신을 사회의 타자로 만든다. 그를 통해 사회로부터 일탈하고자 하는 욕망을 추출해볼 수 있다. 사회와 거리를 두고 현실로부터 탈주하려는 시도는 자살 충동의 끝에 스스로를 살아 있는 시체로 만드는 방법으로 나타난다.

자살하고자 하는 충동을 느끼고 자신을 시체로 여김으로써 사회의 타자로 자처하는 경우에 이어, 자신을 한정된 공간에 유폐하고 퇴행하는 모습을 취하는 것 또한 이상 소설의 인물들이 자신을 사회적 타

---

9 다비드 르 브르통, 『근대성과 육체의 정치학』, 홍성민 역, 동문선, 2003, 29쪽. 이상 문학작품에는 220여 가지가 넘는 병·의학 단어들이 제시되고 있는데, 이 단어들이 반복되는 경우를 따져보면 엄청난 숫자라고 할 수 있다. 브르통에 의하면, 해부생리학 용어는 근대성의 특징 중 하나로서 우주와 몸이 의미론적으로 단절되었음을 가리킨다.
10 줄리아 크리스테바, 『공포의 권력』, 서민원 역, 동문선, 2001, 25쪽.

자로 만드는 방법 중 하나이다. 질병으로 인해 무기력한 상태가 지속되면서 그들은 어떠한 의욕도 느끼지 못하고 모든 것을 귀찮게 여기며 게으르게 대응한다. 그들은 자신을 가두어버림으로써 사회와 단절되거나 또는 아이처럼 행동하면서 사회적 인간으로서의 권리를 포기한다. 이는 이상의 소설에서 성인 서술자가 어린아이처럼 순진하거나 바보 같은 행동을 하는 상황과 연결된다.

본래 질병은 사회적 의무를 이행하거나 달성할 수 있는 능력과 연관되는 어떤 것이다. 이는 파슨즈의 "환자역할 개념"과 관계가 있는데, 그는 질병을 "일탈의 한 형태로서, 성인의 학습된 기능으로부터 탈출하려는 무의식적 동기"[11]에서 비롯된 것으로 보았다. 즉, 사회화를 통해 성인이 된다는 것은 의존 욕구나 불합리한 행동을 억제하고 독립을 성취하는 것을 의미하는데, 질병은 환자에게 사회화를 거부하고 성인 이전으로 돌아가고자 하는 충동을 불러일으킨다. 따라서 이상 소설에서 인물의 어린 아이와 같은 발언이나 행동은 사회화되기 이전으로 돌아감으로써 현실로부터 벗어나고자 하는 인물의 욕망을 보여주는 것이라고 할 수 있다.

질병은 병자에게 어른으로서의 삶, 즉 제대로 된 사회인으로서의 삶을 살 수 없도록 만든다. 그것은 병자를 삶도 죽음도 아닌 상태에 머물게 하는 것과 같다. 질병은 살 수도 차라리 죽을 수도 없는 고통을 유발함으로써 이상 소설의 인물들을 현실 사회로부터 일탈하게 만든다. 이

---

11 사라 네틀턴, 앞의 책, 105쪽.

상 소설의 인물들에게 질병은 삶과 죽음이라는 두 가지 가치 또는 두 가지 세계 중 어느 한 곳에 발붙이지 못하게 하는 불안과 공포의 근원이다.

그 불안과 공포의 끝에는 죽어 없어져 버릴 수도 없는 실망이 놓여 있다. 이상의 소설에서 살고자 하는 욕망은 죽음을 부르는 질병 앞에서 좌절된다. 이상 소설의 인물들은 질병으로 인해 삶도 죽음도 아닌 경계의 삶을 표방할 수밖에 없으며, 이는 소설에서 "노(繩) 위에 선 도승사(渡繩師)의 모양"(「12월 12일」, 68쪽)으로 표현된다.

그중에서도 각혈을 동반하는 결핵은 이상의 문학작품을 점령하는 강력하고 우울한 배경이다. 결핵은 "가난이 육체에 새겨진 흔적" 또는 "불우한 예술가와 속악한 일반인을 구별하는 육체적 기호", "기존 질서에 저항하는 주체가 자신을 위장하는 매저키즘적 수단"[12] 등 다양한 의미로 해석되어왔다. 이상 소설에 나타나는 결핵 또한 가난과 예술 그리고 세상에 대한 부정적 시각 등을 나타낸다.

결핵 환자의 두드러진 특징 중 하나는 죽어 없어지겠다는 갈망을 보여준다는 것이다. 그들은 어차피 죽어 없어질 몸이라는 생각에 무기력한 체념 상태에 빠져버리는가 하면 흔히 자신을 조로한 존재로 여기며 죽음을 상상하고 결국은 존재를 지워버리고 싶은 충동을 느낀다. 이상 소설에서 결핵으로 인한 고통은 인물들로 하여금 체념하게 하고, 그들을 사회의 타자가 되도록 만드는 근본적인 요인이다.

---

12 김양선, 앞의 글, 134쪽.

가난하고 나약한 식민지의 지식인에게 결핵은 세상을 저주할 수 있게 해주는 동기가 된다. 그들은 병든 자신의 신체를 사회의 타자 즉 사회로부터 떨어져 나온 어떤 존재로 여긴다. 이때 사회적 타자로 전락한 신체는 무력한 모습을 통해 사회를 체현함으로써 사회를 은유적으로 나타내게 된다. 다시 말해, 결핵을 앓는 이상 소설의 인물들은 그들의 신체로 식민지의 시대적 상황을 육화한다. 그리고 그것이 바로 신체의 텍스트화 과정이다.

　이상 소설은 질병 앓는 신체를 아예 쓸모없는 존재로 극단화시킴으로써 사회로부터 탈주하고자 하는 욕망을 드러낸다. 이러한 신체의 전략은 시대적 상황으로부터 벗어나고자 하는 작자의 의식을 내포한다. 이상이 벗어나고자 했던 식민지 사회와 질병 앓는 신체라는 상황은 스스로를 지워버림으로써 가능해진다. 이상은 자신이 처한 현실에서 벗어나 진정한 근대를 지향한다.

　이처럼 이상 소설에서 질병은 인물을 무기력하게 하고 자살 충동을 불러일으키는 동인이 된다. 이상 소설의 인물들은 그러한 고통의 상황으로부터 벗어나기 위해 끊임없이 자신을 시체로 여기거나 또는 자신을 유폐하거나 퇴행시킨다. 그러한 방법을 통해 그들은 스스로 사회적으로 쓸모없는 타자가 된다. 이상 소설의 인물들은 그와 같이 스스로를 타자화함으로써 사회로부터 일탈한다. 이러한 이상의 질병 앓는 신체 및 그에 대응하는 전략들은 고통스러운 현실을 거부하고, 근대로 표방되는 새로운 세계를 지향하고자 하는 식민지 지식인의 욕망으로 확대 해석될 수 있다.

2. 근대적 질서 추구와 절름발이

이상의 소설에서 성 담론은 단순히 성행위 묘사에 그치는 것이 아니라 세계관을 판단하는 방식과 관련된다는 점에서 유심히 살펴볼 필요가 있다. 이상 소설에는 남녀 간의 관계 설정이 특이하게 나타나는데, 이 부분은 지금까지 사드-마조히즘, 페티시즘, 퇴행 심리 등 정신분석적 접근을 통해 많이 다루어져왔다. 그중 한 논의에 의하면 이상 소설에 나타나는 주인공과 여성과의 갈등은 당시 사회의 속악성을 나타내는 문학적 보고서의 일종인데, 이때 속악성의 구체적 의미는 "타성적이고 위선적인 인간관계이며, 피상적이고 허구적인 근대정신이며, 물신 숭배적 가치관이며, 한계 상황으로서의 죽음"[13]이다.

이상 소설의 성 담론의 핵심적인 역할을 하는 여성 인물의 부류는 두 가지로 구분된다. 첫 번째는 주로 기생 또는 매춘부이고, 두 번째는 仙, 姙, 姸, 貞姬 등의 이름을 가진 여학생 또는 '소녀'의 부류이다. 이렇게 두 가지 경우로 구분하는 이유는 여성 인물의 부류에 따라 남성 인물의 대응 방식이 달라지기 때문이다. 첫 번째는 남성 인물이 여성 인물에게 경제적·정신적으로 의탁하고 있는 상황이고, 두 번째는 남성 인물과 여성 인물이 대결 구도로 설정된 경우이다.

남성 인물이 여성 인물에게 의탁하는 경우를 보면, 여성 인물이 매춘을 통해 활발히 경제적인 활동을 하는 반면 남성 인물은 아무것도

---

13 김용성·이종화, 앞의 글, 8쪽.

하지 않고 아내의 입장에 있는 여성 인물들에게 의존한다. 아내는 매춘부라는 직업을 가지고 있어 성적으로 문란한 생활을 할 수밖에 없는 형편이다. 이상의 소설에서 불특정한 다수의 남성을 상대하는 매춘부로서의 아내의 이름은 중요하지 않다. 그러나 중요한 것은 서술자와 아내와의 관계에서 아내의 신체가 온전히 서술자 자신만의 소유가 되지 못한다는 점이다.

이상의 소설에서 직업을 가진 아내들은 자신의 자리를 지키지 못하고, '왕복엽서'와 같이 어딘가로 나갔다가 다시 돌아오기를 반복한다. 그리고 돌아온 아내의 몸에는 언제나 다른 남자들의 지문이 가득 묻어 있다. 아내의 잦은 가출로 인하여 남편은 아내를 온진히 갖지 못할 뿐 아니라 아내의 일부만을 알 수 있을 뿐이다. 다시 말해 이상 소설에서 남성 인물들은 그들의 아내를 전부 소유하거나 완전히 알 수 없다. 그들에게 아내는 온전히 파악될 수 없는 미지의 존재이다.

① **왕복엽서**—없어진半—눈을감고아내의실에서허다한指紋내음새를맡았다. 그는그의생활의叙述에귀찮은공을쳤다. 끝났다.

(「지주회시」, 304쪽)

② 넉 달—장부답지 못하게 뒤끓던 마음이 그만하고 차츰 차츰 가라앉기 시작하려는 이 철에 뭐냐 附箋 붙은 편지모양으로 <u>때와 손자죽이</u> 잔뜩 묻은 채 돌아오다니

(「공포의 기록」, 198쪽)

③ 人間이라는 것은 臨時 拒否하기로 한 내 生活이 기억력이라는

敏捷한 作用하지 않았기 때문에 두 달 後에는 나는 錦紅이라는 姓名 三字까지도 말쑥하게 잊어 버리고 말았다. 그런 杜絕된 歲月 가운데 하루 吉日을 卜하여 錦紅이가 **往復葉書**처럼 돌아왔다. 나는 그만 깜짝 놀랐다.

(「봉별기」, 352쪽, 강조 및 밑줄 : 인용자)

위의 인용문은 왕복엽서와 같이 나갔다 돌아오기를 반복하는 아내의 모습과 돌아온 아내의 몸에 남편이 아닌 다른 남성의 흔적이 발견되는 부분이다. 부부 사이로 관계가 가정되어 있을 때, 아내의 가출은 일종의 배신이다. 그런데 배신했던 아내는 아무렇지 않은 모습으로 귀가한다. 이상 소설에서 아내는 매춘으로 돈을 벌어 남편을 먹여 살리는 대신 그에게 당당하며, 남성과 대등한 입장을 취하거나 혹은 남성보다 높은 위치에서 그들을 대한다.[14] 이때 아내는 남편을 좌절시키는 대상으로서보다는 근대적인 질서를 체화한 대상이라는 점에서 더욱 중요한 가치를 지닌다.

여성이 남성에 의해 통제되는 것은 여성이 남성의 소유재산으로 여겨졌기 때문이다. 여성의 순결이 문제되기 시작한 것 역시 여성이 가정의 재산으로 인식되면서부터였다. 따라서 경제적으로 독립적인 이상의 아내들은 경제적 · 신체적으로 무능력한 남편에게 소속되거나 통

---

14 나은진, 「이상 소설에 나타난 여성성」, 『여성문학연구』 6, 2001, 84쪽. 나은진에 의하면 이상 소설에 등장하는 여성의 특징은 남성 화자와 동등한 비중으로 다루어진다는 점이다. 나은진은 이상 문학 특유의 일탈성을 여성주의적 관점에서 이해할 수 있다고 보았다.

제될 필요가 없다. 이는 정절을 지키며 남성에게 순종하는 것이 곧 가정을 지키는 길이라고 여기던 전근대적 여성의 사고방식에 대한 거부이다. 이렇듯 이상 소설의 아내상은 전근대적인 여성상과는 확연히 구별됨과 동시에 근대적인 세계의 새로운 질서를 부각시키는 역할을 한다.

남성 인물과 여성 인물이 대결 구도를 유지하며 지적인 놀이를 펼치는 일련의 이야기들의 경우, 여성의 속성은 "암만 베껴"봐도 "마지막에 아주 없어질지언정 正體는 안 내놓"는 "다마네기"(「실화」, 369쪽)로 표현된다. 그러한 소설에서 여성 인물들은 거짓으로 위장한 채 끝까지 자신의 정체를 드러내지 않으며, 남성 인물들은 그런 여성들에게 계속해서 진정(眞情)을 기대한다. 여기서 여성은 진실과 같은 추상의 은유일 수도, 이상이 가 닿고자 하는 이상(理想)적인 세계일 수도 있다. 그러나 어찌됐든 소설 속의 대결 구도는 여성의 정체가 끝까지 드러나지 않음으로써 언제나 남성의 패배로 끝나고 만다.

남성 인물과 대결 구도를 펼치는 여성 인물의 경우 역시 의탁하는 아내와 마찬가지로 정조 관념으로부터 자유로우며, 근대적 질서를 앞서 체현하는 존재들이다. 뿐만 아니라 그녀들은 돈을 벌기 위해서가 아니라 자신의 쾌락을 위해서 여러 남성과 관계하며 그들을 속이는 일을 즐기기까지 한다. 이와 같이 이상 소설에서 근대적 질서는 여성 인물의 사고방식이나 위상 변화를 통해 구현된다. 그렇기 때문에 그녀들은 다음과 같이 어린 나이에 스스로 속옷을 찢거나, 여러 남자를 상대로 속옷을 벗는 모습으로 묘사된다.

① 누구나 속아서는 안 된다. 햇수로 여섯해 전에 이 女人은 정말이지 處女대로 있기는 성가셔서 말하자면 헐값에 즉 아무렇게나 내어주신 분이시다. 그동안 滿五個年 이분은 休憩라는 것을 모른다.   (「동해」, 268쪽)

② 姸이는 지금 芳年이 二十, 열여섯살 때 즉 姸이가 女高 때 修身과 體操를 배우는 여가에 간단한 속옷을 찢었다. 그리고 나서 修身과 體操는 여가에 가끔 하였다.

…(중략)…

姸이는 飮碧亭에 가던 날도 R英文科에 在學中이다. 전날 밤에는 나와 만나서 사랑과 將來를 盟誓하고 그 이튿날 낮에는 깃싱과 호―손을 배우고 밤에는 S와 같의 飮碧亭에 가서 옷을 벗었고 그 이튿날은 月曜日이기 때문에 나와 같이 東小門 밖으로 놀러가서 베―제했다. S도 K敎授도 나도 姸이가 엊저녁에 무엇을 했는지 모른다. S도 K敎授도 나도 바보요 姸이만이 홀로 눈가리고 야웅하는 데 稀代의 天才다.   (「실화」, 362~363쪽)

③ 貞姬는 지금도 어느 삘딩 걸상 위에서 듀로워즈의 끈을 푸르는 中이오 지금도 어느 泰西舘別莊 방석을 비이고 듀로워즈의 끈을 푸르는 中이오 지금도 어느 松林 속 잔디 벗어 놓은 外套 위에서 듀로워즈의 끈을 監히 푸르는 中이니까 다.

(「종생기」, 396쪽)

좀 길게 인용한 위의 인용 부분에서 드러나듯이 이상 소설의 여성들은 과거의 여성들과 달리 가정 또는 한 사람의 남성에게 구속되지 않는다. 이상의 기준에서 볼 때, 이것은 '20세기'의 사고방식에서만 가능한 것이다. '19세기'적 여성들은 한 남성만을 바라보며, 스스로를 부권과 가정 경제에 부속된 존재로 인정하기 때문이다. 그러나 20세기적 여성들은 '자진하여 매춘'하는 자들이다. 그들은 어디에도 예속되지 않고 자신의 판단에 따라 주체적으로 행동한다. 그 때문에 이상 소설에서 여성 인물이 가진 신체는 근대적 질서를 앞장서서 체화한 것으로 나타난다.

반면 남성 인물들은 여성 인물들과 달리 여전히 과거의 질서에 얽매여 있다. 한국에서 전통적으로 가장 중요한 사회 집단은 가족이다. 그러나 한편으로 가족 집단은 새로운 꿈을 이루기 위해서 많은 젊은 남성들이 가장 먼저 대항하여 싸워야 할 사회적 범주이기도 했다. 이상 소설의 남성 인물은 가족의 대를 잇고 부모를 봉양해야 하는 전통적 질서를 무시하지도 그로부터 완전히 자유로워지지도 못한다. 다시 말해 그들은 전통적인 질서를 유지하지도 또 근대의 질서를 따르지도 못하는 모순에 처해 있다.

그렇기 때문에 이상 소설에서 남성 인물은 구태의연한 전통으로부터 벗어나고자 하면서도, 자고로 "아내라는 것은 貞操를 지켜야"(「봉별기」, 351쪽) 한다는 생각을 버리지 못한다. 이상의 불행은 그렇게 "十九世紀와 二十世紀 틈사구니에 끼여 卒倒하려 드는 無賴漢"[15]으로 자처하면서 "간음한 아내는 내어쫓으라"는 "곰팡내 나는 도덕성"[16]에서 헤어나지 못한 데서 유발된다. 이상은 전대(前代)의 사고방식으로부터 벗어나

---

15 김윤식 편, 「私信(七)」, 『이상문학전집 3』, 문학사상사, 2002, 235쪽.
16 위의 책, 182쪽.

진정한 근대인이 되고자 하면서도 끊임없이 19세기와 20세기 사이에서 자신의 도덕성을 측량하는 행위를 반복한다.

두 세기의 질서 사이에서 갈등하는 이상에게 근대 질서를 실천하는 여성들은 애증의 대상이 된다. 그는 자신이 추구하는 근대 질서를 체현해 보인다는 점에서 그녀들을 부러워하지만 전통 질서로부터 벗어나 정조를 버리고 다수의 남성을 상대한다는 점에서 그녀들을 증오한다. 이상 소설에서 남성 인물들은 자신의 가치관의 혼란에 따라 애증의 대상이 되는 여성 인물에게 대처하기 위해 '도피'[17]라는 방법을 선택한다.

여기서 도피의 방법은 두 가지인데, 하나는 '잠'[18]으로 빠져들어 현실 세계로부터 벗어나는 것이고 다른 하나는 동경이라는 이상적 공간으로의 탈출을 통해 상황을 회피하는 것이다. 때문에 이상 소설에는 주인공이 잠들기 위해 노력하거나 잠을 깨지 못하는 장면이 빈번하게 등

---

17 이영일, 「부도덕의 사도행전」, 『문학춘추』 13, 1965. 4, 96쪽 참조. 이영일은 이상의 소설을 자아의 재능에의 도피, 타인에의 도피, 다른 환경에의 도피로 인한 것으로 본다. 그러나 본고의 경우 이상의 도피는 전근대적 도덕성을 떨쳐버리지 못하는 자신으로부터 탈출하고자 하는 욕망의 개념으로 파악된다.

18 조진기, 「깨어 있는 意識과 잠자는 意識－李箱小說에 나타난 '잠'의 의미」, 『시문학』, 1988. 4, 80쪽. 조진기는 이상의 잠의 유형과 성격을 다음과 같이 분류했다. 첫째, 일상적인 생명 유지에 필요한 휴식으로서의 잠이 외부적 힘에 의하여 거부되거나 강요되는 잠. 둘째, 의식 절멸의 상태로서의 잠. 셋째, 죽음으로서의 잠. 넷째, 새로운 삶을 위한 비상으로서의 잠이 그것이다. 필자는 이와 같은 분류가 전부 현실로부터의 도피적 성격과 관련된다고 본다.

장하며 동경으로 떠나야 한다는 강박관념[19]에 빠져 있는 인물의 모습 또한 자주 볼 수 있다. 이러한 도피는 19세기와 20세기의 도덕률의 변화를 감당하기 어려운 서술자의 심정을 반영하는 행위이다.

이렇듯 이상에게 전근대와 근대는 완전히 떨쳐버릴 수도 혹은 온전히 소유할 수도 없는 감당할 수 없는 간격을 가진 두 세기이다. 이상은 이 두 세기 사이를 절름발이라는 신체표징을 통해 비유적으로 나타낸다. 이상과 그의 시대는 한쪽 다리는 신식 교육을 통해 20세기에 들여놓았지만 다른 한쪽 다리는 전근대적 질서에 머물고 있었다. 이상은 이 두 쪽 중 어느 한 편을 선택할 수 없었다. 그 때문에 이상 소설의 인물들은 제대로 걷지 못하고 절름발이로 기우뚱거릴 수밖에 없었다.

① 우리 부부는 숙명적으로 발이 맞지 않는 절름발이인 것이다. 내가 아내나 제 거동에 로직을 붙일 필요는 없다. 변해할 필요도 없다. 사실은 사실대로 오해는 오해대로 그저 끝없이 발을 절뚝거리면서 세상을 걸어가면 되는 것이다. 그렇지 않을까?

(「날개」, 343쪽)

② 슬퍼? 응— 슬플밖에—二十世紀를 生活하는 데 十九世紀의 道德性 밖에는 없으니 나는 永遠한 절름발이로다. 슬퍼야지— 萬一 슬프지 않다면—나는 억지로라도 슬퍼해야지—슬픈 포우즈라도 해 보여야지—　　(「실화」, 368~369쪽, 밑줄 : 인용자)

---

19 동경에 대한 부분은 노영희, 「이상문학과 동경」, 『비교문학』 16, 한국비교문학회, 1991. 12와 김윤식의 「서울과 동경 사이」, 『이상연구』, 문학사상사, 1987을 참조.

이상 소설에서 '절름발이'[20]는 관계에 있어서의 불균형을 뜻한다. 서술자가 이 절름발이의 관계를 위와 같이 잘 파악하고 있으면서도 해결의 방법을 발견하지 못한다. 위의 서술자는 관계의 문제를 인정하면서도 그것을 마치 "죽음이 하자는 대로 하게 내어 버려"(「지도의 암실」, 170쪽)두듯이 체념적으로 받아들일 뿐 변화시키려는 의지가 없다. 그렇기 때문에 그는 고통을 견디며 계속해서 시간을 보낼 수밖에 없다. 이러한 체념적 태도가 그를 19세기에 안주하지도 20세기로 건너뛰지도 못하게 하며, 그 가운데서 갈등하도록 남겨둘 뿐이다.

이상 소설에서 남성 인물의 여성과의 불화는 세계와의 불화와 유사한 의미를 지닌다. 이상의 소설에서 여성을 타자로 본다면, 남성 인물들은 언제나 타자를 완전히 소유한다거나 타자와 제대로 관계를 맺지 못하고 만다. 타자들은 자신만의 비밀을 가지고 갖가지 기만술을 동원해 남성 인물을 농락하려 드는 존재이다. 양자 사이에는 소통이 불가능하다. 남성 인물은 번번이 타자와 관계 맺기에 실패하고, 끝까지 타자와 소통하지 못한 채, 자신만의 공간에 유폐되는 것을 택한다.

이상 소설의 폐쇄적인 방의 상징은 이러한 맥락에서 이해할 수 있다. 즉, 그것은 여성과의 성적 관계가 원만하지 못한 공간으로서의 집 혹

---

20 고원, 「〈날개〉 삼부작의 상징체계」, 『문학사상』, 1997. 10, 210쪽 참조. 고원은 조두영의 정신분석에 기대 절름발이를 거세된 존재의 상징으로 풀이한다. 다리나 발을 남성의 성기를 의미하는 것으로 보고 그것의 불구적 형태를 절름발이로 해석한 것이다. 이 책에서는 절름발이가 남성의 성적 무능력을 상징한다기보다는 관계의 불균형을 상징한다고 보고 이에 초점을 맞추는 것이 더 합당하다고 판단해, 좀 더 확대된 해석을 시도하였다.

은 가정의 불완전함을 상징한다. 남성 인물은 언제나 그 방으로 도피하려 드는 한편 그로부터 스스로 탈출하고자 하는 욕망을 보이기도 한다. 이는 서술자가 가정을 꾸리고 싶어 하는 것으로도 또 그것을 아예 거부하는 것으로도 읽을 수 있다. 집이나 가정을 집단의 최소 단위로 볼 때, 이러한 양가적 심리는 그 사회에 대해 혼란을 겪는 인물의 내면을 나타낸다.

이와 같이 이상은 19세기적인 것을 떨쳐 버려야 할 것으로 여기면서도 한편으로는 오히려 그것에 지배되어 그것을 유지하고자 하는 모순된 태도를 보임으로써 자기 분열에 빠지게 된다. 그러나 보다 근본적인 문제는 이상이 그토록 주―하던 20세기라는 것의 형태가 분명하지 않다는 점에 있다. 이상은 분열과 소외 속에서 병든 몸으로 형체가 불분명한 불안과 공포를 맞아 싸움을 벌이는 데 힘을 쏟았지만 그 싸움의 승부는 적의 존재가 확인되지 않음으로써 승리도 패배도 아무것도 아닌 것이 되어버리고 만다.

3. 글쓰기에 대한 집착과 죽음의 유보

1930년대는 우리나라에 모더니즘 문학이 자리 잡은 시기이다. 1930년대 한국의 모더니즘 문학은 기존의 교조적이거나 낭만적인 문학을 지양하고 다양한 서구 문학을 받아들인다. 이 시기 작가들은 여러 가지 기법의 실험을 통해 새로운 문학 형태를 추구하며, 민족이나 국가라는 단위에 얽매이지 않고 자신의 개성을 강조하기 시작한다. 이상은 그러한 모더니즘 문학의 기수로서 인공적이거나 도착적인 표현 방식을 즐겨 다루었다.

또한 모더니즘 텍스트로서 이상 소설의 기교적 측면은 새로운 형식 실현을 통해 기존의 문법을 거부하려는 시도이기도 하다. 특히 이상 소설이 보여주는 신체표징은 서구 기준의 어떤 문학 경향, 특히 모더니즘적 경향을 단순히 모방한 것이 아니라, 신체에 각인된 사회적 의미를 탐색하고 당대 사회에 대한 부정적 속성을 드러냄으로써 그 사회에 대한 이해를 글쓰기를 통해 보여주는 것이다.

이 절에서 다루고자 하는 내용은 그러한 글쓰기 행위와 신체가 갖는 관련성을 찾아보는 것이다. 서사적 관점에서 신체 담론을 다루는 것은 무엇보다 정체성 찾기와 관련이 있다. 신체에 새겨진 표징은 일종의 기호의 역할을 하게 된다. 그리고 신체의 그 특별한 흔적은 누구에겐가 언젠가는 발견되고 읽히게 된다. 그러한 과정은 신체적 표징이 어떻게 기호가 되어 서사의 영역으로 편입되는지 보여준다.

이상 소설에는 다음과 같이 행위의 주체가 사람의 신체가 되는 경우가 많다.

① 보산의손이종이를꼬기꼬기구겨서는 마당한가운데에홱내어던 진다는것이공교스러히도   (「휴업과 사정」, 161쪽)

② 소녀의 눈은 이런 虛僞가 그대로 무사히 지나갈 수가 없었다.
(「단발」, 245쪽)

③ 얼마간 피곤한 내 두 발과 姙이의 한 켤레 하이힐이 尹의 집 문간에 가 서게 되었는데도 깜쪽스럽게 姙이가 성을 안 낸다.

(「동해」, 271쪽)

④ <u>시뻘겋게상기한눈</u>이살기를띠우고명멸하는황홀경담벼락에숨 쉬일구녕을찾았다. (「지주회시」, 307쪽)

⑤ <u>내 손</u>은 姸이 뺨을 때리지는 않고 來日 아침을 위하여 짐을 꾸 렸다. (「실화」, 368쪽, 밑줄 : 인용자)

신체가 주어의 자리를 차지하고 있는 위와 같은 문장들은 인물이 자 신을 파편화함으로써 신체 일부분이 서사의 주인이 되게 하는 방식이 다. 자신을 파편화하는 행위는 19세기와 20세기 사이에서 갈등하면서 분열적 양상을 보이는 주체에 대한 앞 절의 언급과 관련이 있다. 이상 소설에서 이러한 분열적 양상은 여러 가지로 나타나는데 그중 하나가 바로 이런 신체의 파편화라고 할 수 있다.

신체를 조각내고 그 일부로 전체를 대신하게 하는 문장 작법은 기존 의 문법을 거스르고 신체를 중심으로 삼는 새로운 시도이다. 이러한 이상 특유의 창작 방식은 "한 사회의 문법을 무시하거나 파괴"함으로 써 "그 사회를 구성하는 상징적 질서에 대한 도전"[21]하는 방식이라고 할 수 있다. 이상은 자신만의 독특한 창작 방법 다시 말해 신체를 파편화 하는 작업을 통해 전통적 질서에 대한 거부감을 나타내었던 것이다.

---

21 김성수, 『이상소설의 해석』, 태학사, 1999, 106쪽.

또 혼란한 가치의 세계로부터 벗어나기 위해 이상은 자주 원숭이나 앵무새 같은 동물 비유들을 내세우기도 했다. 이러한 비유는 진짜는 어디에 있는지 알 수 없고 모든 것이 가짜요 흉내 내기라고 세상을 조롱하기 위해 동원된 것이다. 가짜가 오히려 진짜와 같이 행세하는 세계를 보여주기 위해 이상은 스스로 가면을 쓰고 또 다시 자아 분열을 시도한다.

이때 이상의 자아는 흔히 천치 같고 순진한 어린 아이 같은 존재와 세상 꼭대기에 서서 모든 것을 내려다보며 조롱하는 존재로 나누어진다. 그로 인해 이상 소설에 나타나는 서술자는 자주 이중적인 문체를 구사한다.[22] 여기서 말하는 이중적인 문체의 양상은 쉽게 한글 위주의 평이한 언어와 제도적 글쓰기를 벗어난 관념적이고 현학적인 언어로 구별할 수 있다.

> ① 나는 내 非凡한 發育을 回顧하여 世上을 보는 眼目을 規定하였소. 女王蜂과 未亡人―세상의 하고많은 女人이 本質的으로 이미 未亡人 아닌 이가 있으리까? 아니! 女人의 全部가 그 日常에 있어서 개개 「未亡人」이라는 내 論理가 뜻밖에도 女性에 대한 冒瀆이 되오? 끈 빠이.　　　　　　　　　　　　(「날개」, 319쪽)

> ② 나는 그러나 그들의 아무와도 놀지 않는다. 놀지 않을 뿐만 아

---

22 이중적인 문체에 대해서는 남금희, 「다성적 문체의 특성과 기능」, 『울산어문논집』 12, 울산대학교 국어국문학과, 1997. 12와 황도경, 「존재의 이중성과 문체의 이중성」, 『현대소설연구』 1, 한국 현대소설연구회, 1994.8 참조.

니라 인사도 않는다. 나는 내 아내와 인사하는 외에 누구와도 인사하고 싶지 않았다. 내 아내 외의 다른 사람과 인사를 하거나 놀거나 하는 것은 내 아내 낯을 보아 좋지 않은 일인 것만 같이 생각이 들었기 때문이다. 나는 이만큼까지 내 아내를 소중히 생각한 것이다.　　　　　　　　　　　　　　　(「날개」, 320쪽)

　위 인용문은 각각 소설 「날개」의 프롤로그와 본문에서 발췌한 부분이다. 이를 통해서 이중적인 문체의 차이를 확인할 수 있는데, 프롤로그의 경우 독자를 향해 도전하는 듯한 문체가 구사되는 반면 본문에서는 그와는 전혀 다른, 아이와 같은 인물의 언술이 구사되고 있다. 이와 같은 이상 소설의 이중적인 문체는 두 세계 사이에 낀 이중적 존재의 갈등을 반영하며, 존재나 현실의 양면성, 가치 전도된 사회를 나타내는 것으로 해석될 수 있다.

　이중적인 문체뿐 아니라 이상의 표현 방식은 띄어쓰기가 무시되거나 비문법적인 문장으로 연결된 소설들(「휴업과 사정」, 「지도의 암실」, 「지주회시」)과 한자 파자(「동해」, 「종생기」)의 사용을 통해 더욱 극단화된다. 이런 극단적 실험으로 인해 이상 소설의 기호들은 다층적으로 되는 동시에 난해해진다. 독자가 이상 소설에 접근하기 어렵다고 느끼는 까닭은 이상이 그와 같이 의도적으로 비틀고 꼬는 기교를 이용해 독자가 작품의 의미를 쉽게 파악하기 어렵도록 감추어 놓았기 때문이다.

　이상이 이러한 표현 방식을 고집했던 것은 세상에 대응하는 방식으로 그러한 글쓰기를 선택했기 때문이다. 그가 세상에 맞서는 방법은 한마디로 "뇌수에 무게"를 두는 것이다. 그러나 세상 사람들이 그 뇌수의 무게를 알아주지 않는다는 점이 문제이다. 그는 그 때문에 또 다시 좌절한다. 그럼에도 불구하고 그는 언젠가 "天下에 炯眼"(「종생기」, 378쪽)이 자신의 가치를 알아줄 것을 믿으며, 그때 그들이 너무 쉽게 자신의 고매한 이성의 가치를 알아채지 못하도록 다시 한 번 위장을 해야 한다고 다음과 같이 주장한다.

> ① 세상에서땅바닥에달라붙어뜯어먹고사는 천하인간들의쓰는시와는운소로차가나는훌륭한시를 보산은몇편이나몇편이나써놓은것이건만 그대신세상사람들은 그의시를이해하여줄리가없는과대망상으로밖에는볼수없는것이었다.
>
> (「휴업과 사정」, 155쪽)

> ② 나는 찬밥 한 술 冷水 한 모금을 먹고도 넉넉히 一世를 威壓할 만한 「苦言」을 摘摘할 수 있는 그런 知慧의 實力을 가졌다.
>
> (「종생기」, 385쪽)

이상 소설의 밑바탕에는 질병 앓는 인물의 무기력이나 열패감이 깔려 있다. 이러한 감정은 인물로 하여금 타인과 세상에 비판적이고 부정적인 태도를 취하게 하는 한편 글쓰기라는 자신의 재능에 집착하도록 만든다. 글쓰기라는 재주로 천하를 놀라게 하려는 이상의 욕망은 계속해서 그의 자살을 유보시키는 역할을 한다. 그는 자신의 재주를 한껏 펼친, 그러한 대단한 글을 쓰기 전까지는 죽을 수 없다고 생각하기 때문이다. 그러므로 끊임없이 글을 쓰는 이유 또는 써야만 하는 이유는 죽지 않기 위한 방편이라고 볼 수 있다.

그러나 이상에게 그러한 글쓰기조차 쉽게 되지 않는다. 그 때문에 그는 끝없이 절망하며, 자신의 재능을 정당화하려 계속해서 고심한다. 그는 결국 천재는 세상이 알아주지 않기 마련이라는 그럴듯한 변명을 찾아낸다. 그렇기 때문에 그의 질병으로 인해 쇠약해진 몸도 천재성을 드러내는 한 조건이 될 수 있었으며, 가난과 불행 역시 글쓰기를 위해 일조하는 조건으로 둔갑할 수 있게 된다. 경제적으로 무능하고, 극도로 건강이 악화된 상태에서 이상이 유일하게 내세울 수 있었던 것은 글쓰기라는 재주뿐이었다. 글쓰기는 그에게 체념할 수밖에 없는 현실을 부정할 수 있게 해주는 유일한 해방구였으며, 열등한 그의 처지로부터 벗어날 수 있는 유일한 대안이었다.

이상이 자신의 정당한 정체성을 확인할 수 있는 유일한 방법은 글쓰기라는 행위를 통해서였다. 다음의 인용문은 그와 같은 이상의 상황을 나타내는 부분이다.

① 肉身이 흐느적흐느적하도록 疲勞했을 때만 精神이 銀貨처럼 맑소. 니코틴이 내 蛔ㅅ배 앓는 뱃속으로 스미면 머리 속에 으례히 白紙가 準備되는 법이오. 그 위에다 나는 위트와 파라독스를 바둑布石처럼 늘어놓소. 可憎할 常識의 病이오.

(「날개」, 318쪽)

② 美文이라는 것은 적이 措處하기 危險한 수작이니라. 나는 내 感傷의 꿀방구리 속에 青山 가던 나비처럼 痲醉昏死하기 자칫 쉬운 것이다. 조심 조심 나는 내 맵시를 고쳐야 할 것을 안다.

(「종생기」, 379쪽)

③ 어느 時代에도 그 現代人은 絕望한다. 絕望이 技巧를 낳고 技巧 때문에 또 絕望한다.[23]

이상은 본인의 글쓰기 방식을 공공연히 공개하면서, 독자를 향해 풀 수 있는 재주가 있거든 자신의 수수께끼를 풀어보라고 주문한다. 그러나 이상에게 기록하기 또는 글쓰기는 단순한 흥미나 재미가 아니라, 자신의 질병으로부터 비롯되는 극심한 고통을 견디는 하나의 방법이다. 공포의 순간들, 자살 충동의 순간들을 기록하는 동안만큼은 통증을 잊을 수 있기 때문이다. 글쓰기를 통해서만 이상은 현실로부터 온전히 벗어나 자신만의 세계를 향유할 수 있었다. 그것이 바로 그가 글쓰기라는 행위에 집착하는 이유이다.

이상에게 글쓰기는 죽음을 유보시키는 하나의 장치인 동시에 고통을 덜어주는 진통제와 같은 것이었다. 즉, 그는 기록하는 행위를 통해 신체적 고통으로부터 구원될 수 있었다. 이야기를 만들고 기억하며 말로 전하거나 기록을 통해 남기는 행위는 결국 존재의 소멸에 대한 저항 즉, 죽음에 저항하는 행위라고 할 수 있다. 그가 죽기 전까지 그토록 글쓰기에 매달렸던 이유는 그것만이 그를 정신적·육체적 고통 그리고 암울한 현실로부터 벗어날 수 있게 했기 때문이다.

이상은 글쓰기를 통해 비록 완전히는 아니더라도 20세기라는 이상적 세계에 접근할 수 있었다. 사후(死後) 그의 글쓰기는 문학사에 근대

---

23 김윤식 편, 「5.」, 『이상문학전집 3』, 문학사상사, 2002, 360쪽.

적인 방식을 구현한 것으로 평가되고 있기 때문이다. 그에게 현실은 출구 없는 골목과 같은 것, 어느 방향으로 질주하더라도 계속해서 폐쇄된 길만 나타나는 미로와 같은 것이었다. 그러한 상황으로부터 탈주하고자 했던 그의 욕망은 그를 글쓰기에 집착하도록 만든다. 글쓰기는 그가 믿고 선택할 수 있는 유일한 뚫린 길이었다. 그렇기 때문에 그것만이 그에게 구원의 길이 될 수 있었다.

이상 소설에 나타나는 신체표징 분석을 통해 결핵이 죽음에 대한 공포를 불러일으키는 근원임을 알 수 있었다. 그로 인해 인물들은 무기력해지거나 체념하는 태도를 보였으며, 자신을 노쇠한 노인이나 아예 시체로 여기기도 했다. 그들은 자신의 신체를 시체로 여김으로써 스스로 사회로부터 일탈하는데 그러한 행위는 병든 사회 현실을 거부하고자 하는 은유로도 읽을 수 있었다. 또한 남녀 간의 관계를 통해서도 현실로부터 벗어나기 위한 시도가 발견되었다. 이상 소설은 남녀 간의 갈등이 세계와의 갈등으로 확대되는 과정을 담고 있는데, 남성 인물은 자신의 전근대적 가치관으로부터 도피하기 위해 잠에 빠져들거나 동경으로의 탈출을 감행하였다. 다음으로 이상의 글쓰기가 죽음을 유보하는 하나의 방법이었음을 밝혀 보았다. 이를 통해 이상의 파격적인 글쓰기 또한 기존의 문법을 거스름으로써 고통스러운 현실에서 벗어나고자 하는 방식이었음을 확인하였다.

이상은 식민지 시대의 지식인으로서 자신의 욕망을 억압당한 채 폐쇄적인 사회를 견뎌내야만 했던 작가이다. 식민주의는 무차별적으로 식민지인의 삶을 결정짓고 제한하는 절대적인 잣대였기 때문이다. 식민지 시대 작가들은 그러한 현실의 억압으로부터 탈출하기 위해서 문학에 더욱 매달려야만 했다. 그들은 그들 내면에 감추어진 현실 탈주 욕망을 역설적이고 파행적인 글쓰기를 통해 나타내었다. 우리가 이상의 문학을 '내향적ㆍ폐쇄적'이라고 부를 때 그것은 이러한 식민지 분위기에 대응하는 자아의 태도를 나타내는 것이다. 이러한 현실에 대한 고통은 이상의 소설에서 신체를 통해 은유적으로 드러났다. 신체는 이상 소설의 조감도 역할을 하는 주제이기 때문에 이상 소설에 나타나는 신체표징을 분석함으로써 그가 세계를 어떻게 이해했는지 그리고 그에 대해 어떻게 대응했는지 살펴볼 수 있었다.

제2장
오정희 소설의 신체표징과 여성적 자아

　오정희의 소설이 시적이고 감각적이라는 것은 40년에 육박하는 시간이 지나면서 이제 정설이 되었다. 오정희의 소설에는 붉거나 노란색을 바라보는 시선이나, 뜨겁게 달아오른다거나 차가움을 느끼는 촉각, 달거나 쓴 맛의 미각 등 수없이 많은 감각들이 동원된다. 감각은 몸을 매개로 하여 만들어지는 것이다. 그것은 신체적 경험 없이는 존재할 수 없다.

　이뿐만 아니라 오정희 소설에는 동성애(「완구점 여인」, 「주자」, 「산조」)나 근친 욕망(「관계」), 불륜(「목련초」, 「옛우물」) 그리고 조막손(「미명」)이나 육손(「직녀」), 장님(「안개의 둑」), 외눈박이(「유년의 뜰」), 뭉텅 잘린 다리(「완구점 여인」) 등과 같은 비정상적인 성관계를 비롯한 불구적·기형적 신체 기호들 또한 자주 등장한다.

　비정상적인 신체 기호 중에서도 특히 임신이나 출산, 낙태와 같은 여성의 생리적 경험들이 오정희의 소설에서 유독 빈번히 제시된다. 그렇기 때문에 흡사 여성의 삶을 보고하는 보고서처럼 보인다. 여자로 태어나서 성장해 월경을 겪고, 임신이나 유산의 경험을 하고, 아이를 잃거나 얻고, 늙어가는 모습과 그러한 과정에서 빚어지는 사건들을 오정희는 충격적이면서도 치밀하게 그리고 꾸준히 보고하고, 고발해왔다. 또 여성의 삶이 아닌 남성 인물이 다루어지는 경우라도 그것은 대부분 남성의 생식 능력과 관련된다.

이렇듯 오정희 소설은 몸에서 벌어지는 사건들에 대한 관심으로부터 촉발된다. 이제 막 태어난 아이든 늙어 죽어가는 노인이든 오정희 소설의 인물들은 몸의 상태를 매개체로 하여 자신을 표현한다. 그러나 오정희 소설에서 몸은 아름답지도 건강하지도 않다. 그것은 불구적이고, 병들어 있다. 여성 신체의 경우 불구적 특징은 주로 불임 모티프를 통해 재현된다.[1] 이 장에서는 오정희의 소설에 나타나는 이러한 신체적 특징과 의미를 고찰함으로써 오정희 소설의 불구적 신체의 의미를 밝혀내고, 그로써 오정희 소설의 변별점을 규명할 것이다.

오정희 소설 연구는 존재론적 자아에 대한 주제적 고찰, 문체를 비롯한 형식적 측면의 논의들, 페미니즘 이론에 기댄 분석이나 정신분석적 접근 등 다각적인 방면에서 이루어져왔다.[2] 여기에서 살펴보려고 하는

---

1 사라 네틀턴, 앞의 책, 31쪽. 근대 들어서면서 임신과 출산은 '질병'으로 간주되기 시작하며 따라서 여러 가지 의학적 기술 개입의 대상이 된다. 아이를 갖는 행위와 경험이 의료화되기에 이른 것이다. 이로 인해 본질적으로 여성의 경험에 속하던 문제가 가정의 영역으로부터 남성이 지배하고 통제하는 병원이라는 공식적인 영역으로 넘어간다.

2 이 글에서는 다음과 같은 논문을 참고하였다.
존재론적 측면 : 김병익, 「세계에의 비극적 비전」, 『월간조선』, 1982. 7 ; 김치수,

오정희 소설의 신체적 특징은 여러 논자들에 의해 산발적으로 거론되기는 하였으나 집중적으로 다루어지지는 못했다. 여성의 몸을 "문화적 문제들의 기술된 전사(轉寫)"[3]로 규정한 한 페미니스트의 관점에서도 드러나듯이, 여성성은 몸으로부터 발현된다. 그리고 그것은 여성의 신체적 경험이 문학적인 제재가 될 소지가 충분함을 뜻한다.

페미니스트들에게 여성의 존재는 신체와 같이 흔하고, 일상적이며, 가까이 있기 때문에, 일종의 당위(當爲)로 받아들여진다는 점에서 문제적이다. 그래서 그들은 여성을 그리고 신체를 "이론적 관조의 대상이

「전율 그리고 사랑」, 『유년의 뜰』 해설, 문학과지성사, 1981; 김현, 「살의의 섬뜩한 아름다움」, 『불의 강』 해설, 문학과지성사, 1977; 서재원, 「일상의 수압에 해체되는 존재의 비극」, 『문학사상』, 1996. 4; 성민엽, 「존재의 심연에의 응시」, 『바람의 넋』 해설, 문학과지성사, 1986; 오생근, 「허구적 삶과 비관적 인식」, 『야회』 해설, 나남, 1990.
형식적 측면 : 김윤식, 「창조의 기억, 회상의 형식」, 『소설문학』, 1985. 11; 김혜영, 「오정희 소설의 이미지 연구」, 『현대문학이론연구』 19집, 2003; 명형대, 「조각그림 맞추기와 소설읽기」, 『배달말』 27, 2000; 이상섭, 「〈별사〉의 수수께끼」, 『문학사상』, 1984. 8; 황도경, 「빛과 어둠의 이중문제」, 『문학사상』, 1991. 1.
페미니즘 : 김경수, 「여성성의 탐구와 그 소설화」, 『외국문학』, 1990년 봄; 김복순, 「여성 광기의 귀결, 모성 혐오증」, 『페미니즘은 휴머니즘이다』, 한길사, 2000; 김혜순, 「여성의 정체성을 향하여」, 『옛우물』 해설, 청아, 1994; 우찬제, 「'텅 빈 충만', 그 여성적 넋의 노래」, 『타자의 목소리』, 문학동네, 1996; 이상경, 「여성작가 소설에 나타난 여성성의 탐구」, 『한국문학연구』 19, 동국대학교 한국문학연구소, 1997; 하응백, 「자기 정체성의 확인과 모성적 지평」, 『작가세계』, 1995년 여름; 황도경, 「여성의 글쓰기와 꿈꾸기, 그 여성성의 지평」, 『문학정신』, 1992. 5.
정신분석 : 김현, 「요나 콤플렉스의 한 증상」, 『월간문학』, 1969. 10; 신철하, 「성과 죽음의 고리 – 오정희의 소설구조」, 『현대문학』, 1987. 10.
3　헬레나 미키, 『페미니스트 시학』, 김경수 역, 고려원, 1992, 189쪽.

아니라 사회적 · 정치적 의미에서 해석될 수 있는 사회성의 대상"[4]으로 파악하길 원한다. 오정희 소설에서 여성의 몸은 '불임 모티프'를 통해 뚜렷하게 드러난다. 오정희 소설에서 불임은 상처의 기호로 새겨져 있다. 오정희 소설 분석에서 다루어지는 '불임'은 임신을 할 수 없거나 아이를 가지길 원하지 않는 상태를 포함할 뿐만 아니라 생식에 관한 전반적인, 즉 임신과 출산 과정에 관여하는 여러 가지의 불모성(不毛性)을 아우르는 범위의 의미이다.

1. 여성 욕망의 잉여와 불임

「직녀」는 아이를 낳을 수 없는 여성 서술자가 아이 낳기를 바라는 이야기이다. 서술자는 아이를 가질 수 없는 자궁을 가지고 있다. 그럼에도 불구하고 그녀는 아이를 낳을 수 있다는 환상에 사로잡혀 있다. 주인공의 근본적인 문제는, 제목이 이미 시사(示唆)하듯이, 직녀가 견우와 헤어져 살고 있다는 것이다. 그러나 그녀에게는 전래 동화와 다르게 칠석(七夕)이라는 희망이 주어지지 않는다. 이러한 희망 없음은 둘 사이를 연결하는 다리의 부재(不在) 혹은 부실(不實)로 나타난다. 이때 다리는 "분리의 테마와 연관"되며 "경계선의 기능"[5]을 한다.

---

4 오생근, 「데카르트, 들뢰즈, 푸코의 '육체'」, 앞의 책, 104쪽.
5 장 루이 뢰트라, 앞의 책, 77쪽.

소설의 배경으로 제일 먼저 소개되는 집 앞의 개천은 '나'와 남자 사이를 가로막고 있는 장애물이다. 그런데, 그 개천을 건널 수 있는 유일한 다리는 "엉성하기 짝이 없"는 "건축 자재용 각목"[6]이다. '부실한 다리'는 이편과 저편 사이의 교통이 쉽지 않은 상황의 상징이고, 이는 두 대상 간의 단절을 암시한다. 그럼에도 불구하고 서술자는 끊임없이 다리를 건너는 남자를 관찰하고 '당신'을 떠올리며 배태의 욕망을 버리지 않는다. 그녀가 실현될 수 없는 회임 욕망을 버리지 않는 이유는 무엇일까.

그녀는 "잘 익은 과일처럼 둥글고 단단"한 가슴을 가지고 있지만 동시에 "밋츨"한 배를 가지고 있다. 그것은 곧 "홍도화"의 이미지로 환기되는데, 이 꽃의 특징은 짙은 홍색의 아름다운 꽃잎을 피우지만 열매를 맺지 못한다는 것이다. '나'는 여자로서의 아름다운 몸, 즉 욕망하는 몸과 생산하지 못하는 몸 사이에서 갈등을 겪는다. 서술자가 위치한 세계는, "신선과 동자가 거(居)하는 산채 뒤로 멀고 아득한 산이 굽이굽이 구름처럼 돌아간 여덟 폭의 병풍"이 놓인 방에서, "합죽선"을 부치고, "가야금"으로 "영산회상(靈山會相)"이나 "세령산타령(細靈山打令)"을 뜯는, "복고 취미"로 일관되는 공간이다. 때문에 서술자는 남편과의 교합을 "일천팔백년대나 그보다 더 멀고 아득한 곳"(182~185쪽)에서 나누는 것처럼 느낀다.

---

6   오정희, 「직녀」, 『불의 강』, 문학과지성사, 1997, 179쪽. 이하 같은 책에서 인용할 경우, 본문에 쪽수만 표기하기로 한다.

여자란 아이 낳는 도구에 불과하다고 여겨지는 과거 세계에서, 여성의 아름다운 신체나 성적 욕망은 가치를 인정받지 못했다. 그러한 세계에서 생식으로 이어지지 않는 여성의 몸, 여성의 욕망은 무의미한 잉여일 뿐이다. 그렇기 때문에 서술자의 욕망과는 상관없이, '당신'의 방에서는 새벽녘마다 "닭의 깃 치는 소리"가 들린다. 그것은 서술자 아닌 다른 여성과 남편이 교합하는 소리이다. 새벽이 되면 남편의 방 안에서는 "넓은 침대에서" 푸드덕 거리며 닭이 깃 치는 소리와 더불어 "잇새로 깨무는 안쓰러운 신음 소리"(189쪽)가 들린다.

　서술자는 "밤의 어둡고 은밀한 동굴을 지나는 동안"(188쪽)을 한숨으로 참고, 남편의 방에서 들리는 새벽녘의 소리들을 들으며, 남편의 사랑을 받기 위해, 회임의 욕망을 품는다. 그러나 현실에서 아이를 생산하지 못하는 몸을 가진 여자의 욕망은 억압된다. 그래서 그녀는 "발정한 개의 울음"에 소름끼쳐하고, 꿈속에서 나뭇잎 사이로 "풍작의 과일처럼 주렁주렁 달린 남근(男根)"(192쪽)을 보며, 무더기로 달린 "진홍의 꽃들"을 꺾어버리고 그로부터 "피가 맺히"는 듯한 아픔을 느낀다. 이러한 행위와 사고는 모두 주인공의 해소되지 못하고 쌓인 과도한 성적 욕망으로부터 기인한다.

　그러나 과거의 윤리를 따르던 남편과의 "그 멀고 아득한 공간에의 순례"마저도 멈추어버리고 만다. "무생물적"이라는 이유로, 선풍기 돌아가는 소리마저 혐오하던 서술자의 남편이 "석질(石質)의 자궁"을 가져 "회임(懷妊) 못 하는" 생식 불능의 서술자를 비웃으며 떠났다가 "올이 성근 마포(麻布)에 감겨"(190쪽) 죽어 돌아왔기 때문이다. 결국, 서술자의 욕망은 해소되지 못하고, 잉여의 상태를 유지할 수밖에 없게 된다.

집 앞 개천을 건너가고 건너오는 남자는 그녀의 진짜 남편이 아니다. 그는 서술자가 자신의 남편이라고 상상하는 존재일 뿐이다. 서술자는 그런 식으로, 즉 '남편'의 자리를 낯선 '당신'으로 대체함으로써 자신의 잉여 욕망을 해결하고자 하는 소망을 비추어 보는 것이다. 낮 시간에 서술자는 남자의 오고 감을 창을 통해 단지 지켜볼 뿐 다가가지 않는다. 그러나 밤이 되면 그녀는 남자에게 접근을 시도한다. 서술자는 다음과 같이 '그네뛰기'라는 행위로써 '남자'와 만난다. 이 상상의 만남을 통해 서술자의 감추어졌던 성적 욕망은 적나라하게 드러난다.

> 나는 힘껏 그네를 구른다. 그네가 뒤집어질 듯 높이 올라가면 치마가 날리고 드러난 다리 사이로 바람이 부드럽고 미끄럽게 드나든다. 치마가 부풀기 시작한다. 가슴이 물결처럼 출렁이고 꽉 조인 치마 말기 아래 심장이 더 세게 출렁인다. 치마는 점점 둥글게 낙하산처럼 퍼져서 곧 당신의 창문을 뒤덮고 지붕을 압도한다.　　　　　　　　　　　　　　　　　　　　　　（「직녀」, 186쪽）

이 소설에서 남자가 서술자에게 조심스러운 걸음걸이로, 혹은 '작의적'이고 '습관적'인 "깨금발"로 다가온다면, 서술자는 남자에게 한꺼번에, 뒤덮고 압도하듯 다가간다. 서술자는 남편과의 관계로 미루어, 자신의 강한 성적 욕망을 해소하기 위해서는 반드시 아이를 낳아야 한다고 생각한다. 그래서 서술자는 "당신의 아들을 낳을 것"이라는 말을 주문처럼 외우며 심지어는 "내 밋밋한 아랫배에선 당신의 아들이 둥둥둥

등 북을 울리고 있다"는 환상에 사로잡힌다. 소설의 마지막 부분에서 서술자는 "부어오른 눈두덩에 푸른 칠을 하고 입술을 붉게 그려 일곱 송이의 꽃을 쥐고 대문을 나"(193~194쪽)선다. 부부의 인연을 상징하는 '일곱 송이의 꽃'을 쥐고 나선다는 것은 남편을 또는 사랑을 나눌 대상을 만나기 위한 새로운 시도이다. 그러나 '당신'은 끝까지 나를 돌아보지 않고 개천을 건너갈 뿐이다.

이 소설에서 서술자가 '석질의 자궁'을 가진 마이너스 표징이라면 그녀의 남편은 '육손[7]이라는 플러스 표징이다. 음양오행 사상에서 여성은 음으로 남성은 양으로 풀이된다. 「직녀」의 서술자는 남편의 사랑을 필요로 하지만 자신의 신체적 결함 때문에 사랑을 당당하게 구하지 못한다. 신체적 기준에서 상대적 약자인 서술자는 '아이 못 낳는' 죄의식 때문에 상대적 강자인 남편에게 위축된다. 즉 마이너스 표징인 서술자에게 남성은 '육손'이라는 기형적으로 과도한 형태의, 플러스 표징으로 인식되는 것이다.

이러한 상황은 유교적 가치관을 가진 여성의 전형적인 모습이다. 그녀들은 '생산'의 임무를 맡은 존재일 뿐, '욕망'의 차원에서는 고려되지 않는다. 그렇기 때문에 남편이 외도를 하더라도 그러한 상황을 안타깝

---

7 그동안 「직녀」의 '육손이'에 대해서는 분분한 해석이 있어왔다. 김현은 '육손이'를 "기형이 나타내는, 정상보다 큰 힘을 가진 자를 표징"한다고 본 반면, 김병익은 "필요 없이 덧가짐으로써 기형이 된 자의 과잉된 자의식에 대한 원망스런 비난을 함축"하고 있는 것으로 해석한다. 이에 대해 김윤식은 김현의 비평이 '시적 해독'이라면 김병익의 그것은 '소설적 독법'이라고 밝힌 뒤, 김현의 오독으로 판정한다.(김현, 김병익, 김윤식의 앞의 글 참조)

고 고통스럽게 받아들이며 견딜 뿐, 어떤 저항도 하지 못한다. 서술자는 '육손이'라는 기형적 남성 지배체제 아래 억압적인 상태를 견디며 환상 속으로 도주한다. 이를 통해 우리는 「직녀」가 회고적, 복고적 분위기의 아름다운 비유 속에 폭력적인 남성 중심적 사회와 거기에 속한 여성의 욕망이 억압되는 양상을 감추어 두고 있음을 알 수 있다.

여기서 불임 여성의 반대 위치에 놓이는 다산의 여성의 양상[8]을 더불어 살펴보고자 한다. 왜냐하면 다산의 여성 역시 남성 지배 체제의 허구를 깨닫게 하는 작용을 한다는 점에서, 「직녀」와 동일한 역할을 하고 있기 때문이다. 오정희 소설에 등장하는 다산의 어머니들은 억압을 자각하지 못하고 다산을 축복이라고 여기는 전근대적 존재들이다. 이들은 이미 제도화된 모성으로서 자신의 세계를 변화시킬 의지가 없다. 딸들에게 임신과 출산을 반복하는 어머니는 어떤 '동물성'을 떠올리게 하는 부정적인 이미지로 각인되며, 나아가 그러한 삶에 대한 거부 의식을 갖게 한다. 어머니의 다산은 그의 딸들에게 "흉한 주름",[9] "수채에 쭈그리고 앉아 으윽으윽 구역질"[10]을 하는 모습, "안경을 낀 듯 시커멓게" 덮인 기미 등 훼손된 몸의 흔적과 반응으로만 기억된다.

흔히 이차 성징을 경험하는 소년들은 "최초로 정자가 나오고 몽정이

---

8 오정희 소설 중에서 다산의 어머니가 등장하는 것은 「유년의 뜰」, 「중국인 거리」, 「완구점 여인」, 「옛우물」 등인데, 소설 속에서 어머니의 모습은 모두 성장기의 여자아이에 의해 관찰된다. 이 아이들은 어머니를 관찰하고 몸의 변화를 겪음으로써 자신의 자의식이나 정체성을 확인한다.

9 오정희, 「유년의 뜰」, 『유년의 뜰』, 문학과지성사, 1983, 35쪽.

10 오정희, 「중국인 거리」, 위의 책, 74쪽.

시작되는 것"을 "다가올 성적 쾌락과 환상적인 성적 만남"에 대한 기대로 받아들이는 반면 소녀들의 경우에는 "생리의 시작"을 "자신의 섹슈얼리티의 발달을 지칭하기보다는 잠재적인 재생산 수행자"[11]가 되는 과정의 의미로 받아들인다고 한다. 이렇듯 소녀들은 성장과 동시에 임신과 출산에 대한 부담을 느끼게 된다.

여성은 오랜 시간에 걸쳐 재생산의 주된 담당자로 자리매김되어왔으며, 사회는 여성의 그러한 역할 수행을 당연한 것으로 치부해왔다. 때문에 오정희 소설의 전근대적 어머니는 가부장제의 울타리 안에서 타율적 삶에 길들여져, 남성의 그림자로서의 역할에 만족하는 모습으로 그려진다. 그러나 딸들은 이러한 어머니에 대해 혐오감을 가지게 된다. 이 혐오는 그러한 메커니즘을 생성하는 사회구조에도 가 닿는다.

신체의 담론은 '권력'을 누리는 존재들에 대해 언제나 "도전적"이다.[12] 오정희 소설이 페미니즘의 관점에서 분석되는 이유 또한 가부장적/남성 중심적/이성적 세계에 대해 반기를 들기 때문일 것이다. 위에서 살펴보았듯이 오정희 소설은 가부장적 사회뿐 아니라 '제도화된 어머니'에 대해서도 강한 거부를 드러낸다. 이러한 거부는 어머니를 혐오스럽게 그러나 안쓰러운 눈으로 지켜보는 아이에 의해 '불임'이라는 신체적

---

11 임인숙, 「엘리자베스 그로츠의 육체 페미니즘」, 『여/성이론』 4, 여이연, 2001, 194~195쪽.

12 이용은, 「나르시시즘의 대안으로 '몸' 느끼기」, 『여/성이론』 2, 여이연, 2000, 325쪽.

증상[13]으로 나타나게 된다.

신철하가 오정희 소설을 두고 "샤면적", "정령적", "악성의 어떤 것", "광증 · 마성"[14] 등으로 표현한 것도 이러한 특성과 무관하지 않을 것이다. 오정희의 주인공들은 소설 속에서 기형적인 신체의 일부로, 억압된 성(性)적 욕망으로, 성장 과정의 경험자로 존재한다. 여기서의 불구성, 기형성이나 기괴성은 일종의 메타포인데 그것은 자신의 억압된 욕망과 타인과 세계에 대한 폭력성을 은유한다.

버틀러는 여성의 텍스트에 마녀나 괴물 혹은 미친 여성, 히스테리아들이 등장하는 이유를 그들이 "가부장제 아래서 왜곡된 자신의 모습을 괴물성으로 표현하기 때문"이라고 보았다. 즉, 여성들이 "외관상 대단히 가부장제에 공손하고 순치된 것"처럼 보일지라도 그들의 내면을 잘 들여다보면 "타협과 혁명, 순종과 전복이 복잡하게 뒤엉켜있음을 발견"[15]하게 된다는 것이다.

불임과 다산의 경우에서 나타나듯이 오정희의 소설은 어떤 경계의

---

13 임옥희, 「히스테리」, 『페미니즘과 정신분석』, 여이연, 2003, 96~109쪽. 심인성 질환이 신체 증상으로 나타난다는 점에서, 오정희 인물은 '히스테리' 환자로도 분석될 수 있다. 히스테리는 "가부장제 아래서 목소리가 없는 여성들이 자신을 재현할 수 있는 몸언어"이고, "지배 질서의 문법에 맞지 않는 여성을 뭉뚱그려 부르는 이름"이며, "여성이 죽거나 미치지 않고 가부장제에서 자신을 표현하려는 욕망의 다른 언어적인 표현"이다. 히스테리의 이러한 정의를 따른다면, 오정희 소설의 여성 인물들은 그 증상에 부합된다.

14 신철하, 앞의 글, 395쪽.

15 임옥희, 『주디스 버틀러 읽기』, 여이연, 2006, 16쪽.

영역에 놓여 있다. 그것은 삶과 죽음, 여자와 남자, 불과 물, 생성과 파괴, 에로스와 타나토스, 아이와 노인, 일상과 비일상, 존재와 부재 등 일련의 이항 대립 요소들 중 어느 한쪽을 지향하는 것이 아니라 그 중간의 영역의 불확실한 어느 지점을 향한다. 예를 들면, 오정희 소설에 배경으로 등장하는 시간은 대부분 "개와 늑대 사이의 시간"이다. 그 시간은 "해가 설핏 기울기 시작하고 땅거미가 내리면서 저만큼 보이는 짐승이 개인지 늑대인지 잘 분간이 가지 않는 미묘한" 때로써, "집에서 기르는 친숙한 가축이 문득 어두운 숲에서 내려오는 야생의 짐승처럼 낯설어 보이는", "섬뜩한 시간"[16]이다. 아래는 그러한 불확실한 시간이 묘사되고 있는 부분인데, 이러한 시간의 경계는 인식의 경계와 같다.

> 어릴 적 잠에서 깨어나면 저녁일까, 아침일까 몰라지고 맥없이 뜰을 내다보다가 문득 두려움이 생기지. 일상사에 가려져서 잊혀지고, 보이지는 않으나 확연히 느껴지던, 우리가 미립자의 시절부터 잉태하고 있던 진상(眞相)이 비로소 인식되어 무서워진 탓일 거야.　　　　　　　　　　　　　　　　　　（「관계」, 145쪽）

시간의 경우와 마찬가지로 신체 역시 경계의 의미를 담고 있다. 메를로-퐁티에게 신체는 '애매성'으로 규정된다. 그에 따르면 신체는 "존재의 회로이고 우리의 삶은 애매"하다. 그러므로 "나의 신체는 나의 애매

16　김화영, 「개와 늑대 사이의 시간」, 『문학동네』, 1996년 가을, 470쪽.

성"[17]이라는 명제가 성립한다. 메를로-퐁티는 주체로서의 신체를 "세계의 지형이나 현상학적 장(場)과 독립된 것"이나 "평행한 상태로 나란히 마주본" 그런 신체적인 존재가 아니기 때문에 "나의 몸은 곧 세계와의 애매한 상태에서 교통"[18]한다고 본다. 이는 바꿔 말하면 신체와 세계는 분리되거나 독립된 것이 아니며 애매하고 불확실한 상태로 상호 교통한다는 것이다.

메를로-퐁티가 신체와 세계 사이의 문제를 거론했다면 엘리자베스 그로츠의 경우는 신체를 이분법, 즉 정신과 몸의 양극에 위치하고 있는 것이라기보다는 "결정적이지 않은 방식으로 떠다니고" 있다는 점에서 경계의 개념으로 파악한다. 그에 따르면 신체는 "정신적 내면성과 육체적 외면성이 필연적으로 의존"하여 "둘 사이의 철저한 단절을 가정하지 않고, 한 면이 다른 면으로 전환되고 비틀리는 능력을 가정"[19]하는 '뫼비우스의 띠' 모델이다.

오정희의 소설에는 외출이 자주 등장하는데, 이는 위에서 이야기한 신체의 양면적인 세계, 경계의 영역을 가로질러 이면(裏面)의 존재와 그것을 인식하는 시도라고 할 수 있다. 오정희에게 외출이란 자신이 속한 세계를 벗어나 또 다른 세계로 진입함으로써 이전의 자신을 되돌아보는 계기로 삼을 수 있는 행위이다. 때문에 그녀의 소설 속 서술자들은 끊임없이 외출을 감행하고 그로부터 자신의 알 수 없는 내면 혹

---

17 류의근, 「메를로-퐁티에 있어서 신체와 인간」, 『철학』 50, 한국철학회, 276쪽.
18 양해림, 앞의 글, 122쪽.
19 임인숙, 앞의 글, 187~188쪽.

은 과거를 찾으려 든다. 이는 경계의 영역을 넘어서 새로운 인식의 단계에 이르고자 하는 의식의 반영이다. 오정희 소설의 경계(境界)는 이전 세계에 대한 경계(警戒)의 의미를 지님으로써 신체표징의 역할에 상응한다.

2. 여성의 출산 거부와 낙태

앞서 보았듯이 오정희 소설에서 억압받는 모성에 대한 딸의 대응은 임신과 출산 거부의 형태로 나타난다. 이 절에서는 여기에 덧붙여 '낙태'라는 사건을 분석해보고자 한다. 「번제」의 서술자는 여성의 몸에 또 다른 생명을 품는다는 것을 받아들이지 못하는 인물이다. 출산을 거부하는 주인공의 행동은 어머니와의 관계, 특히 '어머니의 육체'[20]로부터 연유한다. 앞서 다산의 어머니를 바라보는 소녀의 경우와 정반대로 「번제」의 주인공은 어머니의 "창백하고 섬세해 뵈는 목덜미"를 "여간 우아한 것이 아니"라고, "매양 감탄"(158쪽)하며 바라보는 입장이다. 서술자는 어머니와 떨어지는 상황을 받아들이지 못하고, 어머니에게 집

---

20 임현주, 「코라 : 모성적 공간」, 『페미니즘과 정신분석』, 여이연, 2003, 200쪽. 크리스테바는 어머니의 육체가 "전(前) 상징계로서의 기호계의 중심"으로, 특히 "아이를 품고 있는 어머니의 육체 상태인 임신의 경험을 '주체 분열의 극단적인 시련'으로 묘사"한다. 그에 의하면 어머니란 "끊임없는 분할이자, 한 육체의 분리"이다.

착하는 성인이 된다.

　　그러나 밤마다 거듭되는 그와의 끈질긴 싸움 끝에 어느 날 문
득 <u>최초로 잉태의 기미를 손끝으로 느꼈을 때 나는 다시 한 번 어
머니에게서 완벽하게 떨어져나온 격렬한 충격을 맛보아야 했다.
나는 내 속에 또 다른 하나의 알을 기르고 있다는 사실을 인정할
수 없었다.</u> 나는 결심했다. 아이를 죽여버리기로 작정한 순간 나
는 이미 두 손에 피를 잔뜩 묻힌 듯 섬뜩한 느낌이 들었고 피를
흘리며 죽어가는 어린양의 모습을 본 듯하였다. 나는 그 일을 조
용히 은밀하게 해치울 수 있었다. 그것은 너무도 쉽게 치러진 것
이어서 오히려 어머니가 이러한 것을 제물로서 기뻐하고 있는
게 아닌가 의아할 정도였다. 에테르로 마취당해 수술대로 옮겨
지며 어머니, 내가 어떻게 자식을 낳아요, 라고 떠들어대는 내 목
소리를 뚜렷이 의식했다. 어린양을 잡아 그 피를 문설주에 바르
고…… 나는 엄청난 작위에, 전혀 비극적일 수 없는 자신에 절망
을 느꼈다. 우리는 이미 신의 자식이 아니다…… 아이가 살해되
고 있는 동안 나는 줄곧 그의 말을 되뇌이고 있었다. (「번제」, 175
쪽, 밑줄 : 인용자)

　위의 인용문은 아이를 거부하는 서술자의 내면을 잘 보여준다. 앞서
설명한 것과 같이 서술자는 어머니와 떨어지는 것에 불안을 느끼는 소
아병적인 징후에 시달리는 성인이다. 이러한 성향은 어릴 적 바닷가에
서 경험한 "익사(溺死)의 공포"(171쪽)로부터 비롯된다. 서술자는 "잉태
의 기미"를 통해 뱃속의 아이가 자신을 바다 속으로 끌어내려 어머니
와 분리시킬 것 같은 느낌을 받는다. 그렇기 때문에 임신 상태를 견디

지 못하고 어머니에게 돌아가려는 몸부림으로써, 반복적으로 낙태를 시도한다. 그렇다면 왜 서술자는 어머니에게서 떨어지는 데 불안을 느끼고 어머니에게 돌아가려 하는가. 여기에 '전(前)오이디푸스기' 단계의 설명이 유용할 것 같다.

프로이트는 여아(女兒)가 "아버지에게 강한 애착을 보이는 것은 그 이전에 어머니에게 강하게 애착을 보였던 것의 유산"이라는 점 그리고 "어머니에게 강한 애착을 보이는 초기의 단계가 예상외로 장기간 지속"된다는 점을 분석하면서, 여아가 어머니에게 보이는 이러한 "배타적 애착의 단계"를 '전(前)오이디푸스기'라 부른다. 프로이트가 보기에 이 기간에 해당하는 어린 소녀의 성적 성향은 "인형놀이"를 통해 잘 드러나는데, 여아들이 특히 "인형을 좋아하는 것은 아버지에 대한 무시와 더불어 어머니에 대한 배타적인 애착의 증거"[21]이다. 보통의 여아들은 애착의 대상을 이성인 아버지에게로 옮겨오면서 이 단계를 극복한다.

그러나 남성, 특히 아버지가 가정을 돌보지 않거나, 아예 부재하는 오정희 소설에서 아버지의 역할은 제대로 이루어지지 않는다. 가부장제의 허위를 고발한다는 입장에서 보면, 아버지 또는 남편의 부재는 어떤 외압적(外壓的) 폭력보다도 더 문제적이다. 이와 관련해 엘리자베스 그로츠는 '전(前)오이디푸스기'를 거식증과 묶어 설명한 바 있다. 그녀에 의하면 거식증은 임신을 거부하는 증상이다. 그것은 "전외디푸스

---

21 지그문트 프로이트, 『성욕에 관한 세 편의 에세이』, 김정일 역, 열린책들, 2004, 344~353쪽.

적인 몸과 가부장제 사회에서 여성에게 포기하도록 요구하는 어머니와의 육체적 연결에 대한 일종의 애도"이며, "여성 육체에 부여된 사회적 의미에 대한 항의의 한 형식"[22]이다. 전근대적 어머니가 특별한 자의식 없이 체제 수용적 태도로 다산을 받아들였다면, 그를 바라보며 성장한 근대적 자아는 그것을 거부함으로써 자신을 정립하려는 시도를 꾀한다. 그러므로 오정희 소설에서 어머니에 대한 거부와 어머니에 대한 집착은 동궤에 속하는 감정이며 근본적으로 부당한 여성의 지위에 대한 저항의 의미를 지닌다고 할 수 있다.

엘렌 식수의 「출구(Sorties)」에서도 아버지에 대한 거부감과 어머니에 대한 친밀감에 대한 이야기가 등장하는데, 그것은 이분법적 위계구조의 범주화를 통해 명시된다. 그에 따르면, 서구의 철학적 사유 체계는 '능동성–수동성, 태양–달, 문화–자연, 낮–밤, 아버지–어머니, 머리–가슴, 지적인 것–만질 수 있는 것, 남성–여성'의 대립으로 구성된다. 이는 '권력'과 '배제'의 관계에 의해 가능해지는 체계이며, 여성의 정체성 특히 "가장자리에 있는 '아무 것도 아닌 존재'"에 대한 물음은 곧 그러한 "위계적 질서체계로부터의 탈출에 대한 상징"이며, "남근 중심적이고 로고스 중심적인 권위에 대한 일종의 도전이자 공격으로 해석"된다. 이러한 문제에 대한 해결책으로는 "해체적 읽기"와 "전복적이고 정치적인 글쓰기 실천의 가능성"이 제시되는데, 전자는 아버지의 권위에

---

22 엘리자베스 그로츠, 『뫼비우스 띠로서 몸』, 임옥희 역, 여이연, 2001, 113쪽.

대한 도전으로 이어지고 후자는 "선한 어머니의 젖"[23]으로 인해 가능해진다.

「번제」의 서술자는 어머니와의 분리불안을 넘어 모태 회귀를 꿈꾼다. 그녀는 어머니가 죽자 비로소 "한 개의 알로 환원되어" 어머니의 "자궁에 부착된 듯 편안한 느낌"을 받는다. 낙태 수술을 반복하던 서술자는 결국 정신병원에 갇히게 된다. 서술자는 그곳에서 자신이 죽인 아이들의 환영을 보며, 그 아이들에게 모호한 애정을 느끼고, 젖을 먹이려 한다. 하지만 그녀가 안은 것은 실재의 아이가 아니라 "부활절날 유년부 아이들이 가져온 인형"(176쪽)이라며, 의사는 언제나 "수유의 기쁨"(177쪽)을 허락하지 않는다.

서술자는 마치 인형놀이를 하듯, 자신을 찾아 온 아이에게 말을 건네며 시간을 보낸다. 그러나 "푸른빛 의안(義眼)"(168쪽)으로, "먼지가 쌓여 시들고 색깔은 바래 거의 추악하게 변"한 "노란 수선화"를 들고 나타나는 환영 속의 아이들은 서술자에게 다가오지 않고, "고양이의 눈알처럼 파랗게 불꽃을 달고 타오르"며 "외마디 소리를 질러"댄다. 서술자는 이 존재에 속죄하기 위해 '희화적으로' 사무엘 흉내를 내며 무릎을 꿇고, 강박적으로 손을 씻는다. 혹은 나일론 줄을 탯줄 삼아 아이와 자신을 다시 묶어보려 하기도 하지만, 그녀의 병은 의사도 손을 쓰지 못하는, 아물지 않는 상처이다.

전(前)오이디푸스기에서 벗어나지 못한 「번제」의 서술자에게서 찾아

---

23 임현주, 「여성적 섹슈얼리티」, 『페미니즘과 정신분석』, 여이연, 2003, 230~231쪽.

볼 수 있는 또 하나의 특이점은 그녀가 '그'와의 성관계를 폭력적인 어떤 '싸움'으로, 바꿔 말해 때리고 맞는 행위로 파악한다는 것이다. 주인공에게 성행위는 남성의 가학적인 행동과 그에 대해 피학적으로 대응하는 여성의 모습으로 인식되어 있다. 이는 성(性)에 대한 미성숙한 반응으로서, 어린아이가 부모의 성행위를 처음 목격할 때, 가학-피학적인 행동으로 받아들이는 것과 유사한 심리이다.

「번제」의 '그'는 '준비된' 듯, '음미하듯' 억센 주먹으로 서술자의 뺨과 어깨와 등을 때린다. 그는 '두들겨대고' 나는 맞는 방식으로 그들은 밤새도록 싸움을 하며, 그 싸움은 점점 격렬해지고 빈도는 잦아진다. 이러한 묘사는 서술자가 성행위를 고통으로 느끼고 있음을 보여준다. 그렇게 고통스러운 행위를 통해 빚어진 결과물이기 때문에, 서술자는 아이에게서 애정을 느끼기보다는 혐오와 반감을 품게 되었던 것이다.

이상과 같이 「번제」에 나타나는 서술자의 불안과 공포는 모태로부터의 분리에서 연유하며, 어머니에게 회귀하려는 욕망[24]이 자신 속의 또 다른 생명을 거부하게 한다. 이는 이성 간의 성행위에 사드-마조히즘적으로 반응하는 상황과 연관된다. 이로써, 주인공이 어머니에게 돌아

---

24 김복순, 앞의 글, 56~58쪽 참조. 김복순은 서술자의 모태 회귀 욕망을 '요나 콤플렉스'로 설명한다. 요나 콤플렉스는 "어머니의 뱃속에 있을 때의 일체감과 편안함을 되찾고 싶어 하는 것"이다. 그것은 "절대적인 내면과 행복한 무의식의 절대를 지향하는 행위"로서 "부드럽고, 따뜻하고, 결코 침해되지 않는 안락이라는 원초적인 기호"이다. 한편 요나 콤플렉스와 동전의 양면과도 같이 나타날 수 있는 증상이 모성 혐오증인데, 서술자가 "어머니와의 일체감 확보를 위해 아이를 낙태시키고 살해하고 방기하는 이유"는 이로부터 찾을 수 있다.

가려는 이유는 단순히 자기 정체성을 찾지 못한 서술자의 유아기적 방어 기제라고 설명할 수도 있지만 남성 중심의 가부장적 사회로부터 도피하고 싶은, 아버지의 세계에 발 들여 놓지 않으려는 처절한 몸부림으로도 해석할 수 있음을 알 수 있다.

서술자는 어머니에게 돌아가지 못하는 상황을 받아들이지 않으면서 그리고 반복적으로 태내 살인을 자행함으로써, 스스로 어머니 되기를 거부한다. 세상과 타협하지 않았기 때문에, 이성의 타자가 되어 격리된 삶을 살고 있지만, 그녀는 아이 낳기를 거부하는 행동을 통해 사회에 반항하는 자궁으로 현현한다. 이러한 반항은 가부장에 대한 저항뿐 아니라 인간 존재의 생멸(生滅)을 좌우한다는 점에서 위협적이다.

모성을 거부하는 또 다른 경우는 「봄날」에서 찾아볼 수 있다. 이 소설의 서술자는 "떠나간 불성실한 사내의 아이"를 임신해 다섯 달이 되었다. 그런데 이 아이로 인해 '나'는 "몸 속의 피가 다 말라버린 듯 허허해지고 급기야는 죽어야 한다는 각오"를 하게 된다. 계곡을 찾아가 자살하려 하지만 막상 죽으려는 순간이 되자 그러한 행위가 "타죽을 듯한 염천에 도시 어울리지 않는 짓"으로 느껴진다. 그래서 그녀는 "흑판에 가득 씌어진 글씨를 지우개로 쓰윽 지우고 탁탁 털어버리면 다시 말짱해지듯" 아이를 지워버리기로 결심한다. 집으로 돌아와 그녀는 '여섯 달째로 접어든 아이'를 "더러운 종양을 제거하는 기분으로 용감하게 지워버"린다. 그런데 이러한 행위는 머릿속에서 완전히 지워지지 않고 "일종의 잠재성 간질"(124쪽)과 같은 형태로 남는다.

생활의 표면에 얼굴을 내미는 일은 결코 없었으나 보다 깊숙이 자리잡고 있어서 시시때때로 마치 비 오기 전의 류머티즘처럼 민감하게 반응했다. 얇은 고무질의 피막을 벗기듯 일상의 표면을 한 꺼풀만 들치면 그 속에서 배태되고 자라는 새끼를 친 욕망과 회한의 기억들이 진득한 거품으로 부글대는 것을 볼 수 있었다. 그 늪이 입을 벌릴 때마다 나는 달이 차오르듯, 물이 차오르듯 답답해지고 숨이 차올라 몸 안 가득한 물을 쏟아버리지 않으면 그대로 익사해버릴 듯한 절박감에 발버둥질을 쳐대는 것이었다. 목까지 물이 차올라도 갈증에 허덕이며 물을 찾아나서는 것이다 한 잔의 순수한 물을.(「봄날」, 124~125쪽)

낙태의 기억은 사라지지 않고 남아 서술자를 억압한다. 「봄날」의 서술자 또한 「번제」의 '나'처럼 "익사해버릴 듯한 절박감"을 느끼는데 이 두려움은 어머니가 된다는 것으로부터 기인한다고 볼 수 있다. 이는 아이를 감당할 수 없는, 감당하기에는 벅차 미리 포기해버린 경우이다. 이 소설에서 생명은 언제나 피지 못하고 사그라진다. 화단의 "겨우 손가락만큼씩 돋아 올라온 일년초의 밑동"은 흙이 깊숙이 파여 물에 잠겨버리고, "아주 가늘고 연한"(116쪽) 장미 가지 역시 부러져 버리고 말며, 닭장의 닭은 알을 낳지 못한다. 또는 서술자의 남편인 승우가 사오는 모르모트나 올빼미 등도 "사흘을 못 넘기고 죽"(120쪽)어버린다. 이렇게 어리고 약한 것들은 여지없이 죽어버리고 부부는 건조한 생활을 이어간다.

서술자는 늘 어떤 알지 못할 갈증에 시달리면서 그 갈증을 해소하기 위해 빈병이 마당 한구석을 가득 채우도록, 습관처럼 콜라를 마실 뿐이다. 이 갈증은 낙태에 대한 기억 즉, 몹시 더웠던 그날의 기억과 더불어 생명이 부정된 부부간의 생활을 나타내는 증상이다. 장난감을 사들고 오는 승우의 행동으로 미루어 그는 아이를 원하는데, 서술자가 낙태 이후 생명을 거부함으로써 이 부부간의 성적 욕망은 단절된 듯 보인다.

그녀는 "빈 잔에 물이 차오르듯, 달의 이음매가 아퀴를 지어 둥글게 영글듯, 역시 씨가 벌게끔 영근 몸"으로 늘 "만조 때 한껏 부풀어오른 바다가 방둑을 넘기고 집채를 삼키고 이윽고 산을 무너뜨려 형적을 없애는 노아의 홍수의 충일감을, 보다 억센 분노의 팔뚝을 원"(135쪽)한다. 하지만 생명을 거부한 그녀와 남편 간에 원활한 소통이 막히게 됨으로써 그녀의 욕망은 해소되지 못한 갈증 그대로 남게 된다.

「봄날」은 「번제」의 경우처럼 어머니와 떨어지지 않으려는 유아기적 퇴행 현상을 보이지는 않지만 어머니 되기를 거부한다는 점에서는 같은 맥락에 놓을 수 있는 작품이다. 이처럼 낙태로써 어머니 되기를 거부하는 장면은 오정희 소설에 자주 등장한다. 이를 테면, 「밤비」의 민자는 애를 밴 소녀에게 약을 팔았다가 그 소녀가 죽자 다른 곳으로 이사를 온 약사인데 "약을 조제할 때마다 자신도 모르게" 독극물 "상자를 열어 그것들을 조금씩 조제한 약에 집어넣는 환상에 시달"[25]린다. 그러면서도 약국에 오는 소녀들을 보며 "통경제쯤으로 뱃속의 것은 떨어지지 않아, 아무래도 병원 신세를 져야 할걸"이라고 속엣 말을 한다. 그녀

---

25 오정희, 「밤비」, 『바람의 넋』, 문학과지성사, 1994, 47쪽.

는 자신이 "유리 상자 속의 인형처럼 무생물적으로" 보이는 것에 "거의 가학적 쾌감"을 느끼는가 하면, 자신의 딸에게 "하찮은 일로 잦은 손찌검"을 하는 등 일반적인 모성애를 부정하고 무생물적인 것이나 생명을 죽이는 일에 탐닉한다.

또, 「안개의 둑」에서도 낙태가 다루어지는데, 이 소설의 서술자가 아내와 결혼한 이유는 그녀가 "아이를 가졌기 때문"이었다. 그런데 아내는 혼전에 가진 그 아이를 "셋방살이를 하는 처지"라는 이유로 낙태한다. 이후 세 번을 유산한 끝에 그녀는 "눈에 띄게 몸이 붇기 시작"(66쪽)하는 등 점점 변해가게 되고, 부부는 대화를 하지 않고 만족스러운 성관계도 갖지 못한다. 이처럼 오정희 소설에는 낙태와 생명 거부의 시도가 빈번히 나타나는데, 이는 번제의 경우에서 나타나듯이 여성으로서 할 수 있는 마지막 거부권의 행사, 남성 위주의 질서를 전복시키는 최후의 카드와 같은 역할을 한다.

한편 오정희 소설에서 아이들은 태어나더라도 기형이거나 심각한 병을 앓거나 또는 그 이외의 이유로 어머니와 좋은 관계를 유지하지 못한다. 「불의 강」에서 아이는 탈수증으로 사망하고, 「저녁의 게임」에서는 연골체의 갓난아이가 어머니로부터 살해당한다. 또 「지금은 고요할 때」의 기주는 자폐아이며 「미명」에서는 미혼모인 여자가 보호소에서 얼굴도 못 본 아이와 헤어진다. 「목련초」의 경우에도 신병에 들린 어머니가 아이를 버리는 장면이 나온다.

많은 경우 오정희 소설의 아이들은 죽거나 죽임을 당하거나 버려지거나 또는 어머니와 함께 사는 경우에도 어머니와 서로 반목하며 지낸다. 아이는 인간의 번식 본능에 따른 생물학적 결과물이다. 때문에 아이는 나 자신의 지속, 연장 또는 반복의 의미를 가진다. 그런데 오정희 소설의 경우 아이들의 상태를 비정상적으로 파괴함으로써 생명의 연장을 좌절시킨다. 이는 "나와 세계와의 단절을 확증해 주는 매체"[26]로서, 여성으로서 보여줄 수 있는 거부의 극단에 해당하는 행위라고 할 수 있다.

여성이 남성의 그늘에 가려져 있는 사회에서 여성의 자궁은 그 자체로 하나의 상처에 대한 비유가 된다. 예를 들면, 강간으로 몸의 순결을 잃고 그 기억으로부터 벗어나지 못하는 여성 인물들은 정신이상자 취급을 받거나, 정신병원에 갇힌다. 이는 타자의 배제 원리에 따른 결과일 터인데, 그렇다면 왜, 상처 입은 당사자들은 자신의 의지와 무관하게 벌어진 단발적 사건으로 인해 광기의 타자가 되어야 하는가. 그들은 선천적으로 그러한 운명을 부여받은 존재란 말인가.

'신체 결정론'에는 "한 집단이나 개인의 신체적 구조가 그 집단이나 개인의 사회적 지위를 결정하며, 이는 자연의 질서이고 자연에 의해 결정된 것으로서 인위적으로 변화될 수 없다"[27]는 주장이 담겨 있다. 그러나 이러한 이론은 보수적인 입장의 대변일 뿐 설득력을 잃은 지 오래다. 어떤 방향에서 접근하든지 간에 신체를 고정된 실체로 여길 수 없다는 것은 자명해 보인다. 그럼에도 불구하고 즉, 보수적 이론이 쇠

---

26 김병익, 「세계에의 비극적 비전」, 앞의 책, 401쪽.
27 장(윤)필화, 『여성 · 몸 · 성』, 또하나의문화, 1999, 139쪽.

퇴한 이후에도 악순환은 계속되고 있다. 그리고 그에 따라 타자들의 신체적인 반항 역시 계속되고 있다.

3. 불모의 관계와 생식에 대한 환상

이 절에서는 근본적으로 불임의 상황에 처할 수밖에 없는 오정희 소설의 두 경우를 살펴보려 한다. 첫 번째는 동성애를 나누는 인물들이고 두 번째는 생식 능력이 사라진 늙고 병든 노인들이다. 그럼에도 이들을 임신과 관련된 불임의 모티프로 다루고자 하는 이유는 앞서 언급한 것과 같이 불모의 관계를 나누는 이러한 인물들 역시 성애의 욕망 또는 생식이나 생명에 대한 욕망을 보여주고 있기 때문이다. 이들은 성관계를 나누지만 아이를 가질 수 없거나, 관계를 나누지도 못하고 아이를 갖지도 못한다. 그럼에도 불구하고 배태의 욕망을 버리지 않는다. 무엇보다 이들의 이야기는 앞서의 두 작품에 드러나는 주제, 특히 저항의 서사라는 측면과 같은 맥락에 놓일 수 있다.

먼저 동성애를 다룬 오정희 소설의 공통적인 특징은 그 소설들의 서술자들 모두가 '죽은' 누군가를 생각하고 있으며, 동성애를 나누는 대상으로부터 그 사자(死者)의 이미지를 떠올린다는 것이다. 다음은 동성애를 나누는 상대와 죽은 자의 이미지가 만나는 대목들이다.

① 그리고 가득 늘어선 오뚝이들 너머로 휠체어에 앉은 여인이

보였다. 인형처럼 앉아 있는 여인을 보고 나는 잠시 정신이 혼란해짐을 느꼈었다. 현기증 탓만도 아니었다. 햇빛이 쏟아지는 베란다와, 침침한 팔조 다다미방과, 역시 휠체어의 바퀴를 굴리고 있는 사내아이와 벽에 가득한 그림들이 필름처럼 스쳐갔다.

(「완구점 여인」, 240쪽)

② 그러나 그녀에게로 짐짓 몸을 기울일 때 잠잠히 술잔을 비우기에만 골몰한 듯한 그녀의 손에 문득 눈길이 가 닿으면 나는 그만 헛것을 짚은 듯 아뜩 흔들리며 탁자에 엎드려버리곤 하는 것이다. 채희의 손은 그의 손을 방불케 희고, 차가워 보였으며, 아주 연약했음에도 불구하고 완전히 독자적이었다.

(「주자」, 213쪽)

③ 몸을 움직여, 퇴화하여 납작한 가슴에 그애를 안으면 항상 굳어진 달의 각질이 몸 안에서 버그덕버그덕 소리를 내었다. 나는 아주 드물게 몽롱한 꿈속에서 달을 보았다. 희끄무레하고 윤곽도 없이 빛만 가득했으나 그것은 곧잘 숨막히도록 전신으로 차올라 왔다. 어느 한 부분 비비면 금방 불이 당겨질 듯 환히 열려진 감각에 아마오, 그애의 어린 사지가 감기면 불현듯 등뒤에 둥글고 불룩한 혹이 솟는다. 그리고 귀에서 쟁쟁히 떠나지 않고 어지러이 울리는 꽹과리와 날라리 가락 속에서 열두 발 상모는 핑핑이 돌고 마침내 크고 둥근 달이 솟았다.

(「산조」, 209쪽, 밑줄 : 인용자)

위에서 보듯, 「완구점 여인」에서 서술자가 여인에게 빠져들게 된 이유는 그녀가 죽은 동생처럼 휠체어를 타고 있기 때문이다. 바꿔 말하면, 서술자는 그 여인의 불구적 신체로부터 동생의 모습을 떠올리고 동생에 대한 그리움을 그 여인에게 투사(投射)하는 것이다. 동생은 "붉은 크레용으로 꽃"을 그린 날 계단에서 굴러 떨어져 "피투성이"의 머리와 "송장처럼 부풀어"(242쪽) 오른 얼굴로 죽는다. 붉은 꽃의 의미가 무엇이든 그것은 '자극'적이고 '불순'한 이미지를 풍긴다.

「완구점 여인」의 서술자는 완구점 여인과의 신체 접촉에 대해 "어둠 속에서 감각한 그녀의 체온과 뭉텅 잘린 두 다리와 또 나의 행위"를 "춘화처럼 생생하게" 기억하는 동시에 "관능에의 혐오"를 떨치지 못한다. 이중적인 감정 사이에서 반항적인 행동을 통해 어머니와 세상을 저주하던 서술자의 심리는 완구점 여인이 떠난 이후, "달팽이처럼 한껏 움츠"림으로써 세상을 거부하고 자기 안으로 함몰하는 방향으로 이행(移行)한다. 이는 오정희 소설에서 인물들의 몸이 "기괴하고 일그러진 욕망들이 요동하는 장소"이며 "반항을 실현하는 유일한 장소"[28]임을 나타내는 대목이다.

「주자」의 서술자는 현재 교제하고 있는 여자친구 채희에게 "생리적인 욕구처럼" 사랑한다는 말을 하고 싶고, 그녀를 "송두리째, 검은 머리칼과 드러난 동그란 발꿈치까지 빈틈없이 품에 안고 싶다는 욕망"(214쪽)도 느끼지만 왜인지 이러한 욕망을 실현하지 못하고 있다. 이러한 서술자의 태도는 "주머니 속의 열쇠"와 그것으로 인해 떠올릴 수밖에 없는 '그'로부터 연유한다. '그'는 석 달 전 서술자에게 열쇠 두 개가 든 소포를 보내고는 죽은, '나'와 동성애 관계를 맺고 있던 연인

---

28 김은하, 앞의 글, 118쪽.

이다.

서술자에게 '그'는 "여자의 것처럼 마디가 없는 흰 손"(225쪽)으로 남아 있는데 위의 인용문처럼 채희의 손은 '그'의 손과 닮아 있다. 그 때문에 '나'는 자꾸만 채희로부터 '그'를 연상하게 된다. 서술자는 '그'로부터 벗어나 채희에게 가려 하지만 좀처럼 "아주 좁고 어두운 장소"인 "따뜻하고 무한히 아늑한 느낌"을 주는, "완전히 보호받고 있다는 안도감"을 주는 '그'의 방을 떠나지 못한다. 갈등 끝에 서술자는 '그'의 열쇠를 어둠 속으로 던져버림으로써 과거를 버리고 미래로 질주한다. 주인공의 성 정체성 혼란을 보여주는 이 소설의 배후에는 어머니로부터 버림받은 '그'의 서사가 비밀로 감추어져 있다. '그'의 동성애는 어머니에 대한 그리움, 근친 욕망과 맞닿아 있는 것으로서 사회 질서의 극단적 파괴를 의미하는 것이다.

「완구점 여인」과 「주자」의 서술자가 동성애에 빠져드는 과정이 무자각적이라면, 「산조」의 경우는 조금 다르다. 꼭두각시놀음의 장구잡이인 서술자는 이미 늙어버린 지금에도 진정한 사랑의 대상으로, 소년을 그리워한다. 러시아 창부와 만인(滿人) 사이에서 태어난 혼혈아 아마오는 서술자에게 "살비듬내"와 "까끌까끌"한 낯과 "검푸른 눈두덩"과 "갈라진 손"(201쪽)과 발, 그리고 "창병의 흔적"으로 "진물이 엉겨 붙"(203쪽)어 있는 뒤통수로 기억된다. 그러나 신체 외부의 특징보다 더 중요한 것은, 서술자가 아마오와의 성관계를 통해 물과 달의 이미지, 즉 죽은 어머니와 떠나간 누나를 떠올린다는 점이다.

서술자에게 아마오는 단순한 성애의 대상이 아니다. 그는 서술자를 가족과 만날 수 있게 해주는 영매(靈媒)와 같은 존재이다. 어린 소년 아마오의 살을 접함으로써 서술자는 상상 속에서 가족과의 만남을 이룬다. 현실에서는 불가능한 가족관계가 살을 매개로 한 환상 속에서만 생성되는 것이다. 그러나 서술자는 결국 어떤 패거리에도 속하지 못한 채 홀로 과거와 상상에 묶여 산다는 점에서 세계와 철저히 단절된 인물이다.

동성애를 통해 생물학적인 임신과 출산의 과정을 겪는 것은 불가능하다. 동성애 관계에서 사랑은 생식과는 무관하게 이루어진다. 그러므로 그것은 근본적으로 생식의 차원을 고려하지 않는, 불모성의 극단에 위치한 사랑이다. 그러나 이들은 동성과의 관계를 통해 죽은 자를 소환함으로써 또 다른 차원의, 즉 상상의 사랑을 나눈다. 때문에 오정희 소설의 동성애는 현실에서는 이룰 수 없는 만남을 위한 도피의 과정이라고 할 수 있다. 오정희의 동성애는 어떤 이상을 지향하고 있는데, 그것은 사라진 모성과 모종의 관련을 맺고 있다. 「산조」의 노인, 「주자」의 '그', 「완구점 여인」의 '나'는 모두 어머니를 잃은 존재들이기 때문이다. 이들은 동성애를 통해 잃어버린 존재를 호출하고, 그로써 척박한 현실의 상황을 위안 받는다.

한편 동성애는 체제 거부의 상징으로도 기능한다. 주디스 버틀러는 "게이-레즈비언 섹슈얼리티"가 "비가시성"으로 존재하면서 "한 사회의 잉여를 구성"한다고 본다. "기존 질서로부터 배제되어 타자로 남아 있는" 이들은 "기존의 권력관계에 대한 대안으로 기능"할 수 있다. 이성애 제도의 잉여물인 "게이-레즈비언 섹슈얼리티는 자본주의의 강박적인 생산 논리"를 "부정"하고 "전복"[29]시킨다. 오정희 소설 분석에서도 드러나듯, 동성애는 현실을 벗어나 어떤 이상을 지향하려는 몸부림이다. 생명과 관계되지 않는 욕망이 잉여였듯이 사회가 인정하지 않는 관계 역시 잉여이다. 이와 같은 잉여는 체제와 반목한다. 그 때문에 이러한 상황에 처한 인물들은 상상을 통해 현실의 상황으로부터 벗어나려는 시도를 꾀할 수밖에 없다.

다음으로 늙고 병들어 생식 능력을 거의 상실한 노인들의 경우이다. 그들은 성적 욕망과 더불어 회생의 욕망, 젊어지고 싶은 욕망을 갖는다. 성적 욕망은 그들에게 소생할 수 있다는 희망을 준다. 그래서 이들은 마비된 몸 위로 덮쳐 오는 관능적 느낌에 집착하고, 어린 아이가 가진 생의 에너지에 대한 질투로 아이들을 훔쳐보고, 납치한다. 어떤 대상을 통해 상상의 차원으로 도약하고 거기에서 젊음의 환상을 향유하려 한다는 점 그리고 성(性)의 변방에 위치한 타자들의 이야기라는 점에서, 노인들의 서사는 동성애 서사와 유사하다.

「적요」의 서술자가 가장 두려워하는 것은 "죽은 뒤 홀로 방치"되어, "며칠이고 몇 달이고 아파트의 꼭대기 구석방에 버려"지는 것이다. 그의 몸은 반신불수로, 노쇠할 대로 노쇠해졌다. 그러나 가정부의 "분홍빛의 건강한 손가락이 부드럽게 잇몸을 어루"만지자 "온몸이 스멀거리는 듯한 근지러움에 몸을 뒤"틀게 된다. 이 근지러움은 마비된 왼쪽 몸으로까지 전해져 "일어나려고, 소생하려고 꿈틀거"(82~83쪽)리게 만든

---

29 임옥희, 「'법 앞에 선' 수행적 정체성」, 『여/성이론』 1, 여이연, 1999, 260쪽.

다. 서술자는 놀이터에서 만난, 난민 부락에 산다는 아이에게서도 이와 동일한 느낌을 받는다. 서술자는 아이의 "잇자국이 박힌 수밀도의 물 많은 과육이 진한 분홍빛으로 빛나"는 것을 보며 "참을 수 없는 근지러움"(91쪽)을 느낀다. 서술자는 이 소생의 희망적 느낌 때문에 아이를 집으로 데리고 가며, 아이를 더 붙잡아 두기 위해 수면제를 먹이는 비윤리적 행동을 감행한다.

「관계」의 서술자 역시 몸의 왼쪽이 마비된, 반신불수의 노인이다. 불편한 몸 때문에 서술자는 외부와 단절되어 있다. 그래서 많은 시간을 집 안에서 상상으로 보낸다. 그는 혼자 된 며느리가 외출을 할 때면, 그녀가 "낯 모를 남자에게 자기의 젖가슴을 내어주고 자궁을 열어"(143쪽)줄 것이라는 상상을 한다. 그는 며느리에게 비정상적 애정을 품고 있는데, 그것은 "결코 되살아날 리 없는 아들의 망령을 위해" 며느리에게 "스무 명, 서른 명, 아니 그 이상의 자식을 잉태"(157쪽)시키려는 욕망이다.

「관계」의 서술자인 노인은 며느리가 자신의 방문을 반드시 잠그고 외출하는 습관을 가지고 있음을 알면서도 "뾰족한 못이나 성냥개비를 넣어" 며느리의 방문을 열려고 한다. 그는 "어린애 같은 호기심과 안타까움"으로 며느리의 방문 열기를 반복해서 시도한다. 그러나 며느리의 방문은 열리지 않는다. 며느리의 방문은 너무나 "견고하게, 거의 신기루처럼 버티고"(146쪽) 있다. 여기서 방문은 성기의 메타포로 볼 수 있다. 며느리는 철저히 자신의 방문을 관리하지만, 시아버지인 서술자는 자신을 죽은 아들과 동일시하면서, 회생을 꿈꾸며, 끊임없이 그것을 뚫으려 하는 것이다.

「동경」의 서술자인 노인은 평생 "시청 하급 관리"로 지낸 후, "어느 날 갑자기 이빨들이 들뜨기 시작하고 잇몸이 퍼렇게 부풀어 이빨 뿌리가 드러났을 때, 결국 모조리 빼고 틀니를 해야 된다는 것"을 알게 된다. 이(齒)의 뒤를 이어 "위장을 비롯한 몸의 모든 기관들이 무력해지는 증상"이 찾아온다. 의사는 이러한 증상에 대해 정년퇴직 후 "갑자기 일손을 놓게 된 데서 오는 허탈감으로 육체도 긴장과 균형을 잃게 되는"[30] 것이라고 말한다. 그는 "아이의 눈이 되어 아이의 눈에 비친 모든 것을 보고자 하는 욕망"(170쪽)으로 옆집 여자 아이가 만든 만화경을 훔치고, 다음과 같이 목욕하는 아이의 몸을 숨어서 바라본다.

> 그는 자주 담 너머로 함지에 받아놓은 물에 들어가 첨벙거리는 아이를 보았다. 그 애는 햇볕이 내리쬐는 마당에서 발가벗고 함지의 물을 튕기며 놀았다. 뒷덜미로 늘어진, 옥수수 수염처럼 노랗고 숱 적은 머리털, 짧고 돌연한 웃음 소리, 임부처럼 불룩 나온 배와 분홍빛의 작은 성기를 그는 장미꽃 덩굴이 기어간 담장 곁에 숨어 서서 거의 고통에 가까운 감정으로 바라보곤 했다.
>
> (「동경」, 174쪽)

오정희 소설의 노인들이 꿈꾸는 회생은 '젊음'에서 '아이'로 그리고 '생명의 씨앗'에 대한 희구로 연결된다. 그들은 젊음에 대한 욕망으로 아이들이 가진 생명의 에너지에 경도되고 자신도 어떤 생명이라든가

---

30 오정희, 「동경」, 『바람의 넋』, 문학과지성사, 1994, 164~165쪽.

관계를 만들어낼 수 있을 것 같은 환상을 즐긴다. 그러나 현실 세계에서 그들의 꿈은 늘 좌절된다. 노인들은 생식의 불모지에 놓여 있다는 점에서 동성애자들과 같은 선상에 위치한다. 관계와 능력을 인정받지 못하는 이들 두 부류는 사회적 가치를 잃고 외면당하는, 사회의 잉여물로서의 타자들이다.

그러나 오정희 소설에 등장하는 이 타자들의 불모성이야말로 주목해야 할 부분이다. 이러한 타자들의 비정상적 욕망과 관계가 앞서 분석된 여성의 신체, 불구적·반항적 자궁과 함께 부당한 체제의 반성을 유도하기 때문이다. 그것은 자궁의 역할과 기능을 재고(再考)하게 하며 나아가 여성의 삶, 인간 존재의 문제로 확장된다는 점에서 오정희 소설의 중요한 자리를 차지한다.

이상과 같이 오정희 소설에 나타나는 불구적 신체의 양상을 고찰해 보았다. 여성만이 경험할 수 있는 생리적 경험을 바탕으로 한 사건을 주요 테마로 하고 있다는 점이야말로 다른 작가와는 구별되는, 오정희 소설의 변별점이다. 불구적 신체 중에서도 불임 모티프에 초점을 맞추었다. 이를 통해 오정희 소설에서 불임의 상황이 여러 가지로 변주되어 나타남을 알 수 있었는데, 다음과 같이 분류해서 살펴보았다.

첫째, 불구의 자궁을 가지고 있기 때문에 회임할 수 없는 경우를 분석했다. 여기에서 생산으로 연결되지 않는 여성의 욕망은 가치 없는 잉여로 여겨지며, 여성은 이로 인해 고통 받고 있음을 알 수 있었다. 둘째, 자궁의 역할과 기능을 거부하는 여성의 경우를 살펴보았다. 이 경우 주인공은 어머니와 분리되는 것의 두려움 때문에 그리고 어머니에게 돌아가려는 의지로 아이를 거부하는데, 이를 전(前)오이디푸스 단계에서 벗어나지 못한 데서 비롯되는 심리와 연관해 설명해보았다. 셋째, 동성애와 생식 능력을 거의 잃어버린 늙고 병든 노인들의 이야기를 분석했다. 근본적으로 생명을 만들 수 없는 조건을 가진 이 부류는 자본주의 사회의 타자들이라고 할 수 있다. 이들이 보여주는 불모성은 모성과 생명의 가치를 재고하게 하는 반성의 서사로서 의미를 지니고 있었다.

제3장
조세희 소설의 신체표징과 물화된 세계

조세희는 소설 창작집 두 권과 장편 소설한 권을 낸 과작(寡作)의 작가이다. 그런데 그에 대한 연구는 활발하게 이루어져 100여 편의 서평과 연구논문을 비롯해 30여 편이 넘는 학위논문이 발표되었다. 이렇게 많은 연구물이 축적된 이유는 조세희의 소설이 여러 가지 관점을 허용하는 열린 구조를 취하고 있기 때문일 것이다. 바흐친은 "위대한 소설적 형상들은 그것들이 창조되고 난 이후에도 계속 자라고 발전"하는 것이며, "각 시대는 자기 나름의 방식으로 전(前) 시대의 작품들에 대해 새로운 강조점을 부여"[1]한다고 말했다. 조세희의 소설에 연구자들이 지속적인 관심을 보이는 것 역시 조세희 소설이 이 시대에 조응하는 또 다른 의미를 생성하며 발전하고 있음을 나타낸다.

지금까지 연구된 내용은 크게 주제적 측면과 형식적 측면으로 나눌

---

1 미하일 바흐찐, 『장편소설과 민중언어』, 전승희 외 역, 창작과비평사, 1988, 255~257쪽.

수 있다. 먼저 주제적 측면[2]의 경우 1970년대 산업사회의 노동 현실을 핍진하게 그려내었다는 긍정적 평가들이 집중적으로 제시되었다. 그러다 1980년대로 접어들면서는 그 반대 이유 즉, 사실적이지 못하다는 리얼리즘적 한계를 지적하는 부정적인 평가가 이어졌다. 이후에는 리얼리즘 개념에 대한 재정의와 함께 독창성을 다시 인정받는 방향으로 논의가 진행되었다. 또 1990년대 이후에는 생태 환경적 측면[3]에서도 주목을 받고 있다. 다음으로 형식적인 측면[4]에서는 단문을 위시한 문

2 긍정적 견해 : 김병익, 「대립적 세계관과 미학」, 『문학과지성』, 1978년 겨울; 김우창, 「산업시대의 문학」, 『문학과지성』, 1979년 가을; 우찬제, 「분노와 사랑의 뫼비우스 환상곡, 혹은 분배의 경제시학」, 『작가세계』, 1990년 겨울.
    부정적 견해 : 염무웅, 「도시-산업화시대의 문학」, 『민중시대의 문학』, 창작과비평사, 1979; 성민엽, 「이차원(異次元)의 전망」, 『한국문학의 현단계 2』, 창작과비평사, 1983; 황광수, 「노동문제의 소설적 표현」, 『한국문학의 현단계 4』, 창작과비평사, 1985.
    새로운 리얼리즘적 접근 : 방민호, 「방법·기법의 가치」, 『납함 아래의 침묵』, 소명출판, 2001; 정재원, 「경험과 상상력」, 『현역중진작가연구 I』, 국학자료원, 1997 등.
3 김종철, 「산업화와 문학」, 『창작과비평』, 1980년 봄 및 김종성, 「한국 현대소설의 생태의식 연구」, 고려대학교 박사학위 논문, 2003 참고.
4 문체 연구 : 김병익, 「난장이, 혹은 소외집단의 언어」, 『문학과지성』, 1977년 봄; 이득재, 「문체와 공간」, 『문학과사회』, 1994 여름; 한미선, 「문체분석의 구조주의적 연구」, 서울대학교 석사학위 논문, 1986.
    환상성 연구 : 신명직, 「조세희의 『난장이가 쏘아올린 작은 공』 연구」, 연세대학교 석사학위 논문, 1997; 신은영, 「조세희 소설의 환상성 연구」, 전남대학교 석사학위 논문, 2003.
    다성성 연구 : 이경호, 「서정의 공간과 다성의 공간」, 『작가세계』, 1990년 겨울; 황순재, 「조세희 소설 연구」, 『한국문학논총』 18, 한국문학회, 1996. 7; 정미진, 「조

체적 특성을 비롯해 연작이나 액자 구조 등의 특징이 지적되었고 환상성이나 동화적 기법, 단성성과 다성성에 대한 분석이 있었다.

조세희 소설은 급조된 산업화 시대에 노동자들이 처한 불가해한 생활환경에 천착한다. 여기에 등장하는 불가해한 생활환경은 자본주의 사회구조 자체의 모순에서 기인하며, 인간 존재의 기반을 흔든다는 점에서 위협적이다. 그런데 조세희에게 지구는 크게 영양 부족과 영양 과다라는 두 세계로 나뉜다. 조세희 소설은 영양실조와 비만의 문제를 동시에 품고 있는 공간에 대한 성찰이다. 영양 상태가 사회를 진단하는 척도가 되는 것처럼 조세희 소설에서 사회는 비정상적 신체라는 상징으로 제시된다. 사회가 신체의 '불구' 또는 '기형'이라는 왜곡된 형태로 표징되는 것이다. 이 장에서는 이러한 신체표징을 통해 조세희 소설이 어떠한 방식으로 사회적 기능을 수행하는지 규명해볼 것이다.

1. 자본주의의 부작용과 난장이

1970년대는 자본주의 경제가 본격적으로 운용되면서 사회적으로 많은 문제를 노정한 시기였다. 그 시기는 "부의 양극화와 그에 따른 상대적 박탈감의 심화, 공동체적 전통의 붕괴와 이익 사회화, 계급 모순의 증폭과 사물화의 진전, 무분별한 개발로 인한 환경오염과 생태계 파괴

세희의 『난장이가 쏘아 올린 작은 공』 연구」, 경상대학교 석사학위 논문, 2005.

등"[5] 자본주의의 역기능이 드러나기 시작한 때였으며, "물질적인 부(富)를 세상에서 제일 소중한 것으로 떠받들고, 다른 모든 요소를 거기에 봉사해야 하는 것, 거기에 제대로 봉사할 수 없을 때에는 얼마든지 왜곡시키거나 폐기처분해 버릴 수 있는 것"[6]으로 간주해버리는 가치관의 혼란이 나타난 때이기도 했다. 지배 계급의 주도 아래 급작스럽게 진행된 한국의 산업화는 필연적으로 부작용을 양산할 수밖에 없었다. 조세희는 그러한 부작용을 '난장이'와 '꼽추', '앉은뱅이' 등의 기형적 신체를 통해 표현하였다. 여기에서는 조세희 소설이 불구적, 비정상적 사회구조를 '절단'[7]하는 양상을 고찰해보기로 한다.

---

5   하정일, 「저항의 서사와 대안적 근대의 모색」, 『1970년대 문학 연구』, 소명출판, 2000, 16쪽.

6   이동하, 「유신시대의 소설과 비판적 지성」, 『1970년대 문학 연구』, 예하, 1994, 17쪽.

7   질 들뢰즈, 『프루스트와 기호들』, 서동욱·이충민 역, 민음사, 1997, 226~227쪽과 서동욱, 『차이와 타자』, 문학과지성사, 2003, 291~293쪽 참고. 들뢰즈는 어떤 것을 '기계'로 규정할 때 "그 어떤 것의 의미가 문제가 아니라 사용이 문제라는 점을 함축"하고 있다고 말했다. 즉 기계의 "용법이 무엇인가, 어떤 사용 목적을 가지고 있으며 어떤 일을 해낼 수 있는가를 문제 삼는" 것이다. '기계'의 본질은 "구조적으로 수립된 사물들의 질서에 대해 이질적인 절단"이다. 여기서 '기계'는 '정태적 구조'와 반대되는 의미이다. '정태적 구조'는 "임의적으로 부당하게 설정된 절대 좌표계"와 같은 것으로서 기계는 이러한 구조를 "파괴하고(절단하고) 다른 구조로의 이행을 가능케 하는 것" 즉, "혁명을 설명하기 위해 도입된 개념"이다. 들뢰즈는 문학작품이 "혁명 기계"로 "제도적 전복의 기계화로서의 혁명적 기획"이 될 수 있다고 보는데, 조세희의 소설이 그러한 사례에 해당한다. 조세희 소설은 기존의 지배 체제에 대한 전복적 가치를 제시한다는 점에서 들뢰즈의 '기계'의 개념과 통한다. 들뢰즈와 가타리에 의하면 기계의 개념은 크게 '사용'과 '절단'이라

난장이가 표징하는 바에 대해서는 비교적 많은 논의가 이루어진 편이다. 김우창은 그것을 "모순된 사회의 희생자들의 대표"[8]라고 보았고, 김병익은 "기존 체제의 인간들로부터 내쫓기고 사회의 완강한 억압에 짓눌려 밑바닥 삶에서 신음해야 하는 소외 인간의 표징"[9]이라고 해석했다. 또 우찬제는 "70년대 한국 사회와 경제의 생산과 소비 및 분배 구조에서 억압받고 소외받는 계층을 표징하는 전형적 인물"[10]로 규정했다. 이러한 논의를 통해서 드러나듯이, 난장이는 산업화 시대의 한쪽 극단으로서의 소외된 빈자 즉, 마이너스 표징이다. 일반적으로, '난장이'의 신체적 표징은 '작다' 또는 '모자라다'라는 의미로 수렴되는데, 문제가 되는 난장이의 외형이 묘사된 부분은 다음과 같다.

> ① 아버지의 신장은 백십칠 센티미터, 체중은 삼십이 킬로그램이었다. 사람들은 이 신체적 결함이 주는 선입관에 사로잡혀 아버지가 늙는 것을 몰랐다. 아버지는 스스로 황혼기에 접어들었다는 체념과 우울에 빠졌다. 실제로 이가 망가져 잠을 못 이루는 밤이 많았다. 눈도 어두워지고 머리의 숱도 많이 빠졌다. 의욕은 물론 주의력과 판단력도 줄었다.[11]

는 두 가지로 설명되는데, 전자의 경우가 기계의 의미보다 용법을 묻는 것이라면 후자의 경우는 "구조를 전복시키는 욕망과 그 욕망이 추구하는 대상과의 관계를 표현하기" 위한 것이라고 할 수 있다.

8 김우창, 「역사와 인간이성」, 『작가세계』, 세계사, 2002, 55쪽.

9 김병익, 「난장이, 혹은 소외집단의 언어」, 180쪽.

10 우찬제, 앞의 글, 65쪽.

11 조세희, 『난장이가 쏘아올린 작은 공』, 이성과힘, 2006, 95쪽. 이하 같은 책에서

② 내 주인공의 키는 1백 17센티미터, 몸무게는 32킬로그램이다. 그의 이름은 김불이이다. 노비였던 증조부가 남긴 이름으로 바로 읽자면 〈금뿌리〉가 된다.[12]

위의 인용문에서 나타나듯이 난장이에게는 김불이(金不伊)라는 이름이 있지만 그 호칭은 '난장이'라는 신체 지칭어에 눌려 지시적 기능을 잃는다. "아버지 이름이 갖는 아픈 바람의 뜻"(난, 119쪽)을 알 리가 없다는 영호의 말은 경제적으로 곤하지 않게 살길 바라는 증조부의 마음을 일컫는 것일 터인데, 금뿌리라는 이름의 의미는 사라지고 난장이는 그저 난장이로 불릴 뿐이다. 다시 말해 난장이는 본래의 이름으로 호명되지 못하고 그의 괴물과 같은 기형적 신체의 특징으로만 지칭된다. 괴물이란 본래 이름이 필요 없는 존재이다. 그것은 그저 "구경당하고 손가락질 당하는 존재, 그 이상 아무것도 아닌 존재"[13]인 것이다.

난장이가 죽기 전에 "마지막으로 꿈틀대 돈을"(난, 252쪽) 모으려고 했던 방법은 약장사를 따라다니며 묘기를 벌이는 서커스 일이다. 난장이에게 서커스는 '최후의 선택' 사항이다. 다시 말해, 서커스를 통해 자신의 신체를 '구경거리'로 만드는 것이 그가 할 수 있는 마지막 선택이다. 자신의 비정상적인 신체를 드러냄으로써 화폐와의 교환을 꾀하는 이 선택은 인간으로서의 마지막 자존심을 버리는 행위이다. 사람들에

인용할 경우, 본문에 (난, 쪽수) 식으로만 표기하기로 한다.
12 조세희, 「환경 파괴」, 『난장이 마을의 유리병정』, 동서문화사, 1979, 210쪽.
13 피터 브룩스, 앞의 책, 408쪽.

게 전시되는 기형이나 불구의 신체는 동물원의 동물과 다를 것이 없기 때문이다. 그렇기 때문에 난장이는 서커스에 나서려는 자신의 처지를 '벌레'에 비유한다. 그는 자신의 아이들에게 '아버지'는 '난장이'이고, 그리고 '벌레'라고 이야기한다. 그것이 현실이므로 받아들여야 한다는 말은 기형적 신체의 비극적 분위기를 강화한다.

그러나 난장이의 마지막 소망이자 진정한 소원은 "달에 가 천문대 일을 보"(난, 120쪽)는 것이다. 그가 거기에서 할 일은 "망원 렌즈를 지키는 일"이다. 천문대의 망원 렌즈 지키기는 서커스와 반대되는 행위이다. 서커스가 누군가에게 신체를 보여주는 일이라면 망원 렌즈를 지키는 것은 그것을 통해 무엇인가를 보는 일이기 때문이다. 이 행위의 전도는 난장이를 새롭게 탈바꿈시킨다. 지구에서 타자로 살던 난장이는 달나라에 가서야 비로소 주체가 된다. 달은 난장이가 자신을 주체화할수 있는 유토피아다.

난장이는 아이들에게 "달에는 먼지가 없기 때문에 렌즈 소제 같은 것도 할 필요가" 없지만, "그래도 렌즈를 지켜야 할 사람은 필요하다"(난, 120쪽)고 말한다. 난장이의 달나라로의 이주라는 설정은 단순히 동화적이고 환상적인 세계로의 초월을 의미하기보다는 이상적 공간을 제시한다는 점에서 중요하다. 그것은 현실로부터 완전히 벗어나기 위한 의도가 아니라 현실의 탈출구를 마련하려는 시도에 더 가깝다. 이루어지든 이루어지지 않든 간에 희망이 없는 세계는 희망이 있는 세계와는 확실히 다를 것이다. 난장이에게 희망이란 그가 세계의 타자가 아닌 주체로 살 수 있는 가능성이다.

조세희는 현실에서 난장이의 타자성 또는 마이너스성을 전복시키기 위해 도덕적 기준을 적용한다. 조세희의 소설은 신체적으로 비정상이지만 도덕적으로는 정상인 부류와 신체적으로 정상이더라도 도덕적으로는 비정상인 부류의 이야기로 구성된다. 조세희의 관점에서, 난장이는 외적 기준에서는 모자라지만 내적 기준으로는 오히려 거인들보다 우위를 점한다. 이런 식의 가치 전도는 기존의 사회 통념을 비판하기 위해 작가가 고안한 일종의 장치이다.

> 나의 눈에는 멀쩡한 사람들이 불구자로 보였다. 나 자신도 불구자였다. 반대로 불구자가 온전한 사람으로 보였다. 그래서 나는 온전한 사람이 아니었다. 나는 나도 모르는 사이에 불구자들의 이야기를 많이 썼고, 그들 편을 들었다. 온전한 사람보다 불구자가 도덕적으로 완전하다는 생각을 나는 하곤 했다. 그들은 죄악에 물들지도 않았으며, 신음하는 강에 오염물질을 방출할 정도로 무지하지도 않았다. 나는 그들을 닮고 싶은 욕망을 버릴 수 없었다. 난장이, 꼽추, 앉은뱅이, 애꾸눈이, 장님, 주정뱅이들이 나의 소설에 나오는 주요 인물들이다.[14]

작가의 위와 같은 발언은 조세희가 도덕이나 양심과 같은 의식을 신체적인 이미지로 전환하여 파악하고 있다는 증거이다. 위에서 제시되고 있는 사회적 약자, 소외자, 신체적 불구자들은 그와 대립적 위치에

---

14 조세희, 『시간여행』, 문학과지성사, 1983, 146쪽. 이하 같은 책에서 인용할 경우, 본문에 (시, 쪽수) 식으로만 표기하기로 한다.

있는 부도덕자들의 비양심을 비추는 거울 역할을 한다. 그 거울에 부도덕한 사람들은 난장이의 신체와 같이 왜곡된 모습으로 반영된다.

> ① 그들은 아버지에게 허리를 굽혀 인사했다. 그들과 악수할 때 아버지는 발뒤꿈치를 들었다. 아버지가 어떤 자세를 취했건 상관이 없었다. 난장이 아버지가 우리들에게는 **거인**처럼 보였다. (난, 89쪽, 강조 : 인용자)

> ②그 아이는 내가 누구인지도 모르겠고, 그것을 왜 알려고 하는지도 몰라 말해주고 싶지 않지만, 꼭 알고 싶어하는 것 같아 말해주는데, 잠시 후에 판결을 받을 피고인의 아버지는 사실은 굉장히 큰 **거인**이었다고 단숨에 말했다.
>
> (난, 280쪽, 강조 : 인용자)

위의 인용문은 난장이가 아이들에게 거인으로 인식되는 부분이다. 이 아이들에게 가치 평가의 기준은 무엇을 얼마나 가졌느냐가 아니라 그 사람의 양심이 얼마나 올바른가에 맞추어진다. 때문에 난장이라는 기형적 신체는 이들에게 거인이라는 반대의 이미지로 새겨진다.

그러한 반면 자본주의는 생산을 위해 "강제 근로, 정신·신체 자유의 구속, 상여금과 급여, 해고, 퇴직금, 최저 임금, 근로 시간, 야간 및 휴일 근로, 유급 휴가, 연소자 사용 등, 이들 조항을 어긴 부당 노동 행위 외에도 노조 활동 억압, 직장 폐쇄 협박 등"(난, 177쪽)의 위법을 용인한다.『난장이가 쏘아올린 작은 공』은 소수 인간의 행복을 위해 다수 인간의 희생을 담보로 하는 이러한 자본주의의 구조를 전혀 의외의 존재들을 통해 부각시키고 비판하는 이야기이다.

꼽추와 앉은뱅이는 「뫼비우스의 띠」에서 부당한 방법으로 이익을 취하는 부동산 업자를 그의 자동차와 함께 불태워버린다. 이는 "마치 폭탄처럼" 이미 "질서지어진 세계를 조각내버리는 기계"[15]의 동작이다. 강자가 그보다 더 강한 자에게 먹히는 약육강식의 논리를 뒤엎는 이런 전략은 그야말로, '테러'이다. 왜 이러한 방식이 동원되었을까. 이 문제를 풀기 위해서는 전도된 법과 선의 관계를 살피는 것이 필요하다.

조세희 소설에서 법은 가진 자의 편이다. 부당한 행위를 하더라도 돈과 권력이 있으면 법의 심판을 피할 수 있다. 착하게 사는 것이 준법이고 악하게 사는 것은 위법이라는 논리는 자본주의 사회에서 한정적으로만 인정된다. 도덕적인 선은 더 이상 절대적 기준이 되지 못하고, 법의 상대적 약자가 된다.

들뢰즈에 의하면, 고대 그리스 세계 이후 법과 선의 관계는 전도되었다고 한다. 그리스 세계에서 법이란 "부차적인 것, 선의 대리자"에 불과했으며, "법은 선이라는 최상 원리에 의존"했었다. 그러나 근대에 이르러 이러한 법과 선의 관계는 완전히 정반대로 뒤바뀐다. 법은 "선에 의해 근거지어지지 않고 오히려 선을 근거짓"게 된다. 법이 선을 판단하게 되면서 이제는 "선을 따르기 위해 법에 복종하는 것이 아니라, 법에 복종하는 것이 곧 선"[16]이 된다. 근대 세계에서 법은 "죄의식을 가지

---

15 서동욱, 『차이와 타자』, 문학과지성사, 2003, 312쪽.
16 서동욱, 앞의 책, 253~256쪽.

고 살 것을 요구"[17]한다. 법과 선의 관계가 무너지고 난 후, "법과 불법의 공정한 차이"가 사라지고, 법은 "오직 특권 계층의 이익을 중심으로 제정"[18]되기에 이르렀기 때문이다.

조세희는 신애를 통해 "중간층의 사회적 · 역사적 자기 한계에 대한 반성의 과정"과 이를 통해 "도덕성과 배치되는 것"[19]에 대해 각성하고 행동할 것을 요청한다. 특히 '공동의 실천'을 중간 계층의 가장 중요한 과제로 제시한다. 그러나 이들의 '공동의 실천'은 이루어지지 않는다. 그 때문에 조세희에게는 두 번째 해결 방식이 필요해졌고, 그것이 바로 '폭력'이다. 난장이의 아들 영수의 노트에는 "폭력이란 무엇인가? 총탄이나 경찰 곤봉이나 주먹만이 폭력이 아니다. 우리의 도시 한 귀퉁이에서 젖먹이 아이들이 굶주리는 것을 내버려두는 것도 폭력"이라는 내용과 함께 "지배한다는 것은 사람들에게 무엇인가 할 일을 준다는 것, 그들로 하여금 그들의 문명을 받아들이게 할 수 있는 일, 그들이 목적 없이 공허하고 황량한 삶의 주위를 방황하지 않게 할 어떤 일을 준다는 것"(난, 110쪽)이라고 쓰여 있다.

「칼날」에서 신애의 칼은 조리의 용도 이외에 누군가를 해할 수 있는 위협적인 '살기'의 욕망을 내포하고 있다. 신애는 실제로 난장이를 구하기 위해 '펌프집 사나이'에게 이 칼을 휘두른다. 그러나 「시간 여행」에 오면 사정은 달라진다. 신애는 아파트로 이사하면서 가족에게

17 위의 책, 259쪽.
18 미셸 푸코, 『감시와 처벌』, 오생근 역, 나남, 2005, 11쪽.
19 성민엽, 「추상적 사랑의 구체화」, 『문예중앙』, 1984년 봄, 418~419쪽.

이 칼들을 버리고 가겠다고, 버리고 가자고 우긴다. 그녀는 '땅집'이라고 부르는 과거 주택의 잔재들을 모두 버리고 싶어 한다. 그렇게 과거를 모두 정리했다고 생각했지만, 어느 날 신애는 '칼'들이 자신의 아파트에 여전히 남아 있음을 발견한다. 하지만 「시간 여행」에서 신애의 이 '칼날'은 정의를 위해 사용되지 않는다. 신애는 난장이를 구할 때와는 다르게, 망설인다. 실천할 수 있는 자, 실천을 가능하게 하는 자는 대장장이가 훌륭한 칼을 만들던 시대가 사라진 것처럼, 사라졌거나 사라져 간다. 조세희가 사회의 부정을 타파하기 위해 제시한 첫 번째 해결책은 '공동의 실천'이었다. 그러나 신애를 통해서 볼 수 있듯이 그러한 가능성은 점점 희박해진다.

이는 지배하는 사람들이 그들의 몫을 다하지 못하고, 그들 스스로 폭력을 자행하고 있음을 드러내는 것이다. 지배하는 자, 가진 자들은 부정한 방법으로 더 오래 그리고 더 많이 권력과 부를 소유하려 하고, 중간 계층마저도 이에 대한 각성과 실천을 포기하자, 지배받는 자, 못 가진 자들은 마지막 노선으로 폭력을 선택할 수밖에 없게 된 것이다. 그 이외의 방식으로는 아무런 실천도 할 수 없다는 것을 이미 알기 때문에, 폭력이 동원될 수밖에 없다. 조세희 소설에 등장하는 숱한 폭력은 억압적인 정치 상황과 기형적 자본주의를 또 다른 방식으로 보여주는 것이다. 그중에서도 핵심적인 사건은 영수가 은강그룹 회장을 살해하려 하는 대목이다.

영수의 살해 미수는 법에 반하는 행위이지만, 가해자인 영수는 자신의 행위를 부끄러워하지 않는다. 이는 법이 "더 이상 선에 의존하지 않고" 그 자체로 "타당성을 획득하며 그 자체에 근거함"[20]으로써 법의 고전적·본래적 가치가 상실되었음을 뜻한다. 다시 말해, 영수가 살인을 하고도 당당할 수 있는 것은 살인이 정당화될 만큼 자본주의 사회의 가치가 전도되어 있음을 보여주는 것이다. 조세희는 이러한 가치를 되돌리기 위해 불구적 기형적 신체를 제시하고 있다. 앞서도 살펴보았듯이 조세희에게 신체적 불구성은 곧 도덕적 선을 의미한다. 그에게는 온전한 사람은 죄악에 물들어 인간으로서 못할 짓을 하지만, 불구자들은 그렇지 않을 것이라는 믿음이 있다.

경제 체제의 영역에서 산업자본주의의 '진짜 기계'[21]와 기계주의의 발작적인 진보는 "수공업들의 현존하는 질서를 절단"[22]한다. 난장이는 수공업으로 연명하던 마지막 세대이다. 그는 "절단기·멍키 스패너·렌치·드라이버·해머·수도꼭지·펌프 종지굽·크고 작은 나사·T자관·U자관, 그리고 줄톱 들"(난, 65쪽)을 가지고 평생 "채권 매매, 칼갈기, 고층 건물 유리 닦기, 펌프 설치하기, 수도 고치기"(난, 95쪽)를 하며 살았다. 그러나 그런 일들은 기계 산업의 진화와 더불어 사멸해

---

20 서동욱, 앞의 책, 254쪽.

21 이진경, 『노마디즘 2』, 휴머니스트, 2002, 263~266쪽. 여기서 '기계'의 개념은 복사기, 기관차, 책상 등과 같은 것으로 표징되는 18세기의 기계론적(mécanique) 기계가 아니라, 하나의 계열을 이룸으로써 어떤 배치의 부품이 되는 모든 것, 혹은 그렇게 하여 만들어진 집합체를 이른다. 기계론적 기계가 불변적 고정성을 가지는 것이라면 들뢰즈·가타리의 철학에서 일컫는 기계는 어떤 흐름을 절단하고 채취하는 방식으로 작동하는 모든 것을 말한다.

22 서동욱, 앞의 책, 293쪽.

버린다. 난장이의 도구는 '기계'가 아니다. 도구와 기계는 근본적으로 차이가 있다. 전자가 "전체라는 유기체의 조화 속에서 어떤 기능을 담당하는가에 의해 규정되는 것"이라면 기계는 반대로 이러한 "유기체적 조화와 통일의 파괴자로서 기능"[23]하는 것이다.

난장이의 세계는 '진짜 기계'에 의해 절단된다. 기계들의 등장으로 인해 설 자리가 줄어듦으로써 삶의 형태가 바뀌어버리게 된다. 난장이는 그 진짜 기계가 점령한 사회를 다시 절단하는 기능을 한다. 난장이는 사실 경쟁 사회에서 경쟁력을 잃은 존재이다. 그러나 그는 경제적으로 무능력할지언정 부도덕하거나 비윤리적인 방법으로 살기를 거부한다. 그러한 자신의 신념을 지킬 수 없게 되자, 난장이는 자폭한다. 난장이의 자폭이 파장을 불러일으킨 이유는 그것이 언젠가, 어디에선가 반드시 터지게 되어 있는 시한폭탄이었기 때문이다. 산업자본주의는 그 배면에 '부정(不正)'이라는 화약이 장전되는 시스템이며 시간이 지나면 그것은 결국 터지게 된다.

조세희의 난장이가 쏘아올린 작은 공은 인간의 부도덕과 비양심 그리고 그것을 암묵적으로 용인하는 사회구조를 겨냥한 폭탄과 다름없다. 즉, 조세희 소설에서 기형의 신체는 시한폭탄이 되어 사회의 '불의'를 절단하는 기능을 한다. 신체적 기형은 세계의 부정을 응축한 결과이며, 그것의 폭파로 기존의 세계는 파괴되고 새로운 건설을 꿈꿀 수 있도록 만든다.

---

23 위의 책, 311~312쪽.

2. 산업사회의 환경오염과 질병

앞 절에서 다룬 불구적·기형적 신체가 비정상적 사회구조 전반을 절단하는 것이었다면, 이번 절에서 다룰 기계적 신체는 비인간적 환경이라는 보다 구체적인 세목을 절단한다. 기계의 절단은 기존의 어떤 체제를 비판하고 고발하며 전복시키는 기능을 전제하는데, 조세희가 환경 파괴를 다루는 경우에도 그와 유사한 기능이 수행된다. 이때 환경은 노동환경과 자연환경으로 나눌 수 있는데, 전자가 차별적 작업환경에 해당된다면, 후자는 무차별적 환경 파괴의 문제와 닿아 있다. 그런데 인간의 신체가 고통을 측정하고 시험하는 데 이용되는 도구로 전락한다는 점에서는 두 가지 환경의 경우가 동일하다. 따라서 기계적 신체를 살필 때 노동환경이나 자연환경은 같은 범주로 묶일 수 있다. 김종성은 조세희가 "노동자의 생태와 자연 생태계를 통일한 지점에 놓고 바라보고"[24] 있다고 평가하는데, 다음의 인용문은 그러한 평가를 뒷받침한다.

> 공장 주변의 생물체가 서서히 죽어가는 것을 나는 목격하고는 했다. 은강 공작창과 합성 고무 공장 앞을 지날 때 나는 땅만 보고 걸었다. 공장을 끼고 흐르는 작은 내를 건널 때는 숨을 쉬지 않았다. 시커먼 폐수·폐유가 그냥 흘렀다. 노동자들은 아침 일찍 공장으로 걸어 들어갔다. 저녁 때 노동자들은 터벅터벅 걸어

---

24 김종성, 앞의 글, 41쪽.

나왔다. 계속 조업 공장의 새벽 교대반원 얼굴에는 잠이 그대로 붙어 있었다. 그들은 잠을 쫓기 위해 잠 안 오는 약을 먹고 일했다.

(난, 214쪽)

위의 인용문을 통해 노동 환경이 미치는 영역이 자연 생태계로 확장되는 것을 확인할 수 있다. 하나의 환경이 무너지게 되면, 또 다른 환경에도 영향을 미쳐 둘 다 공멸할 가능성이 높아진다. 문제는 노동환경이나 자연환경의 오염도가 심각하다는 것, 그것이 단기적으로 해결될 수 있는 문제가 아니라는 것을 그 속에 처한 사람들이 제대로 인식하지 못한다는 데 있다.

먼저 노동환경에 대한 부분부터 살펴보면,「은강 노동 가족의 생계비」에서 노동자는 인간이라기보다 숫제 기계에 가깝다. 영수는 "조립 라인 사람들"이 자신을 "또 하나의 보조 기계"로 보며, 공장장에게는 "노동자 전체가 기계"(난, 200쪽)라고 말함으로써 인간과 기계의 가치 전도를 폭로한다. 이제 산업 노동자는 인간이 아니라 진짜 기계처럼 작동한다. 사회는 인간을 기계처럼 이용하고 인간은 기계가 되어 사회를 파괴하고 절단한다.

① 신애는 인공 조명을 받고 있는 닭장 속의 닭들을 생각했다. 달걀 생산을 늘이기 위해 사육사들이 조명 장치를 해놓은 사진을 어디에선가 보았었다. 닭장 속의 닭들이 겪는 끔찍한 시련을 난장이도, 저도, 함께 겪고 있다고 생각했다. 다만 알을 낳는 닭과는 달리 난장이와 자기는, 생리적인 리듬을 흩트려놓고 고통을 줄 때 거기에 얼마나 적응할 수 있을까, 그리고 어느 정도에서 병

리 증상을 일으키게 될까 하는 실험용으로 사용되고 있다는 생각
뿐이었다.   (난, 56쪽)

② 일을 하면서 처음으로 기계에 의한 속박을 받았다. 난장이의
아들에게 이것은 아주 놀라운 체험이었다. 콘베어를 이용한 연속
작업이 나를 몰아붙였다. 기계가 작업 속도를 결정했다. 나는 트
렁크 안에 상체를 밀어넣고 두 가지 작업을 동시에 해야 했다. 트
렁크의 철판에 드릴을 대면, 나의 작은 공구는 팡팡 소리를 내며
튀었다. 구멍을 하나 뚫을 때마다 나의 상체가 파르르 떨었다. 나
는 나사못과 고무 바킹을 한입 가득 물고 일했다. 구멍을 뚫기가
무섭게 입에 문 부품을 꺼내 박았다. 날마다 점심 시간을 알리는
버저 소리가 나를 구해주고는 했다. 오전 작업이 조금만 더 계속
되었다면 나는 쓰러졌을 것이다.
(난, 202쪽)

　위의 두 인용문은 인간이 기계를 지배하지 못하고 역으로 인간이 기
계에 의해 지배받는 모습을 보여준다. 이를 통해 우리는 인간의 신체
가 어느덧 실험의 도구로 전락하고, 인간과 기계의 역할 또한 전도되
어버렸음을 알 수 있다. 인간의 노동 과정 발달 단계에서 처음에는 신
체의 물리적인 힘에만 의존했지만 산업사회 이후 신체는 그러한 물리
적 운동을 면제받는 대신, "기계의 관리, 또는 기계적인 작업과정에 철
저하고 세부적으로 종속됨으로써 일종의 기계화 과정의 부품으로 화
하게"[25] 된다.

---

25 심광현, 「육체, 무엇이 문제인가?」, 『문화과학』 4, 1993년 가을, 82~83쪽.

우리는 이와 같은 신체의 기계화를 통해 신체의 자유야말로 인간이 인간답게 살기 위해 최소한 갖추어야 할 조건이라는 것을 깨닫게 된다. 인간은 자유로운 신체를 가질 권리가 있다. 그러나 난장이 가족의 신체는 자유롭기는커녕, 비인간적 환경의 최저 생존 기준을 측정하는 도구처럼 이용된다. 그들은 얼마나 못 먹고 얼마나 못 자면 사람이 견디지 못하고 쓰러지는지 알아보는 비공식적 실험에 동원되는 셈이다. 공장은 노동자들에게 "탁한 공기와 소음 속에서 밤중까지 일"하기를 "일방적으로"(난, 106쪽) 주문한다. 어린 노동자들은 그로 인해 "작업 환경의 악조건"과 그에 미치지 못하는 보수로 인해 "자랄 나이에 제대로 자라지 못하는 발육 부조 현상"(난, 107쪽)을 보인다.

난장이의 식구들은 "더러운 동네, 더러운 방, 형편없는 식사, 무서운 병, 육체적인 피로, 그리고 여러 모양의 탈을 쓰고 눌러오는 갖가지 시련"(난, 57쪽)을 겪었다. 난장이가 죽자 남은 가족들은 정신적, 경제적 지반을 모두 상실하고 은강으로 이사한다. 그러나 거기에서도 그들은 여전히 "좋지 못한 음식을 먹고, 좋지 못한 옷을 입고, 건강하지 못한 몸으로 오염된 환경, 더러운 동네, 더러운 집에서 살"며 "질병의 증세"(난, 218쪽)에 시달린다. 행복동에서도 은강에서도 그들의 생활은 한결같이 처참하다. 환경으로만 따지면 난장이 가족은 은강에서 오히려 더 극한의 처지에 몰린다. 가난이라는 조건에 질병의 위협이 더해졌기 때문이다. 이처럼 산업화된 사회에서 생활환경은 인간을 위한 방향보다는 일부의 이익을 위주로 구성되고, 그로 인해 남은 사람들은 인간 이하의 삶을 영위하게 된다.

가진 자들은 못 가진 자들의 환경을 전혀 다른 방식으로 받아들인다. 그들은 생존을 위한 환경이 무엇인지 모른다. 때문에 혐오스러운 시선으로 그들을 다음과 같이 바라본다.

> ① 나는 쉰 목소리의 여공을 찾아보았다. 아주 못생긴 계집아이가 서 있었다. 대부분의 공장 작업자들이 그렇듯이 그 계집아이도 유난히 누런 피부에 평면적인 얼굴, 낮은 코, 튀어나온 광대뼈, 넓은 어깨, 굵은 팔, 큰 손, 짧은 하반신의 특징을 갖고 있었다. 열아홉 아니면 스무 살 정도였는데도 여자로 보이지 않았다. 천날을 고도에서 함께 보낸다고 해도 자고 싶은 생각이 안 날 아이였다. (난, 283~284쪽)

> ② 남쪽 공장에서 올라왔다는 그는 손가락이 여덟 개밖에 안 되었다. 아버지의 공장에서 두 개를 잃었을 것이다. 콧등도 다쳐 납작하게 내려앉았고, 눈 밑에도 상처가 있었다. 나는 처음부터 그의 말을 듣지 않기로 했다. 증인으로 나온 사람에게 손가락이 여덟 개밖에 없다는 것 자체가 기분 나빴다. (난, 290쪽)

그들에게 못 가진 자들의 신체는 여자임에도 '성적 매력'이 없다는 것이 문제되고, 노동으로 인해 불구가 된 손가락이 단지 기분 나쁘게 느껴질 뿐이다. 가진 자들에게 노동자들은 그들의 신체의 일부, 즉 "근육 활동"(난, 284쪽)만 제공하면 되는 존재이다. 그 이외의 것은 필요도 관심도 없다. 그렇기 때문에 열악한 노동 환경은 개선되지 않고 노동자들은 여전히 고통을 측정하는 기계로 살아가야만 한다. 조세희의 소설은 가진 자의 이런 무지와 부당한 인식 체계를 고발하고 개선하는

데 목적을 둔다.

다음으로 무차별적으로 파괴되는 자연환경이 신체의 징표들을 통해 다루어진 경우이다. 이를 살피기 위해서는 자본주의 사회의 상징적 배경인 '은강 공업 지대'를 먼저 살펴보아야 한다. 그곳은 "전례가 없는 생물학적 악조건"(난, 187쪽)을 가지고 있다. 은강에서 노동자들은 모두 자연 오염 지표를 측정하는 측정기가 된다. 그곳의 오염의 위험 수위를 나타내는 기준은 질병의 발생이다. 은강의 "공기 속에는 유독 가스와 매연, 그리고 분진이 섞여 있"으며 "모든 공장이 제품 생산량에 비례하는 흑갈색·황갈색의 폐수·폐유를 하천으로 토해낸다. 상류에서 나온 공장 폐수는 다른 공장 용수로 다시 쓰이고, 다시 토해져 흘러 내려가다 바다로 들어간다. 은강 내항은 썩은 바다로 괴어 있다. 공장 주변의 생물체는 서서히 죽어"(난, 185~186쪽)간다. 또 "은강 공업 지역이 저기압권에 들면 여러 공장에서 뿜어내는 유독 가스가 지상으로 깔리며 대기를 오염"시킨다. 그로 인해 난장이의 아내는 은강으로 이사한 이후 "계속 머리가 아프"고 "호흡 장애·기침·구토 증상"을 자주 일으키며, 영희는 "청력 장애"(난, 218쪽)를 일으킨다.

은강에서 살아 있는 생물들은 오염으로 인해 더 이상 온전한 삶을 지탱할 수 없다. 일찍이 김현은 공해를 "생태학적 측면에서뿐만이 아니라 사회학적 측면에서도 면밀히 탐구되어야 할 중요한 문제"라고 파악하고 공해에 대처하는 것은 "어떤 사회를 건설해야 하느냐"[26]와 무관하

---

26 김현, 「공업사회와 공해문제」, 『우리 시대의 문학』, 문장, 1980, 112쪽.

지 않다고 했다. 결국 가진 자의 신체든 못 가진 자의 신체든 산업사회에서 신체의 안전지대란 있을 수 없다. 조세희는 1978년에 "강물은 아주 더러웠다. 배를 드러낸 고기들이 수초에 걸려 있었다. 꼽추는 등뼈가 휘어진 몇 마리의 고기를 건져 모래에 묻었다. 그 모래가 적갈색이었다"(난, 310쪽)고 고발했으며, 계속해서 「오늘 쓰러진 네모」나 「죽어가는 강」 등을 통해서 환경오염의 심각성에 대해 다음과 같이 경고한다.

① □씨는 두 사나이가 죽은 나무 밑에 앉아 우는 것을 보았다. 그러나 그들을 위로할 힘이 그에게는 없었다. 방독면을 썼는데도 숨을 쉬기가 어려웠다. 머리도 아프고 눈도 침침해졌다. □씨는 재가 내려앉듯 힘없이 주저앉았다. 그는 두 팔을 내저었다. 그는 쓰러졌다. (시, 81쪽)

② 파리에서 비행기를 타고 온 붕어였다. 나이가 이백 오십이라고 했다. 책임은 육종학자들에게 있었다. 육종학자들은 아시아 대륙 깊숙한 곳에 자리한 어느 호수에서 황금붕어를 잡아다 눈을 배에다 옮겨붙였다. 방계회사의 사장 하나가 유럽에 나갔다가 배에 붙은 눈으로 세상을 보는 그 황금붕어를 사 보내왔다. (시, 148쪽)

③ 가까이 가 보니 강은 이미 죽어 가고 있었다. 푸른빛은 날아가 버리고 없었다. 검은 강심에서 자갈 채취선이 자갈을 파올렸다. 모래 채취선은 모래를 퍼올렸다. 여기저기 웅덩이가 파져 있다. 강은 오염된 물을 안은 채 모로 누워 신음했다. 썩는 냄새가 지독했다. 우리 도시의 심장이 썩어 가고 있었다. (시, 144쪽)

조세희는 난장이 세대에서 신체적 기형성이나 불구성을 읽어내었다. 그러나 그의 아들 세대에는 산업 시대와 더불어 나타난 환경오염과 그에 따른 질병의 발생이라는 또 다른 상징을 부여한다. 산업 시대는 단순노동의 반복을 통해 인간의 기계화를 부추긴다. 인간이 기계가 되는 이러한 상황의 모순을 해결하고 가치를 정상화하기 위해서는 혁명적 계기가 필요하다. 그렇지 않는 한 조세희 소설에 나타나는 여러 가지 불행은 반복될 수밖에 없다. 조세희 소설은 그 반복을 저지(沮止)하기 위해 파괴된 환경을 적나라하게 보여준다. 그럼으로써 독자 자신이 해야 할 바를 떠올리도록 만든다. 어떤 해결책을 주장하기보다는 벌어진 상황을 독자에게 그대로 제시하고 그들이 취할 수 있는 가능성을 모두 생각해보도록 하는 방식을 취하는 것이다.

난장이의 자식들은 난장이 세대와 달리 보다 적극적인 실천적 움직임을 보인다. 그들이 찾는 해결책은 사회구조의 부정을 직시하고 혁명을 꾀하자는 목소리를 내포한다. 그것은 기존 사회의 구조적 평행성을 깨뜨림으로써 사회의 부정을 '절단'하고자 하는 욕망을 보여준다. 많은 사람들이 불균형적이라고 느끼지만 그 다수의 삶을 불행하게 만드는 소수의 가진 자는 그러한 세계가 균형적이라고 주장한다. 이와 같이 전도된 현실로부터 탈주하거나 혹은 그것을 재배치하기 위해 그들은 혁명을 꾀한다. 조세희의 소설은 무기를 동원하는 유혈 전투는 아니지만 민중에게 사회현실의 개혁을 촉구하는 기능을 한다는 점에서 "소설-기계"[27]로

---

27 질 들뢰즈, 『프루스트와 기호들』, 서동욱 · 이충민 역, 민음사, 240쪽.

볼 수 있다. 그것은 조세희가 국가 기구를 상대로 하는 시공을 초월하는 불연속적 공격이다.

3. 물화되는 성과 세습되는 노동

사회학자 부르디외(Pierre Bourdieu)는 후기 근대성 속에서 나타나는 몸과 사회적 불평등의 관계를 연구의 초점으로 삼았다. 그는 몸을 상품화시킨 현대 사회의 다양한 방법들에 대해 검토하는데, '몸의 상품화'는 "몸이 노동력의 매매(賣買)와 밀접한 관계가 있다는 것뿐만 아니라, 몸이 더욱 포괄적인 형태로 육체자본이 되는 방법들"을 가리킨다고 하였다. 신체는 발달과정 속에서 "개인이 속한 사회 계급을 드러내는 명백한 흔적"[28]을 지니게 된다. 이는 신체의 형성과 사회 계급의 연관성을 이야기하는 것이다.

그런데 노동자 계급은 궁핍으로부터 벗어날 때가 거의 없다. 그렇기 때문에 그들은 "몸과 도구적 관계를 맺"게 된다. 즉, 노동자들은 그들의 신체를 곧 "목적 달성의 수단"[29]으로 삼는다. 특히 여성 노동자의 경우가 남성의 경우보다 자신의 신체를 도구로 여기는 경향이 높은데, 그것은 그들이 자신들의 몸의 욕구들을 희생하고, "가족에 대한 책임

---

28 크리스 셜링,『몸의 사회학』, 임인숙 역, 나남, 1999, 186~188쪽.
29 위의 책, 190쪽.

완수나 가계 지원의 측면에서만 자신의 건강에 가치를 부여"하기 때문이다. 반면, 지배 계급은 "장래의 자원 축적에 도움이 될 만남이 이루어질 수 있는 배타적인 사교행사에 자신들의 몸을 배치하고 관리"[30]한다. 이와 같이 몸은 사회를 구성하고 사회적 불평등을 유지시키는 것으로서 육체 자본의 형성에 핵심적인 중요성을 띤다.

조세희 소설에서 못 가진 자의 신체는 대부분 노동에 바쳐진다. 그리고 가진 자의 신체는 유희에 이용된다. 조세희 소설의 성(性)은 생산 혹은 생식의 의미를 갖지 않는다. 반대로 타락과 파괴의 의미에 가까우며, 생산이 아닌 교환의 의미로 전락하여 비윤리적 행위로 나타나는 경우가 많다. 영희는 난장이의 이름으로 된 아파트 입주권을 자신의 순결과 교환한다. 영희에게 부동산 업자의 삶과 환경은 자신의 생활환경을 되돌아보게 하는 계기가 된다. 밖에서 바라본 자신의 공간은 죽음을 떠올리게 하는 끔찍한 '회색'이다. 그럼에도 불구하고 '안 돼요'라는 말을 하지 않기로 하고 부동산 업자와 거래를 한 영희가 원하는 것은 참혹한 회색의 공간, 바로 그곳이다.

물론 영희가 순결을 팔아 얻고자 한 것은 단순히 행복동 집의 경제적 가치는 아니다. 그가 진정으로 얻고자 한 것은 "사랑과 화해와 자기희생의 토대로 이루어진 안식의 공간" 그리고 무엇보다 "인간이 인간답게 살 수 있는 공간"[31]이다. 그러나 그 의도야 어찌되었든 어머니가 "입

---

30 위의 책, 201쪽.
31 오세영, 「사랑의 입법과 사법」, 『세계의 문학』, 1989년 봄, 390쪽.

이 닳게 강조한" 영희의 순결은 물질적 가치와 교환된다. 이때 성은 생산을 지향하지 않고 파괴적인 성격으로 작용한다. 성(性)이 성(聖)스러운 가치를 잃고 물물교환의 수단으로 전락한 것이다.[32]

29살인 부동산 업자는 재개발 지역의 소유권을 싼값에 사들여 많은 이익을 남기지만 그러한 일이 단지 '작은 훈련'일 뿐이라고 말한다. 완전히 다른 성장 배경을 가진 영희와 부동산 업자의 거래는 '어린' 여자와 아파트 입주권의 교환으로 이루어진다. 그러나 이 거래는 처음부터 불공평하다. 영희네가 25만 원에 판 그 입주권을 부동산 업자는 또 다른 사람에게 45만 원에 판다. 이렇게 남긴 부당 이익으로 그는 어린 여자 아이의 순결을 사는 것이다.

이와 같이, 가진 자의 아이들은 부도덕한 차원에서 성적 유희를 즐긴다. 다른 예로 신애네 뒷집의 경우를 보면, 그 집 남자는 세무서 조사과 직원이다. 그는 신애의 남편보다 월급이 적고 식구는 많지만 그의 집은 늘 흥청댄다. 뒷집 아이들은 잠자리에서 "차 속의 섹시 사운드, 성행위 때의 기성, 숨소리를 그대로"라는(난, 36쪽) 기사가 실린 주간지를 읽는다. 그 집의 큰딸은 아이를 가진 채 자살기도를 한다. 성 문제를 통해서 드러나듯 신애네 뒷집은 정직한 기준으로는 이해 못할 과정을 거쳐 부를 획득하고, 바람직하지 않은 용도에 그것을 낭비한다.

---

32 크리스 쉴링, 앞의 책, 207쪽. 부르디외는 서로 다른 계급 간의 관계 형성을 조장하고 계급의 폐쇄적인 구조를 무너뜨리는 아름다운 몸을 '치명적인 매혹'이라고 부른다. 그러나 영희의 경우 새로운 관계를 형성하거나 구조를 무너뜨리지 못했기 때문에 치명적인 매혹으로 작용하지 못하고, 그의 성은 물화되는 데서 그친다.

한편 율사의 아들인 윤호는 그의 누나를 "놈팽이와 붙을 생각만 하는 머리"라고 비난하면서 그 자신 역시 좋아하지 않는 상대와 성관계를 맺는다. 그러나 그의 기억에 그러한 성관계는 "늘 울고 싶은 마음"이거나 "구역질이 날 것 같"(난, 60쪽)은 느낌으로 남아 있을 뿐이다. 윤호의 친구인 인규는 자신의 필요를 충족시키기 위한 목적으로 친구에게 성을 헌납한다. 그는 윤호에게 관계를 나눌 성 상대를 소개한 대가로 시험에서의 부정행위를 요청한다. 이때 성은 부정을 공유함으로써 서로 간의 관계를 더욱 돈독하게 하는 데 기여한다. 이렇듯 조세희 소설에서 성은 교환가치를 가지는 상품의 의미 또는 유희의 의미로 쓰이면서 본래의 가치를 잃어버리고 부정적인 행위들을 지칭하기 위해서만 사용된다.

조세희 소설에서 가장 근본적인 문제로 지적되는 사항은 어떤 훼손된 삶의 구조가 반복된다는 데 있다. 난장이가 살아생전에 겪었던 극빈의 환경은 난장이의 아들 대(代)에 와서도 변하지 않는다. 조세희는 노비 문서를 통해 화폐처럼 교환되는 신체의 문제가 현대 사회에 이르러 새로이 부각된 것이 아니라 해결되지 않은 묵은 과제임을 지적한다. 영수가 발견한 노비 매매 문서는 "우리의 조상은 세습하여 신역을 바쳤다. 우리의 조상은 상속·매매·기증·공출의 대상이었다"(난, 87쪽)는 사실을 드러내며, 역사가 변함없이 고스란히 반복되고 있었음을 보여준다. 난장이의 자식들이 계속해서 "아버지의 아버지, 아버지의 할아버지, 할아버지의 아버지, 그 아버지의 할아버지" 또는 "어머니의 어머니, 어머니의 할머니, 할머니의 어머니, 그 어머니의 할머니들"(난,

87쪽)로 거슬러 올라가며, 이제는 그 정당하지 못한 구속으로부터 벗어나야 한다고 절규한다. 그것은 인간의 몸이 물건처럼 여겨지는 상황이 종식되어야 한다는 믿음의 반영이다.

「하얀 저고리」[33]는 유신 시대 · 군부 독재 시절을 보낸 후인 1990년대의 이야기와 섣달쇠, 아침이 등을 주인공으로 한 조선 시대 노비들의 이야기가 교차적으로 진행되는 소설이다. 여기에서 인물들은 몸의 표식으로 신분이 구별되는데, 가슴에 붉은 반점이 있는 사람들은 영원히 죽지 않는 정의로운 마음을 가진 자들이고 검은 반점이 있는 자들은 악한 마음을 가진 자들이며, 아무 표식이 없는 사람들은 그 중간에 해당한다. 이 소설의 인물들은 "흰색과 붉은색은 죽지 않는 생명의 색으로 어둠과 죽음의 색인 검정에 이긴다"(하2, 283쪽)고 생각한다. 붉은 반점을 가진 이들이 선동하여 나가면 아무 표식 없는 사람들이 그 뒤를 따라 일어남으로써 검은 반점을 가진 이들을 물리친다는 「하얀 저고리」의 서사 내용은 『난장이가 쏘아올린 작은 공』에서 못 가진 자들이 중간 계층과 힘을 합치면 가진 자들의 횡포에 저항할 수 있다는 주장과 맥락을 같이한다.

　① 종은 인간이 아니었다. 종에게는 인격이 없었다. 자유도 없었

---

[33] 「하얀 저고리」는 출간 계획이 여러 번 미루어져, 현재 미출간 상태인 관계로 잡지에 분재된 것을 텍스트로 삼음을 밝힌다. 이하 본문에 인용할 때, 연재된 순서에 따라 『작가세계』 1990년 겨울을 1, 1991년 봄을 2, 1991년 여름을 3으로 하여 (하1, 쪽수)식으로만 표기한다.

다. 종은 생각을 해도 안 되었다. 이 세상에서 제일 착하고 예쁜 종은 복종을 잘하는 종이었다. 종은 단결을 하면 안 되었다. 종은 모래처럼 흩어져 있어야 했다. 종은 서로를 감시해야 했다. 고자질을 잘하는 종은 상을 받았다.   (하1, 166~167쪽)

② 어머니는 봉건 시대의 착취와 억압은 차라리 솔직하기나 했다는 말을 수없이 했었다. 옛날 암흑의 시대에 국민은 나라의 주인이 아니었고, 그래서 국민에게 주권은 없었고, 권력은 국민으로부터 나올 수도 없었다.   (하3, 475쪽)

조세희 소설에서는 종이 인간이 아닌 것처럼 못 가진 자들 또한 인간이 아니며, 종이 주인에게 반항을 하면 죽는 것과 같이 지배 체제를 거부하는 민중은 죽는다. 노비는 자유롭지 못하고 주인에게 종속된다. 독재정치 상황 아래 국민 역시 자유를 빼앗긴다는 점에서 노비와 다를 것이 없다. 조세희의 문제의식은 이러한 상황이 대물림된다는 것이다. 노비라는 신분이 주인에 의해 세습되거나 교환되었던 것과 같이 유신 정치나 군부 정치가 헌법에 명시된 국민의 자유를 억압하고 자본가들은 불법적으로 노동을 착취한다. 그러므로 영우의 "낡은 질서를 모두 깨뜨려 부수자!"는 외침은 시간을 초월해 반복되는 비인간적인 지배 체제를 끊고 인간답게 살 수 있는 새로운 질서를 만들자는 제안이다.

긴 천 년 세월의 적들아, 불행을 이용하는 검은 반점 마귀들아, 검은 반점의 후손들아, 이완용의 핏줄들아, 옛날 속 검은 정미소 집 자식들아, 청나라 통역꾼의 후손들아, 매국 친일파의 증손자들아, 삼지창으로 동족을 찔렀던 멍청한 조선 관군의 후손들아,

제3세계 군부 독재의 쓰레기들아, 옛날 진딧물, 백여우의 후손들
아, 이 백치의 총아들아, 오천 년 만 년 역사의 감옥에 들어갈 자
들아, 오거라, 쳐부수어 주마! (하3, 495쪽)

「하얀 저고리」에서 조세희 소설의 폭발력 혹은 직접적인 폭로는 강
해지고 늘어난다. 왜냐하면, "죄인의 이름을 알고 그 이름을 대는 것은
사라져야 할 악을 바로 대는 것"(하3, 491쪽)이기 때문이다. 그렇기 때
문에 실정(失政)한 정치인의 실명이 거론되며 5 · 18항쟁의 상황도 사
실적으로 묘사된다. 이 소설은 자본주의 산업사회의 정치 · 경제적 모
순을 수없이 오래도록 지속된 약자 수탈의 역사와 연결시킨다. 그럼으
로써 국민의 무지와 게으름을 질책하고, 사회구조의 모순을 지양할 수
있는 대다수의 민중의 적극적인 실천을 주문한다. 그리하여 정의의 붉
은 반점 용사들의 혁명으로 일단락되는 이야기는, 중간 계층의 망설임
으로 인해 개인적 움직임에 그쳐야만 했던 이전의 소설들과 달리 집단
적인 움직임의 가능성을 강력히 시사(示唆)하게 된다. 나아가 자유와
평등이 이상이 아닌 현실이 되기 위해 그러한 움직임, 즉 절단하는 기
계의 활동이 계속해서 일어나야 함을 강조한다.

조세희가 민중의 실천을 바탕으로 꿈꾸는 궁극적인 이상은 '사랑'이
며, 그가 생각하는 유토피아는 다음과 같은 세계이다.

아버지는 사랑에 기대를 걸었었다. 아버지가 꿈꾼 세상은 모두
에게 할 일을 주고, 일한 대가로 먹고 입고, 누구나 다 자식을 공
부시키며 이웃을 사랑하는 세계였다. 그 세계의 지배 계층은 호

화로운 생활을 하지 않을 것이라고 아버지는 말했었다. 인간이
갖는 고통에 대해 그들도 알 권리가 있기 때문이라는 것이었다.
그곳에서는 아무도 호화로운 생활을 하려고 하지 않을 것이다.
지나친 부의 축적을 사랑의 상실로 공인하고 사랑을 갖지 않은
사람네 집에 내리는 햇빛을 가려버리고, 바람도 막아버리고, 전
깃줄도 잘라버리고, 수도선도 끊어버린다. 그런 집 뜰에서는 꽃
나무가 자라지 못한다. 날아 들어갈 벌도 없다. 나비도 없다. 아
버지가 꿈꾼 세상에서 강요되는 것은 사랑이다. 사랑으로 일하고
사랑으로 자식을 키운다. 사랑으로 비를 내리게 하고, 사랑으로
평형을 이루고, 사랑으로 바람을 불러 작은 미나리아재비꽃줄기
에까지 머물게 한다. (난, 213쪽)

'사랑'의 세계로 가기 위해서는 '희망'이라는 징검다리가 필요하다.
하지만 세상은 제대로 된 징검다리를 놓아주지 않는다. 그렇기 때문에
이상은 언제까지나 이상으로 남을 뿐 현실 쪽으로 가까워지지 않는다.
난장이의 죽음 그리고 난장이 아들의 죽음은 이상을 향한 안간힘의 좌
절이라고 해석할 수 있다. 그들이 죽음으로써 조세희 소설은 문제에
대한 '해결'이라기보다 '경고'에 가까워져 버렸다. 결국 난장이의 꿈은
실현되지 않는다. 그러나 그의 꿈 때문에 현실의 참상이 더욱 비극적
으로 형상화된다.

유토피아는 '어느 곳에도 없는 장소'이므로, 조세희 소설에서 '환상
성'을 띠고 나타난다. 조세희 소설에 동원되는 환상의 기법[34]은 동화적

---

34 서동욱, 앞의 책, 279~292쪽. 형식적인 측면의 논의를 앞 논의와의 연장선상에
　　놓는다면, 기계의 '사용' 개념과 연관해 효과적으로 분석될 수 있다. 기계의 용법

인 느낌을 풍기면서 한편으로는 희곡의 한 부분 같기도 한 특질을 보이는데 독자는 그러한 형식으로 인해 소설을 하나의 경계로 하여 현실 세계를 새로운 방식으로 접하게 된다. 로즈메리 잭슨에 의하면 환상은 기본적으로 공격적인 경향을 가진다. 환상 속에서 "공간적 시간적 철학적 질서 체계들은 모두 해체"되며, "인물의 단일성 개념은 깨어지고, 언어와 통사구조는 일관성을 상실"하는 한편, "'무질서'를 통해 사회적 질서 또는 삶의 목적에 관련된 형이상학적 수수께끼에 대한 '궁극적인 질문'을 허락"[35]한다. 그러므로 환상의 기법을 이용하는 소설은 전혀 예기치 못한 인물이나 방법을 통해 질서나 규칙을 무너뜨리게 된다.

환상의 기본적인 성격으로 미루어 환상적인 것은 근본적으로 폐쇄적일 수 없다. 환상성은 "닫힌 체계 내부에 있으면서, 통일체라고 간주되어왔던 공간에 침입하여 그 공간을 개방"하는가 하면, "가능한 것 또는

문제에서 핵심적인 내용은 예술작품이 기계로서 작동한다는 것이다. 즉, 예술은 "생산하는 기계, 특히 효과들을 생산하는 기계"의 역할을 하는데 이는 우리가 우리 내면이나 외부 세계를 바라보는 데 예술을 기계처럼 사용한다는 말이다. 들뢰즈와 가타리는 "소설에서 주체(화자)가 소설을 어떻게 전체화하느냐가 문제가 아니라, 소설 속의 전체로 통일될 수 없는 조각들을 어떻게 '배치'하느냐가 문제"이며 "소설의 전체화되지 않는 조각들의 배치를 통해 기존의 지배적 질서, 지배적 코드들, 지배적 의미 체계로부터 탈주선(ligne de fuite)을 이끌어낼 수 있는가 하는 것"이 문제라고 본다. 그들에 의하면 소설 장르는 더 이상 유기적 통일성을 추구하지 않는다. 오히려 유기적 통일성을 폐기하고 파편화함으로써 "통일성 없는 분할된 단편들"을 통해 주체 자체를 해체한다.

35 로즈메리 잭슨, 『환상성 – 전복의 문학』, 서강여성문학연구회 역, 문학동네, 2001, 26~27쪽.

알려진 것 뒤에 잠재하고 있는” 다른 의미나 리얼리티를 제안한다. 또한 환상적인 것은 “단일하고 환원적인 진실들을 위협하면서 한 사회의 인식틀 내의 공간을 추적하여 다양하고 모순된 진실들을 이끌어”냄으로써 다의미적인 것이 된다. 따라서 기형적으로 변형된 환상적 인물들은 “구조들, 문화적 질서의 통사 체계에 대한 급진적인 거부”[36]를 의미한다.

바흐친은 환상적 리얼리즘의 핵심이 “모든 범상한 연결 관계 및 사물과 관념의 습관적인 틀을 파괴하고, 예상을 불허하는 틀과 연결 관계를 창조해낸다는 점에 있다”[37]고 보았다. 『난장이가 쏘아올린 작은 공』에서 환상적 요소는 달나라라든지 우주인 등과 같은 비현실적인 소재를 등장시키거나 릴리푸트읍과 같은 가상의 공간을 이용해 공간을 확장하는 방법, ‘뫼비우스의 띠’와 ‘클라인씨의 병’이라는 낯선 수학·기하학적 개념의 동원하는 방법 등으로 나타난다.

달로 표징 되는 이상 사회는 “식물처럼 무기물에서 유기물을 합성하는 능력을 갖고 있”는, 혹성인이 사는 곳(난, 317쪽)이다. 이런 방식, 즉 환상적 기법이나 처리를 긍정적으로 용인한다면, “상상의 논리는 사

---

36 위의 책, 116쪽. 여기서 환상의 성격은 라캉 이론의 ‘objet a’ 또는 줄리아 크리스테바의 ‘abjection’ 개념과 유사한 측면을 가지고 있다. 이에 대해서는, 페터 비트머, 『욕망의 전복』, 홍준기·이승미 역, 한울 아카데미, 2003, 239~240쪽에 정리되어 있는 ‘대상 a’의 용어 정리 부분과 줄리아 크리스테바, 앞의 책, 40~42쪽의 ‘도착성, 또는 예술성’ 부분 참조.
37 미하일 바흐찐, 앞의 책, 363쪽.

실의 논리보다 용인의 범위가 넓은 것"[38]이라는 해석이 유효할 것이다. 현실에서 이룰 수 없지만 그렇다고 버릴 수도 없는 환상의 세계가 조세희에게는 달나라에 있다. 그가 생각하기에 현재의 반복되는 불행을 벗어나기 위해서는 이 세계 밖으로 떠나는 수밖에 없다. 그러나 그것은 현재로서는 불가능하며, 환상이라는 장치를 통해서만 가능하다.

이와 같이 조세희의 소설적 방법론은 "지배적이고 공식적인 재현방식이 갖는 합법성에 대한 저항이라는 의미"[39]를 가진다. 그 한 예로 연작소설의 구성을 들 수 있는데, 그것은 그 자체로 하나의 완성된 전체이면서 동시에 독립적인 부분이기도 하다. 또 연작 형식은 다양한 서술자를 내세워 여러 인물들의 다양한 목소리를 드러내는 방법으로도 이용된다. 결국 다양한 초점자와 다성적인 목소리를 통해 난장이가 처한 사회구조적 모순이 해부된다.

기형적이고 불구적인 신체가 도덕적 불구라는 지배 체제에 대한 반-담론으로 기능하는 것과 같이 조세희 소설의 성 담론은 인간 고유의 가치를 지닌 신체를 물질과 동일시하는 현상에 빗대어 비판하고 있다. 현실 세계의 부정한 가치 체계를 벗어나기 위해 조세희는 환상적인 공간을 설정하고 있었다. 그러한 환상의 기법을 통해 신체가 자본적인 가치로 전락해 물물 교환되는 현실 사회를 부정하는 한편, 연작이라는 구성 방법을 동원해 다양한 목소리를 연출함으로써 기존의 질서를 해

---

38 김인환, 「방황과 순례」, 『세계의 문학』, 1984년 봄, 341쪽.
39 황순재, 앞의 글, 154쪽.

체하려는 시도를 하고 있음을 알 수 있다.

　지금까지 조세희 소설의 불구적 신체가 가지는 의미에 대해 살펴보았다. 이를 통해 조세희 소설이 신체를 통해 병든 사회를 상징적으로 표현함과 더불어 가치가 전복된 사회구조에 저항하려는 의도를 지니고 있음을 알 수 있었다. 조세희의 소설은 신체표징들을 앞세워 사회에 경각심을 불러일으키고 반성을 재촉한다. 사람들의 의식이 부정적인 사회를 용인하는 쪽으로 '마비'되는 상황을 막기 위해 그는 소설이라는 매체를 이용해 경고의 메시지를 전달하였다.

　조세희는 병든 사회의 모습을 불구적 신체를 통해 은유적으로 보여주고, 전도된 가치를 회복해야 한다고 주장한다. 그래야만 인간이 인간답게 살 수 있기 때문이다. 조세희 소설의 인물들은 신체적으로 겪는 고통을 자세히 보여줌으로써, 사회가 인간이 최소한 누려야 할 권리조차 무시하고 있음을 역설한다. 그리고 그를 통해 그러한 상황을 초래한 자본가들, 지배 계급들 나아가 국가 기구를 향해 저항해야 하는 이유를 제공한다.

　그가 꿈꾸는 이상 세계는 '사랑'으로 다스려지는 곳이다. 그러한 이상적인 세계는 환상이라는 기법을 이용해서 표현된다. 여기서 환상은 현실과 동떨어진 것이 아니라 현실 속에 숨어 있지만 우리가 찾아내지 못하는 어떤 것이다. 그것은 부지불식간에 현실과 일상을 거부하고 또 위협함으로써 현실을 전복시킨다. 여기에서 그치지 않고 환상은 현실과는 다른 새로운 세계를 창조한다. 신체표징을 중심으로 살펴보았을 때, 조세희 소설은 주제와 기법 면에서 모두 지배 계층의 부정을 고발하고 민중의 각성과 실천적 혁명을 촉구하기 위해 연출된 것이라고 할 수 있다.

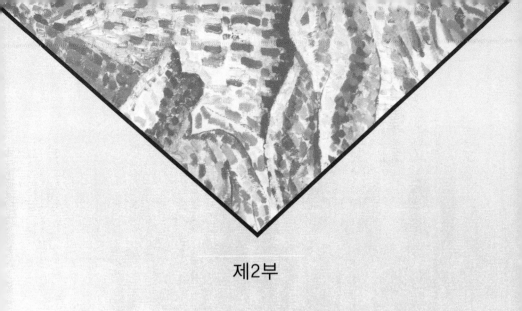

제2부

공포 · 허무 · 도착의 온상,
전쟁 트라우마

제1장
손창섭 소설의 신체표징과 사회병리

　손창섭의 소설은 병적인 느낌으로 가득 차 있다. 인물들의 외형이나 성격이 그렇고, 그 인물들 간의 관계가 그렇고, 그 인물들이 살고 있는 배경이 그렇다. 병적이라는 것은 신체의 어떤 부분이 비정상적이어서 고통스럽거나 불편한 상황을 말한다. 손창섭 소설에 대한 논의는 다각적으로 이루어진 편인데, 그의 소설이 적어도 이러한 '병적', '불구적', '기형적', '비정상적' 특징을 지니고 있다는 점에 대해서 만큼은 논자들 간의 합의가 이루어졌다고 판단된다.

　손창섭 소설 연구로 가장 먼저 발표된 것은 조연현의 「병자의 노래」이다. 이 글은 손창섭 소설의 특징을 "비정상적인 병인들"로 규정하고 "현실성이 박약한 이러한 병신들의 포로가 된다는 것은 건강에 유익할 수 없"으므로 작가의 "병자에 대한 관심과 불완전한 인간에 대한 동정이 건강하고 완전한 인간에 대한 추구와 창조로 바꾸어"[1]졌으면 좋겠다

1　조연현, 「병자의 노래」, 『현대문학』, 1955. 4, 77~79쪽.

는 바람을 전하고 있다. 그러나 이후에도 손창섭의 소설은 '건강'과 '완전'을 지향하지 않는다. 오히려 그전보다 더욱 심하게 병적이거나 기형적인 모습을 그려나간다.

이렇듯 비정상적인 신체를 가진 인물은 손창섭 소설 세계에 거의 필수 요건인 것처럼 꾸준히 등장했다. 손창섭은 왜 계속해서 병자들, 불구자들을 소설의 제재로 선택했을까. 그간의 논의들은 그에 대해 다음과 같이 두 가지 경우로 해명한다.[2] 첫째는 손창섭의 소설이 당시의 암울한 사회상을 포착하여 표현한다고 보고, 손창섭 소설에서 전쟁의 흔적을 찾으려는 논의들이다. 둘째는 손창섭 소설을 전기적인 사실과 결부시키며 손창섭 소설의 시간적 배경을 '무시간성'이나 '진공상태' 또는 '추상성' 등으로 표현하며 전쟁과 관계없는 시간으로 보는 것이다. 즉, 손창섭 소설의 인물이 불구적 성격을 띠게 된 것은 암울했던 사회적 배경으로부터 비롯된 것이라는 의견과 작가 개인의 특유한 인성(人性)으로부터 나온 산물이라는 의견으로 나누어져 논의되어왔다.

---

2 전후 사회와의 연관성을 중시하는 논의 : 이어령, 「流星群의 위치」, 『문학예술』, 1957.2; 이광훈, 「패배한 지하실적 인간상」, 『문학춘추』, 1964.8; 이선영, 「아웃사이더의 반항」, 『현대문학』, 1966.12. 등
전후 환경과 별개라고 보는 견해 : 유종호, 「모멸과 연민」, 『현대문학』, 1959. 9~10; 송기숙, 「창작과정을 통해서 본 손창섭」, 『현대문학』, 1964. 9; 정창범, 「손창섭론─자기모멸의 신화」, 『문학춘추』, 1965. 2; 임중빈, 「실낙원의 카타르시스」, 『문학춘추』, 1966. 7; 신경득, 「반항과 좌절의 미학」, 『월간문학』, 1978. 12; 하정일, 「전쟁세대의 자화상」, 『작가연구』 1, 새미, 1996. 4; 정호웅, 「손창섭 소설의 인물성격과 형식」, 『작가연구』 1, 새미, 1996. 4 등.

그런데 소설이 작가 혹은 '예외적 개인'의 상상적 생산물인 동시에 사회적 산물이라는 기본적인 전제를 떠올린다면 이러한 의견의 상충은 쉽게 해결된다. 두 가지 측면 중 어느 한쪽에 초점을 맞추어 강조하는 것은 스스로 한계를 드러내는 것일 뿐이며, 작품을 총체적으로 조망하는 태도와는 거리를 두게 되기 때문이다. 이 장에서는 손창섭 소설에서 개인과 사회의 구별을 지양하고 양자를 아우르는 작업이 필요함을 느끼고 손창섭 소설의 주조를 이루는 신체표징을 검토하려 한다.

전쟁이라는 상황 앞에서 인간은 결국 그저 존재론적인 입장으로 환원될 수밖에 없다. 손창섭 소설의 주제는 전쟁으로 인한 나약한 개인으로서는 해결할 수 없는 현실의 전망 부재와 그로부터 파생되는 허무의 감정과 깊은 연관이 있다. 손창섭의 소설이 작가의 개인적인 성향을 강하게 드러내고 있다고 하더라도 그것을 사회와 분리시켜 생각하는 것보다는 사회적 맥락 안에서 살피는 것이 좀 더 유용한 방법이 된다. 손창섭이 전후 현실을 불구적 기형적인 상황과 인물들을 통해 표현했다는 점을 염두에 두고 이제 본격적으로 손창섭 소설의 신체표징에 대해 천착해보겠다.[3]

---

3 이에 대한 선행 연구로 임혜정의 「손창섭 소설에 나타난 '몸'의 의미 연구」(이화여자대학교 석사학위 논문, 2004)가 있다. 이 논문은 손창섭 소설의 몸을 상부, 중부, 하부로 나누어 고찰하면서 각각의 부위에 머리, 배와 성기, 팔과 다리 등의 신체 부위를 대입시키고 있다. 임혜정의 논의는 도식적인 구도로 신체를 나누고 거기에 의미를 부여함으로써 애초의 의도인 기호적인 의미의 신체를 살펴 보여주기보다는 삼등분한 신체에 억지로 의미를 끼워 맞춘 듯한 인상을 준다.

1. 혼란한 사회와 불구적 그로테스크

손창섭 소설에는 그로테스크(Grotesque)[4]한 신체, 불구 혹은 기형의 인물이 자주 등장하는데 이러한 인물을 소개할 때 작가는 유독 묘사에 공을 들인다. 손창섭 소설에서 불구 또는 기형의 인물은 절름발이(「비 오는 날」, 「혈서」, 「육체추」), 애꾸눈(「피해자」), 벙어리(「광야」), 성불구 (「가부녀」), 대두(「피해자」) 등을 통해 나타난다. 선천적이든 후천적이든 이들은 신체적으로 불구이며 작가는 이러한 상황 전반에 관심을 가지고 추적해 들어간다.

---

4 한용환, 『소설학사전』, 푸른사상사, 2016. 74~76쪽 참고. 그로테스크(Grotesque)는 15세기 말엽부터 예술 양식을 일컫는 용어로 사용되기 시작하였으며, 그러한 예술 기법은 기존의 고정된 사물의 형태나 예술적 양식을 일그러뜨리거나 과장된 모습으로 부풀려 자유분방하고도 기상천외한 형태로 재창조해 내는 것을 의미했다. 그로테스크가 문학 이론으로 수용되기 시작한 것은 바흐친이 라블레의 소설을 분석하면서부터이다. 라블레의 작품은 인간의 신체적 특성들에 대한 묘사와 밀접한 관련을 맺고 있는데 그것은 당시의 이데올로기와 연관된다. 즉, 금욕적이고 내세적인 중세의 이데올로기와 그와 같은 이데올로기의 그늘에서 중세의 실질적인 삶의 모습을 지배하고 있었던 추악하고 타락한 육체의 방종 사이에 놓여 있던 위선적인 괴리를 넘어서려는 시도로서, 신체를 내세운 새로운 방식이 탄생했던 것이다. 라블레에게 있어 그로테스크한 기법은 세계에 대한 그릇된 전체상을 파괴하고 재정립하며 사물과 관념 사이의 허위에 가득 찬 위계적 연결 관계를 분리시키고, 사물들을 그로부터 해방시켜 그들로 하여금 스스로의 타고난 본성에 맞는 자유로운 결합과 이상적인 생명성의 고양에 이를 수 있도록 해주기 위한 예술적 욕구에서 비롯된 것이다. 따라서 그로테스크한 예술 기법이 보여 주는 사물들의 자유로운 결합이나 육체적 현상에 대한 과장된 묘사는 범상한 전통적 인식이나 관습화된 연상의 틀 안에서는 지극히 기괴해 보일 수밖에 없다.

손창섭의 소설에는 유독 신체 묘사가 두드러지는데, 이는 전쟁이라는 거대한 사건에 대한 일종의 응전으로 볼 수 있다. 손창섭의 과업은 전쟁의 흔적을 지우고 새로운 세계를 건축하는 것이었다. 그는 그 과업을 달성하기 위해서 전후의 혼란한 사회를 불구적 신체로 대체하고 또 그것을 극복할 만한 새로운 세계관을 제시해야 했다. 그러나 손창섭은 새로운 세계에 대한 비전을 제시하는 데까지 이르지 못하고 현실의 세계를 부정하며 허무의 나락으로 빠져버렸다는 점에서 한계를 보인다.

그럼에도 불구하고, 손창섭의 소설은 신체에 대한 작가 또는 서술자의 관심이 서사를 이끄는 추동력으로 작용한다는 점에서 주목을 요한다. 손창섭의 소설에서는 불구자나 기형아와 같은 인물은 독자의 흥미를 유발하는 역할을 맡는다. 그렇기 때문에 불구나 기형의 신체는 손창섭 소설의 도약대와 같다. 즉, 손창섭 소설에서 그로테스크한 신체의 첫 번째 특징은 독자가 서사에 흥미를 느낄 수 있도록 유도하는 역할을 한다는 점이다.

> ① 기름기 없이 마구 헝클어진 머리털, 늙은이같이 홀쭉하니 졸아든 채 무표정한 얼굴, 모서리가 닳아서 너슬너슬해진 담요로 싸고 있는 야윈 몸뚱이, 그러한 꼴로 방 한편 구석에 극히 작은 면적을 차지하고 누워 있으니 말이다.[5]

---

5 손창섭, 『손창섭 단편 전집1』, 가람, 2005. 93쪽. 이 글은 기본 텍스트를 2005년에 가람기획에서 출판한 『손창섭 단편 전집1』, 『손창섭 단편 전집2』로 정했다. 이후

② 우선 아무렇게나 생겨먹은 그의 외모부터가 도무지 탐탁한 구석이라곤 없는 것이다. 한 번도 제대로 손질을 해본 성싶지 않은 봉두난발에, 과도히 작은 머리통, 기품이라곤 찾아볼 수 없는 검고 속된 얼굴 모습, 정채 없는 희멀건 눈, 불안하게 길고 가는 목, 본새없이 좁고 찌그러진 어깨, 게다가 팔이라는 건 이게 양쪽이 아주 짝짝이다. 그 밖에 억지로 늘인 듯이 균형을 잃고 휘청거리는 동체며 다리.

(「신의 희작」, 전집2, 193~194쪽)

③ 두 다리가 오그라들어 말라붙은 사람, 눈이 먼 사람, 양팔이나 양다리나, 혹은 한쪽 팔다리가 무 토막처럼 동강난 사람, 팔이나 다리가 비꼬인 채로 힘없이 축 늘어져 건들거리는 사람, 머리와 수족이 24시간 와들와들 떨기만 하는 사람, 네 발로 기는 사람…… 이런 반인간 아니 3분의 1인간들이, 신에 대한 원망과, 완전 인간에 대한 질투, 반감, 저주와 자신들의 억울한 운명에 대한 절망을 번식시키는 곳이다.

(「육체추」, 전집2, 250쪽)

위의 인용문은 각각 「생활적」과 「신의 희작」, 「육체추」의 도입부이다. 인물 묘사에 치중한 위의 문장들은 독자에게 불쾌한 느낌을 주는 동시에 독자의 호기심을 자극하는데, 이런 도입부 처리는 손창섭이 즐겨 취하는 방식이다. 이는 잔혹하고 혐오스러운 장면으로부터 미학을 구하는 방식으로써 독자에게 공포감을 불러일으키게 된다. 이때의 공포

같은 책에서 인용하는 경우, 논의의 편의를 위해 본문에 작품 제목과 전집의 권수 그리고 책의 쪽수만 표기하기로 한다.

감은 "거대 집단 앞에서 개인은 상실되고 인간의 가치는 부정되리라는 예감으로 인한 혼란에서 생겨"[6]나는 감정이다.

1970년에 출간된 손창섭의 대표작 전집 속에는 '공포의 기록'이라는 제하에 「공포」, 「육체추」, 「인간동물원초」, 「흑야」가 함께 실려 있는데, 이 소설들의 공통된 특징은 공포를 느끼게 하는 참혹한 소재를 다루고 있다는 것이다. 일례로 「흑야」에 등장하는 노인은 "목숨이 원수"(전집2, 383쪽)라는 이유로, 전쟁 이후 제대로 처리되지 못하고 버려진 인육을 먹고 또 그것을 매매하는 행위를 한다. 그 노인은 사람의 송장을 뜯어 먹어 가면서까지 삶을 유지해야 했던 것이다. 이렇게 생존을 위해 어쩔 수 없이 비인간적이고 극단적 방법을 선택해야만 하는 상황은 독자의 분노를 유발한다.

인간은 아름답고 화려한 것에 눈길을 빼앗기기도 하지만 더럽고 추한 것 또는 무서운 것에도 마음을 빼앗긴다. 손창섭의 그로테스크한 인물들이 그 당시 청년들 및 지식층의 시선을 끌었다는 것은 손창섭이 신체적 전략을 제대로 포착함으로써 독자의 마음을 움직일 수 있었기 때문이다. 손창섭의 소설에는 물리적으로 약하고 추한 신체가 주로 등장하지만 그것이 독자에게 전달될 때는 감각으로 치환되어 강력한 충격을 동반한다. 이 충격은 쉽게 사라지지 않고 강력한 표징으로 독자에게 각인되면서 사회적 자장으로 흡수된다.

손창섭 소설의 그로테스크한 신체가 나타내는 두 번째 특징은 그것

---

6 장 루이 뢰트라, 『영화의 환상성』, 김경온·오일환 역, 동문선, 2002, 77쪽.

이 서사 전개의 계기로 사용된다는 것이다. 「비 오는 날」의 원구는 동옥이 불구의 신체를 가진 것을 알게 된 후에도 계속해서 동옥을 찾아가게 된다. 동옥이 아무리 "불구적인 성격", 특히 경계하는 태도로 원구를 대해도 원구는 "얄궂은 힘에 조종당하듯이" 다시 동옥의 집으로 "찾아가지 아니할 수 없"게 된다. 원구는 그 이유에 대해 "동옥의 가늘고 짧은 다리가 지니고 있는 슬픔에 중독된 탓"(전집1, 82쪽)은 아닌지 자문한다. 그 이유가 맞든지 틀리든지 어쨌든 이 소설에서 원구가 동옥을 만나는 과정으로 서사가 전개되는 것은 확실하다. 다시 말해 동옥이 가진 신체의 불구성이 원구의 재방문을 촉발하고, 이 만남의 과정이 「비 오는 날」의 서사적 전략이 되는 것이다.

「사연기」에서도 죽음을 향해 치닫는 성규의 폐병 진행 정도에 따라 사건이 진행된다. 하루하루 성규의 상태에 따라 동식의 상황도 달라진다. "편포와 같이 얇아진 흉곽과 거미의 발을 생각게 하는 가늘고 길어만 보이는 사지랑 생기 없는 전신"(전집1, 52쪽)으로 동식을 맞이하던 성규는 "뼈와 가죽만 남아 살색이 꺼멓게 죽은"(전집1, 53쪽) 채로 "부었던 살이 가라앉듯이 하루하루 말라들어" 갔고 결국은 "가죽을 찢고 뼈를 갉아내지 않는 이상 더 야윌 여지가 없"(전집1, 56쪽)게 되어버리고 말며, "송장 냄새에 가까운"(전집1, 61쪽) 냄새를 풍기다 죽는다. 그러한 성규의 상태에 따라 동식 역시 눈치를 보며 처신을 하지 않을 수 없게 된다.

과거와 현재가 교차되면서 진행되는 이 소설에서 동식은 병자인 성규의 눈치를 보면서 한편으로는 그가 어서 죽어버리길 바라는 마음도 갖고 있다. 그러나 성규의 병이 동식의 마음대로 될 수는 없으므로, 동식은 성규의 병이 진척되는 상황에 수동적으로 대응하는 수밖에 없다. 병이 점점 악화될수록 동식은 성규 가족의 뒤처리 걱정을 하게 되고 결국 성규의 죽음 뒤 그의 가족을 부양해야만 하는 처지가 되고 만다. 이처럼 「사연기」에서 성규의 병은 동식을 얽매는 한편 서사가 진행되는 계기로 작용한다. 그러나 「비 오는 날」에서 동옥이 사라지고 「사연기」의 성규가 죽고 나서 이야기는 더 이상 진행되지 않는다. 즉, 그로테스크한 신체가 서사적 계기이기 때문에 그것이 사라지고 나면 이야기 역시 끝나버리고 마는 것이다.

세 번째 특징은 손창섭 소설에서는 신체의 흔적을 통해 기억을 불러일으킴으로써 시점(時點)을 이동하는 방법이 이용된다는 것이다. 신체에 각인된 그로테스크한 흔적은 사라지지 않고 인물들의 기억 속에 남아 현재와 과거를 이어주는 매개 고리가 된다. 다음은 그러한 신체의 흔적과 기억이 만나는 부분이다.

> ① 동식의 시선이 정숙의 오른편 귓바퀴에서 멈추어졌다. 거기에는 참새 눈깔만한 기미가 희미한 불빛에도 또렷이 빛나고 있었다. 그것은 '빛난다'고 밖에 형용할 수 없으리만큼 동식의 눈에는 생생한 기억과 매력으로 반영되곤 하는 기미였다.
>
> (「사연기」, 전집1, 59~60쪽)

> ② 동시에 벼락같이 떨어지는 몽둥이에 어깨가 절반이나 으스러져 나가는 것 같던 기억. 세 번째의 몽둥이가 골통을 내려치자 '윽' 하고 쓰러지던 순간까지는 뚜렷하다. 동주는 그만 가위에 눌

린 때처럼 '어, 어' 하고 외마디 신음 소리를 지르고 몸을 꿈틀거리며 돌아눕는 것이다.　　　　　　　　(「생활적」, 전집1, 98쪽)

위에서 보듯이 기미라든가 폭행과 같은 신체 표지나 행위는 과거 회상의 열쇠로 사용된다. 신체적인 감각은 시간의 흐름을 역행하게 하는 장치이다. 소설에서는 흔히 맛이나 냄새와 같은 감각으로부터 과거의 기억을 떠올리고 그로부터 과거 상황이 전개되기 시작하는 경우가 많다. 손창섭 소설에서 인물들의 신체표징은 과거와 현재를 잇는 가교와 같은 작용을 한다. 즉, 손창섭 소설은 신체의 표징을 통해 현재로부터 과거 또는 과거로부터 현재로의 시간 이행이 자연스럽게 이어진다.

그로테스크한 신체가 서사적 전략으로 이용되는 것은 전후의 혼란한 상황과 관련이 있다. '전후'는 "전통의 파괴와 기존 가치의 붕괴, 일체의 기성 질서에 대한 도전으로 상징되는 것이며, 자기 환멸과 희망의 부재, 성윤리의 혼란, 또 다른 전쟁에 대한 불안과 공포, 생존의 절대적인 위기로부터 건져 올리게 되는 실존에 대한 자각 등으로 항목화"[7]할 수 있다. 손창섭을 전후 작가로 분류할 때, 전후(戰後)는 단순히 전쟁 후를 가리키는 시간적인 의미만이 아닌, 전후에 형성된 문화적 분위기 전반을 일컫는 것이며 그러한 분위기의 핵심은 여러 항목들에 걸쳐져 있다.

손창섭 소설에는 "마약장수, 폐병장이, 포로수용소, 인민재판소, 죽

7　한수영, 「1950년대 문학의 재인식」, 『작가연구』 1, 새미, 1996, 13쪽.

음, 호색한, 여자 냄새, 음담, 모욕감, 신음 소리, 무료, 살아 있음, 병원, 사랑, 공동묘지, 화장실, 변, 된장국, 구더기, 매춘, 죽음에의 키스"[8] 등의 소재가 흔히 등장한다. 이러한 소재들은 전쟁과 전후의 무질서한 상황을 나타낸다. 이러한 상황을 바탕으로 손창섭 소설에는 비합리적인 사고나 행위가 자주 등장하는데, 이는 전후의 부조리한 환경과 관련 있는 것으로 손창섭 소설의 역설적이고 도착적인 성격을 설명할 수 있는 바탕이 된다.

전후의 불합리한 상황이 비인간적인 행위들을 유발했다면, 그로테스크한 인물의 창조는 그 불합리한 상황의 요청에 따른 것이었다고 할 수 있다. 정리하면, 전후의 불합리한 현실에 대한 작가적 대응이 신체를 파괴하거나 혹은 파괴된 신체를 취하는 방향으로 이루어졌고, 그것이 서사적 전략으로 이용되었으며, 그 때문에 손창섭의 소설에 불구자나 기형아와 같이 결함 있는 인물이 난무하게 되었다는 것이다.

서구의 한 논자는 절단되고 파편화된 신체를 "되돌려볼 수 없는 상실감으로, 잃어버린 총체성, 사라져버린 전체성에 대한 통절한 회한"의 표현으로 해석했다. 그러나 그것이 반드시 "과거에 대한 노스탤지어"만을 상징하는 것은 아니다. 그것은 반대로 "과거에 대한 의도적인 파괴나 적어도 과거의 억압적 전통으로 여겨지는 것을 모두 파괴하는 효과"를 낳기도 한다. 왜냐하면 언제나 "새로운 문명을 창조하기에 앞서

---

8 송하춘, 「전후시각으로 쓴 첫 일제 체험」, 위의 책, 21쪽.

한 문명을 파괴해야 하는 과도기)"[9]가 있기 마련이기 때문이다. 같은 맥락에서 손창섭 소설에 나타나는 그로테스크한 신체 역시 그것이 과거에 대한 향수이든 현실을 부정하고 파괴하는 것이든 간에, 현재의 혼란한 사회 상황에서 벗어나고자 하는 의도의 산물로 읽을 수 있다.

위와 같은 정황으로 미루어 볼 때, 손창섭 소설은 전후라는 시기 또는 전쟁이라는 비일상적 사건과 결부시킬 때라야 온전한 자리매김 또는 의미 부여가 가능해진다. 비록 손창섭의 소설이 전후의 정황을 전면적이고 구체적으로 문제 삼고 있지 않다고 하더라도, 그것이 전쟁의 막대한 영향력 아래 놓여 있다는 사실은 분명하다. 언뜻언뜻 비치는 단어로부터 겨우 외부 정황을 유추할 수 있을 뿐이더라도 전쟁은 손창섭 소설에서 배제할 수 없는 중요한 배경을 담당한다.

예를 들자면, 「생활적」의 동주가 그토록 무기력하고 허약해진 것은 '포로수용소'에서의 생활 때문인데, 포로수용소 안에서의 상황에 대해서 독자는 아무것도 알 수 없다. 모진 생활이었을 것이라는 짐작만 가능할 뿐이다. 그렇지만 동주가 처해 있는 상황 자체가 그 포로수용소로부터 비롯된 것이며, 그의 감은 눈앞에 "이북에 남아 있는 노부모와 처자의 얼굴들이 우물 속에 보이는 구름처럼 차례차례 흘러가"는 것은 분명히 포로수용소 수감 이후의 상황과는 다른 좋았던 과거가 있음을 보여 준다. 단편적이고 막연한 언급이지만 이를 통해 독자는 전쟁 이전의 삶과 "살아 있는 것에 대항이라도 하듯 몸을 무겁게 뒤채"(전집1,

---

9 린다 노클린, 『절단된 신체와 모더니티』, 정연심 역, 조형교육, 2001, 9~15쪽.

113쪽)이는 것 말고는 아무것도 할 것이 없는 전쟁 이후의 삶의 간격을 느낄 수 있다.

또 「사연기」의 성규가 "피난지에서 이렇게 비참히 죽어서"는 안 되며 "반드시 수복된 뒤, 처자를 거느리고 다시 고향에 돌아가 사람 사는 듯이 알뜰하게 살아보고야 말겠노라고 악을"(전집1, 59쪽) 쓰는 것 또한 과거의 상황에 비추어 현재를 나타내는 장면이다. 동식 역시 "8·15해 방 이래 한결같이 계속되는 초조, 불안, 울분, 공포, 그리고 권태 속에서 물심 어느 편으로나 잠시도 안정감을 경험"(전집1, 64쪽)하지 못한 채 '결혼'에 관심을 두지도 못하고 '생활'을 빚어내지도 못하며 살고 있는 형편이다. 이처럼 혼란한 사회 속에서 개인의 일상은 불안에 잠식당한다. 그리고 그들은 계속되는 불구적 상황의 압박을 비틀린 감각으로 치환해 받아들이게 된다.

지금까지 논한 것과 같이 손창섭 소설의 그로테스크한 인물들의 특징은 혼란한 전후 상황을 대변하는 역할을 한다. 전후의 분위기는 전쟁 상황 자체를 있는 그대로 그려낸다고 전달되는 것이 아니라, 모든 것을 경험했고 또 경험해 가는 인간의 신체를 통해 표현됨으로써 더 인상적으로 드러나게 된다. 전쟁을 겪은 인간의 몸은 그 흔적을 몸에 지니게 마련이고, 흔적은 남아서 기억을 떠올리게 만든다. 손창섭의 소설은 신체의 흔적들을 통해 더욱 자세히 그리고 충격적으로, 전후의 혼란을 보여준다.

2. 전망의 부재와 병적 허무주의

메를로-퐁티는 '질병'을 "하나의 실존의 형식"[10]으로서 몸속에 추가적으로 존재하는 것이라고 생각했다. 질병이 몸속에 존재하고 있는 것이라면, 그 병을 인식한다는 것은 스스로 자신을 점검하고 이상적 징후를 발견함을 뜻한다. 질병은 인간의 삶에 대한 위협이며 죽음에 대한 공포이다. 손창섭 소설에는 불구나 기형과 같이 훼손되었다거나 결손 상태의 신체도 많이 등장하지만 그 이외에 질병을 앓는 신체도 많이 등장한다.

예를 들면, 폐병(「사연기」), 간질(「혈서」), 나병(「죄 없는 형벌」), 충치(「공휴일」), 위장병(「미해결의 장」), 급성폐렴(「피해자」), 빈혈과 임질, 옴쟁이(「인간동물원초」), 신경통(「유실몽」), 몸살(「포말의 의지」), 야뇨증(「신의 희작」), 정신병(「미소」) 등이 그런 경우이다.

손창섭 소설의 병자들의 특징은 하나같이 자신의 병을 너무 잘 알고 있다는 것이다. 그러나 그들에게 병을 치료하려는 의지는 없다. 그 병자들은 단지 병을 두려워하면서 죽음을 걱정하고 자신을 방기(放棄)할 뿐이다. 이러한 체념적 태도의 근원은 모든 것을 상실케 하는 재난을 겪었다는 데 있다. 살고자 하는 의지마저 의심하게 만드는 재난 앞에서 인간은 아무것도 믿을 수 없고 아무런 희망도 갖지 못한다. 그러한 상황에서는 신도 법도 도덕도 소용이 없고 오로지 생존만이 의미가 있

---

10 양해림, 앞의 글, 119쪽.

을 뿐이다.

「생활적」의 순이는 현재 마치 "신음 소리를 내기 위해 장치한 기계"(전집1, 94쪽)처럼 살고 있다. 순이는 이름조차 알 수 없는 병을 앓고 있는데, 아픈 것보다 심심한 것을 더 견디지 못하는 소녀이다. 순이의 의붓아버지인 봉수는 순이를 보호할 의무가 있지만 "무슨 병이든 나을 때 되면 낫고야 만다"(전집1, 99쪽)는 지론을 가지고 있기 때문에 순이를 병원에 데리고 가지 않는다. 순이뿐만 아니라 이 소설의 주인공인 동주 역시 자신의 몸이 "극도로 허약해"(전집1, 101쪽)져 있다는 것을 알고 있지만 무기력과 권태에 눌려 밥을 먹는 것도 용변을 보기 위해 나가는 것도 귀찮게 여긴다.

손창섭 소설의 병자들은 사회에 대한 대응 방식에 있어 일관된 태도를 보인다. 그들은 무질서한 외부 상황을 숙명적으로 받아들이며, 그에 맞추어 자신을 변화시키려는 어떠한 시도도 하지 않는다. 손창섭 소설의 인물들은 정지된 시공간에 붙들려 있다. 그들에게 세상은 전후의 이미지 그대로 고정되어 있다. 손창섭의 소설은 전쟁 그 자체보다는 전후의 전반적인 상황에 더욱 관심을 둔다. 그런데, 문제는 손창섭의 인물들이 새로운 세계를 모색하는 일에 적극적이지 못하다는 점에 있다. 손창섭의 인물들은 게으르게 그리고 끊임없이 현실을 숙명으로 환원할 뿐이다.

초등학교의 그 콘크리트 담장에는 사변 통에 총탄이 남긴 구멍이 숭숭 뚫려 있었다. 나는 오늘도 걸음을 멈추고 그 구멍으로 운동장을 들여다보는 것이다. 마침 쉬는 시간인 모양이다. 어린애들이 넓은 마당에 가득히 들끓고 있다. 나는 언제나처럼 어이없는 공상에 취해보는 것이다. 그 공상에 의하면, 나는 지금 현미경을 들여다보고 있는 병리학자인 것이다. 난치의 피부병에 신음하고 있는 지구덩이의 위촉을 받고 병원체의 발견에 착수한 것이다. 그것이 '인간'이라는 박테리아에 의해서 발생되는 질병이라는 것은 알았지만, 아직도 그 세균이 어떠한 상태로 발생, 번식해 나가는지를 밝히지 못하고 있는 것이다. 그러니 치료법에 있어서는 더욱 캄캄할 뿐이다. 나는 지구덩이에 대해서 면목이 없는 것이다. 나는 아이들을 들여다보며 한숨을 쉬는 것이다. 아직은 활동을 못하지만, 그것들이 완전히 성장하게 되면 지구의 피부에 악착같이 달라붙어 야금야금 갉아먹을 것이다. 인간이라는 병균에 침범당해, 그 피부가 느적느적 썩어들어가는 지구덩이를 상상하며, 나는 구멍에서 눈을 떼고 침을 뱉었다. 그것은 단순한 피부병이 아니라, 지구에게 있어서는 나병과 같이 불치의 병일지도 모른다는 생각을 안고 나는 발길을 떼어놓는 것이다. 그 어처구니 없는 공상이 맘에 들어서 나는 얼마든지 취한 채 걷는 것이다.

(「미해결의 장」, 전집1, 170쪽)

위의 인용문은 「미해결의 장」의 서술자인 지상이 지구를 하나의 신체로 보고 그 사회적 신체가 인간이라는 미세한 박테리아에 의해 병들어 가고 있다고 생각하는 장면이다. 여기에서 지상은 병리학자의 역할을 자임하면서도 병든 지구에 대한 해결을 꾀하기보다는 "침을 뱉"는 말초적 행위로 대응한다. 나아가 그는 지구가 난치의 병이 아닌 불치의 병으로 썩어들어 가는 공상을 즐기기까지 한다.

이 즐거움의 배후에는 현미경으로 미생물을 관찰하는 병리학자와 같이 외부세계를 관찰하고 자신의 마음대로 상상한다는 '초월적 능력'에 대한 만족이 있다. 현실에서는 아무런 해결도 할 수 없는 무능력한 이 방인이지만 상상 속에서라면 지상은 초능력을 가진 전지자가 될 수 있다. 그러나 그것은 어디까지나 상상일 뿐이다. 그렇기 때문에「미해결의 장」의 결말에서 지상은 아무런 해결도 이루지 못한 채, 의미 없이 반복되는 '5월의 어느 날'에 이어 '6월의 어느 날'을 맞는다.

인용문의 "사변 통에 총탄이 남긴 구멍"이라는 표현은 이 소설에서 유일하게 전흔을 나타내는 부분이다. 하지만 이후에 서술되는 문장은 전쟁이 아닌 현미경 속의 세계를 보여주며, 다른 곳에서도 전쟁의 흔적은 크게 등장하지 않는다. 그러나 전쟁과 세균은 모두 '파괴'라는 속성을 공유한다. 때문에 지구를 파괴하는 인간 박테리아의 모습은 전쟁의 은유로 읽힐 수 있다. 또 이것은 손창섭 소설에 등장하는 질병들 즉 신체적 질병에 대한 관심이 다른 차원으로 확대된 경우로도 볼 수 있다.

> ① 먼지와 그을음과 파리똥으로 까맣게 전 창 하나 없는 벽과 천장 구석구석에는 거미줄이 얽혀 있고, 때우고 또 때우고 한 장판 바닥에서는 먼지가 풀썩풀썩 이는 음침한 단칸방이었다. 이 방에 들어설 때마다 동식은 어느 옛날 얘기에나 나옴직한 끔찍스러운 괴물이라도 살 것 같은 우중충한 동굴을 연상하는 것이었다.
> (「사연기」, 전집1, 52쪽)

> ② 동욱이가 들어 있는 집은 인가에서 뚝 떨어져 외따로이 서 있었다. 낡은 목조 건물이었다. 한 귀퉁이에 버티고 있는 두 개의

통나무 기둥이 모로 기울어지려는 집을 간신히 지탱하고 있었다. 기와를 얹은 지붕에는 두세 군데 잡초가 반길이나 무성해 있었다. 나중에 들어 알았지만 왜정 때는 무슨 요양원으로 사용되어 온 건물이라는 것이었다. 전면은 본시 전부가 유리 창문이었는데 유리는 한 장도 남아 있지 않았다. 들이치는 비를 막기 위해서 오른편 창문 안에는 가마니때기가 드리워 있었다. 이 폐가와 같은 집 앞에 우두커니 우산을 받고 선 채, 원구는 한 동안 움직이지 않았다.   (「비오는 날」, 전집1, 77쪽)

③ 그것은 정말 방이라기보다 굴이었다. 군데군데 찢어진 채 먼지와 그을음에 그을린 벽지는 차라리 이끼 돋은 바위다. 한구석에는 사과 상자 같은 궤짝, 그 위에 허술한 이부자리가 한 채. 물항아리가 놓여 있는 머리맡에는 풍로며 냄비, 식기 등속이 차근차근 챙겨져 있다. 장판도 여러 군데 신문지로 때운 자국이 있었다. 종배는 여기서 동물 냄새를 맡았다. 동물적인 표정, 동물적인 대화, 동물적인 행동만이 반복되어온 동굴, 정신적 요소를 필요로 하지 않는 인간과 동물의 완충 지대 같은 데다.
                    (「포말의 의지」, 전집2, 168~169쪽)

위는 손창섭 소설의 공간적 배경이 묘사된 부분인데, 그것은 모두 폐쇄적인 동굴의 이미지로 굳어져 있다. 손창섭 소설의 이러한 배경 묘사는 전후의 갈 곳 없는 상황과 인간 이하의 삶을 묘사하기 위해 빈번히 사용되는 상징적인 방식이다. 이와 더불어 일몰과 비오는 날씨 또는 흐린 날씨라는 기후까지 더해지면 손창섭 소설의 주조음(主調音)이 제대로 깔리는 셈이다.

이러한 배경 안에서의 삶은 인간과 동물의 경계를 무너뜨린다. 그리고 결국에는 인간으로서의 가치를 포기하게 만드는 최악의 상황으로 치닫게 만든다. 손창섭은 그러한 상황을 반복적으로 빚어냄으로써 전후의 삶에 덧씌워진 잔인성을 도드라지게 표현한다. 이러한 표현들은 제대로 된 환경이 어떤 것인지에 대한 사유를 시작하도록 하는 역할을 한다. 즉, 혼란한 사회 질서는 인간의 판단 능력을 무력하게 하여 무엇이 진정한 따뜻함이고 아름다움인지 알 수 없게 만든다. 특히 처절한 생존의 늪에서 도덕적인 판단은 가장 상실되기 쉬운 부분이다.

한편 손창섭 소설의 곳곳에는 희미하게 사실적 풍경이 제시되는데, 이러한 부분은 막연하게나마 손창섭 소설의 전경 뒤에 숨은 것이 무엇인지를 보여준다. 분단과 전쟁을 겪는 동안 손창섭의 인물들은 고난을 경험하게 되는데 그것은 치유되지 못한 채 기억으로 남아 현재에도 끊임없이 영향을 미치게 된다. 모든 것이 전쟁 탓이라고는 할 수 없지만, 적어도 분단과 전쟁이라는 사회사적 사건이 손창섭 소설의 인물을 구속하는 하나의 원인임을 추측하기는 어렵지 않다.

> ① 그 다음 다음날 이 고장에선 굴지의 지주였던 동식의 부친이 돌연 인치(引致)를 당해 가더니, 사흘 만엔가는 동식이마저 끌려 들어가서 열흘간이나 두드려 맞고 나왔다. 재산은 완전히 몰수당했고 20여일 만에 석방되어 나온 부친은 한 주일이 채 못 가서 그예 세상을 떠나고 말았다. 　　　　　　　　（「사연기」, 전집1, 66쪽)

> ② 동주의 감은 눈에는 포로수용소 내에서 적색 포로에게 맞아 죽은 몇몇 동지의 얼굴이 환히 떠오르는 것이었다. 따라서 올가미에 목이 걸린 개처럼 버둥거리며 인민 재판장으로 끌려 나가던

자기의 환상을 본다. 동시에 벼락같이 떨어지는 몽둥이에 어깨가
절반이나 으스러져 나가는 것 같던 기억.

(「생활적」, 전집1, 98쪽)

③ 요즘은 양키들도 아주 약아져서 까딱하면 돈을 잘리거나 농락
당하기가 일쑤라는 것이다. 거기에다 패스 없는 사람의 출입을
각 부대가 엄중히 단속하기 때문에 전처럼 드나들 수가 없다는
것이었다. 며칠 전에는 돈 받으러 몰래 들어갔다가 순찰 장교에
게 걸려서 하룻밤 몽키 하우스의 신세를 지고 나왔다는 것이다.

(「비오는 날」, 전집1, 87쪽)

④ 그렇게 된 연유를 그는 6·25사변으로 돌리는 것이다. 피난 나
갈 기회를 놓치고 적치 3개월을 꼬박 서울에 숨어 지낸 봉우는 빨
갱이와 공습에 대한 공포감 때문에 잠시도 마음 놓고 깊이 잠들
어 본 적이 없다. 밤이나 낮이나 24시간 조금도 긴장을 완전히 풀
어 본 일이 없다는 것이다.　　　　(「잉여인간」, 전집2, 94~95쪽)

　　손창섭 소설의 병자들이 보이는 근본적인 문제가 전후의 상황에서
비롯되는 것임은 확실하다. 그런데 그보다 더 큰 문제는 그러한 인물
의 대응 방식에 있다. 그들은 자신들이 앓고 있는 병에 대해 속수무책
이다. 이는 손창섭 소설에 나타나는 숙명론과 직결된다. 실존주의적
사고관의 특징은 존재를 특별한 이유 없는, "우연"으로 파악한다는 것
이다. 그들에게 "모든 것은 불필요하고 부조리"[11]하다. 손창섭 소설의

11　스티븐 컨, 앞의 책, 313쪽.

인물들의 경우 자신에게 주어진 우연의 시간을 이유 있는 애착보다는 허무적인 태도로 채워간다.

예를 들면, 「생활적」의 동주는 "살아 있다는 것" 자체가 "그냥 견딜 수 없이 뻐근한 상태"(전집1, 98쪽)이다. 그는 "자기가 살아 있다는 것에 무의미를 느"끼는 인물이며, "곤경에 직면하게 되면 그것을 극복하기 위해 끝까지 버둥거려보는 것이 아니라 어떻게든 될 대로 되겠지 하고 막연히 시간의 해결 앞에 내맡겨버리고 마는"(전집1, 103쪽) 성격이다. 이것은 그야말로 숙명적이다. 아무런 원인이나 이유가 없는 것이다. 그러면서도, "산다는 것의 무의미와 우울이 쾅쾅 소리를 내어 다지는 것처럼 전신을 내리"누르는 가운데 그는 "안간힘을 쓰다시피 무엇을 참고 견뎌내"(전집1, 110쪽)고 있는 중이다. 그에게 남겨진 것이라고는 "살아 있으니까 죽을 수 있"다는 "단 하나의 '장래'"(전집1, 120쪽) 뿐이다. 그는 그저 삶의 무게를 겨우겨우 지탱하고 있는 셈이다.

손창섭 소설에서 질병에 대응하는 인물들의 태도를 통해 짐작할 수 있는 바는 그럼에도 불구하고 결국 그들이 안간힘을 쓰며 견디는 것은 '삶'이라는 뜻인데, 안타깝게도 그런 그들의 '삶'에는 어떤 긍정도 희망도 없다. 왜냐하면 손창섭 소설의 병자들의 가장 치명적인 병증은 바로 그들 자신의 허무주의적인 태도이기 때문이다. 그들은 자신의 병을 잘 알고 있으면서도 치유하고자 하는 의지가 없다. 그들은 그저 '죽지 못해' 사는 인생들이며, 그러다 죽어버려도 어쩔 수 없다는 체념적 인물들이다. 그들에게는 선택의 여지가 없다. 그들에게 최선은 오직 살아남는 것이다.

3. 성적 트라우마와 도착적 증후

손창섭 소설에서 주목되는 또 하나의 신체표징은 '성(性) 담론'이다. 손창섭 소설에서 성의 문제는 서술자인 어린 남자아이가 어머니의 성행위를 목격하는 장면으로부터 촉발된다. 「신의 희작」을 섹스 콤플렉스와 오이디푸스 콤플렉스의 예로 들며, 손창섭 소설에서 "어머니의 구추(驅迫)(잔혹 행위)"가 서술자에게 콤플렉스를 유발했다고 보고, 반복되는 서술자의 강간 행위 역시 그러한 어머니의 성행위를 "새디스틱한 것으로 오인"하면서 형성된 "무의식적 심리 기제에서 나온 행동"[12]이라고 해석한 논의는 손창섭 소설의 성 문제의 핵심을 짚고 있다.

손창섭의 소설에서 자식이 부모의 성행위를 목격하는 장면은 여러 작품을 통해 반복적으로 등장하는데, 이러한 경험은 어린 목격자에게 죽음을 연상시키는 한편 공포와 충격의 트라우마(trauma)로 남게 된다. 「신의 희작」은 이러한 상황을 가장 적나라하게 보여주는 대표적인 작품이다. 서술자 S에게 어머니의 성행위 장면을 목격한 경험은 깊은 정신적인 외상으로 남는다. 그러나 이런 서술자의 상처는 누구에게도 전해지지 못하고 무시된다. 심지어 어머니조차 서술자에게 "칵, 뒈져라, 뒈져"(전집2, 195쪽)라고 반응함으로써 오히려 서술자를 배척한다.

한편 어머니와의 잠자리에서 어머니가 자신의 성기를 애무하자 그 어머니 손의 감촉을 '향락'한 데 대한 수치심과 죄책감 역시 서술자를

---

12 송기숙, 앞의 글, 69쪽.

떠나지 않고 따라다니는 기억이다. 이러한 일련의 사건들은 서술자들에게 관음증적 증상으로 재생된다. 관음증은 본능의 목적에 영향을 주거나 내용의 전환을 가져오는데, 후자의 경우 "사랑이 증오로 바뀌는 경우"[13]에서 찾아볼 수 있다. 어머니에 대한 사랑이 증오로 바뀌는 순간 손창섭의 작중 인물들은 탈선한다.[14]

① 아래 윗방에서 전등을 공동으로 쓰느라고 벽에 뚫어놓은 구멍으로 그는 아랫방을 넘겨다보았다. 방바닥에 토해놓은 검붉은 피를 성규는 떨리는 손으로 움켜서 돌부처처럼 옆에 앉아 있는 정숙의 입에다 문대주며 자꾸 먹으라는 것이었다.

(「사연기」, 전집1, 67쪽, 밑줄 : 인용자)

② "게서 기다려 이 빙충아!"
   부친의 숨 가쁜 소리가 튀어나왔다. 인갑은 고리를 잡았던 손을 슬며시 내렸다. 무슨 영문인가 싶어 창 구멍으로 안을 들여다보았다. 처음 보는 광경이었다. 인갑은 얼굴을 붉히며 얼른 외면을 했다. 공연히 가슴이 설레기 시작했다.

(「저녁놀」, 전집2, 16쪽, 밑줄 : 인용자)

③ S가 학교에서 돌아와보니 대문과 방문이 안으로 다 잠겨 있었

---

13 지그문트 프로이트, 『정신분석학의 근본개념』, 윤희기 · 박찬부 역, 열린책들, 2004, 114쪽.
14 브루스 핑크, 『라캉과 정신의학』, 맹정현 역, 민음사, 2004, 339쪽. 사도-마조히스트들은 자신을 돌봐준 엄마와 자신을 좌절시킨 엄마, 쾌락을 준 엄마와 고통을 준 엄마를 통합시키는 데 실패한 경우이다.

다. 그는 <u>문틈으로</u> 방 안을 들여다보았다. 역시 이불이 펴 있었
고, 그 속에는 어머니와 남자가 말이 안 되는 모양으로 부둥켜안
고 있었다. 그는 문틈에 전신이 얼어붙은 듯이, 어머니와 남자가
옷을 챙겨 입고 일어나 나올 때까지 붙어서 들여다보고 있었다.

(「신의 희작」, 전집2, 199쪽, 밑줄 : 인용자)

위는 관음증적 시선을 드러내고 있는 예들이다. ①의 경우 성행위를
목격하는 장면은 아니지만 폐병 말기의 성규가 아내인 정숙에게 하는
행위는 충격적인 가해 행위이며 동식은 이러한 상황을 괴롭게 바라본
다. ②와 ③은 소년들의 관음 행위에 대한 묘사이다. 이것 역시 성인의
그것과 같이 습관적 또는 병적 관음증은 아니지만 예문에 보이는 행
위를 통해 소년들이 성적 일탈의 조짐을 보이게 된다는 점에서 중요한
장면이다.

손창섭 소설 속 인물들의 성적 일탈은 주로 강간과 같은 폭력적인 방
식으로 나타나며, 이런 일탈 행위는 사디즘적인 면모를 연상케 한다.
사디즘은 "상호작용이 없는 성관계"를 바라며, "애무가 상대에게 쾌감
을 줄 것을 기대하는 반면", "고통을 주어 타자의 자유를 파괴하려"[15] 드
는 행위를 말한다. 노출증이 흔히 마조히즘과 짝패로 겨루어진다면 관
음증은 사디즘과 같이 움직이는 개념이다. 손창섭 소설의 특징은 사디
즘-마조히즘, 관음증-노출증이 동시에 나타난다는 점이다.

다시 말해 손창섭 소설은 사디즘적인 동시에 마조히즘적이다. 혹은

---

15 스티븐 컨, 앞의 책, 321쪽.

관음증적이면서 동시에 노출증적이다. 「신의 희작」의 S나, 「혈서」의 준석 그리고 「육체추」의 절름발이나 「인간동물원초」의 방장이나 주사장은 모두 성적 가학 성향을 보인다. 반면 「생활적」의 동주나 「피해자」의 병준, 「조건부」의 갑주 등은 여성 인물들에게 눌려 지내면서도 거기에서 벗어나지 못하고 안주해버리는 마조히스트적인 모습으로 등장한다.

그러나 손창섭의 소설의 성(性)적 트라우마는 일시적이고 단순한 사건으로만 남는다. 즉, 성적 일탈 행위는 그것이 벌어진 이후에 다른 어떤 사건으로도 연결되지 않는다. 손창섭 소설에서 성적 요소들은 순간적인 사건으로만 기능할 뿐이다. 이러한 성 담론의 성격은 손창섭이 소설의 결말을 처리하는 방식과 유사하다. 손창섭 소설의 결말은 한결같이 '미해결'이다. 처음의 상황과 비교해 인물의 성격도 또 그가 처한 상황도 거의 변화를 보이지 않는다. 이는 손창섭의 소설이 처음부터 끝까지 아무것도 추구하지 않고, 그저 보여주는 암담한 상황을 제시하는 데 집중하고 있다는 뜻이다.

또한 손창섭 소설의 인물들은 늘 열등감에 젖어 있는데 「신의 희작」을 통해 볼 때 그 열등의식은 야뇨증으로부터 비롯된다. 야뇨증은 다른 소설에 등장하는 어머니의 성행위 목격이나 어머니의 손길로부터 쾌감을 느꼈던 기억에 이어, 서술자에게 수치심과 공포심을 느끼게 하는 동시에 열등감에 빠지게 하는 근본적인 증세이다. 그 때문에 「신의 희작」의 서술자는 "자주 아무도 없는 곳에서 고간의 돌출부를 내놓고 학대"하는 '성기 증오증'을 가지게 되어 성기를 "손가락으로 때리기도

하고 손톱으로 꼬집기도"(전집2, 203쪽) 하는 등 자신을 학대하는 행위를 하게 된다.

야뇨증으로 인한 열등감은 자학 행위에 그치지 않고 인물로 하여금 폭력적 일탈행위를 일삼게 만든다.[16] 비록 자신의 신체적 병증으로 인해 생겨난 열등감이지만 그것은 인물에게 '왜 나에게만?'이라는 생각을 불러일으키게 되고, 결국 피해의식에 빠져들게 한다. 그리고 그러한 피해의식에서 벗어나기 위해 인물들이 또 다시 억울한 자신의 감정을 가학적·폭력적 행위를 통해 해소하려 하기 때문에 악순환은 계속된다. 이와 같이 피해의식에서 비롯된 자조와 자기 비하는 손창섭 소설의 곳곳에 포진해 있는데, 다음은 그러한 예이다.

> ① 세상 사람들이 모두 자기를 조소하고 멸시한다고만 생각하고 있는 동옥은, 맑은 날일지라도 일절 바깥 출입을 않고 두더지처럼 방에만 처박혀 산다는 것이다. 그리고 모든 사람에게 반감을 품고 있다는 것이다. (전집1, 88쪽)

> ② 춘화는 늘 방구석에서만 살았다. 사람들과 만나기를 싫어했

---

16 질 들뢰즈, 『매저키즘』, 이강훈 역, 인간사랑, 1996, 99~101쪽. 들뢰즈는 매저키즘적인 주체가 법에 복종할 것이라고 보아서는 안 된다고 주장한다. 그들의 명백해 보이는 복종적인 태도에는 비판과 도전이 숨겨져 있기 때문이다. 매저키스트는 순종 속에 거만함을, 복종 속에 반란을 감추고 있다. 따라서 매저키스트는 또다른 측면에서 법을 공격한다. 즉, 처벌을 금지된 쾌락을 가능케 하는 조건으로 변화시킴으로써 죄에 직접 대항한다. 이러한 방법을 통해 매저키스트는 방법만 다를 뿐 새디스트에 못지않게 급진적으로 법을 전복시킨다.

다. 세상 사람들은 온통 자기를 멸시하고 있다고 생각하는 것이
다.   (전집1, 341쪽)

손창섭 소설에서 서술자의 시각은 한편으로는 윤리적 기준에 닿아
있고 또 한편으로는 연민과 동조의 감정에 닿아 있다는 점에서 양가적
이다. 손창섭 소설에는 선과 악, 미와 추, 사실과 허위, 의미와 무의미
와 같은 이항 대립의 요소가 많이 등장하는데, 특히 이 이항 대립의 후
자에 무게 중심을 두고 강조한다는 점이 특징적이다.

이러한 양가적인 시각과 부정적인 현실의 강조를 통해 독자들은 자
신이 처해 있는 상황을 다시 한 번 확인하고 자신의 출발점을 점검할
수 있게 된다. 비록 그것이 희망적이지 않더라도 현실을 자각할 수 있
게 한다는 점에서는 의미를 지닌다고 할 수 있다. 앞서도 이야기한 것
과 같이 손창섭의 소설은 확실히 어떤 대안을 제시하기보다는 비참한
현실을 보여주는 데 집중한다. 그리고 그러한 현실을 통해 독자 스스
로 자신의 상황을 판단하도록 만든다.

그런데 손창섭 소설에서 어머니 또는 여성에 대한 양가감정으로서의
가학이나 피학적 성향이 인물의 트라우마에서 비롯한다는 점에서는
의미를 지니지만, 서사 내부에서 핵심적인 작용을 하지 못한다는 점에
서 문제적이다. 그것이 계기가 되어 작품에 영향력 있는 사건을 만들
지 못하기 때문이다. 다시 말해, 손창섭 소설의 성적 트라우마는 극단
적인 폭력 행위로 나타남으로써 독자에게 충격적인 장면으로 제시되
기는 하지만, 그러한 행위가 전혀 인과적인 관계를 바탕으로 이루어지

지 않으며, 순간적이고 돌발적인 사건 이상의 의미를 갖지 못한다는 점에서 문제적이다.

전쟁과 그로 인한 불행한 가족사는 손창섭 소설에 강한 외상을 남긴 사건이다. 그것은 손창섭 소설의 인물들이 비정상적 심리와 비정상적 신체 행위를 남발하도록 만든 원인이다. 프로이트는 초기에 도착을 "생식 외의 다른 목적을 위한 모든 성적 행동"으로 규정했는데 그에 따른다면, 인간의 성적 행동은 본질적으로 도착적이다. 반면 라캉의 경우에는 도착증을 "부권적 기능의 부족"으로 해석한다. 부권적 기능에 해당하는 아버지의 법은 금지의 형식을 띠며, 특히 주이상스(jouissance)[17]로 가득 찬 아이와 엄마의 관계를 금지한다. 또한 그것은 "타자의 결여를 상징화하는 과정, 다시 말해 이름을 부여하는 행위를 통해서 결여를 결여로서 자리매김하는 과정"[18]이기도 하다.

손창섭의 소설에는 아버지가 부재하거나 제대로 아버지의 역할을 하지 못하는 경우가 빈번히 나타난다. 여기서 아버지는 실재하는 현실적

---

17 슬라보예 지젝, 『이데올로기라는 숭고한 대상』, 이수련 역, 인간사랑, 2002, 211~216쪽. 여기서의 주이상스(jouissance)는 라캉의 개념으로서 흔히 '향락'이라고 번역된다. 라캉 철학에서 주이상스는 상징화될 수 없는 무엇으로서, 자신을 고통 속으로 몰고 가면서 느끼는 쾌락을 의미한다.

18 브루스 핑크, 앞의 책, 285~290쪽. 아버지의 이름이 상징적 제도와 법을 의미한다고 할 때 정신병은 아버지 즉 법이 부재하는 상태이며 신경증은 법이 이미 설치되어 있으나 환상을 통해 그것을 극복하려는 경우이다. 도착증은 아버지의 이름 또는 아버지의 법이 어느 정도 상징화되어 있으나 아직 확고히 설정되지 않은 상태이며, 도착증자는 자신의 주이상스에 한계를 부과하려는 일련의 시도들을 한다.

인 아버지라기보다는 금지와 규범을 부여하고, 경계를 설정하는 상징적인 기능으로서의 아버지를 뜻한다. 그 때문에 손창섭 소설의 인물들은 아버지에 의해 어머니의 욕망으로부터 분리되는 과정을 겪지 못한 채, 어머니에게 구속되는 경향을 강하게 보이게 된다. 손창섭 소설의 인물들은 아버지의 부재로 인하여 "자신을 규제할 법이나 제도의 체계에 진입하지 못하는, 주체성을 갖지 못한 자아의 내재적 구조를 공유"[19] 하게 된다. 즉 정상적인 질서를 갖추지 못했던 전후 사회에서 손창섭 소설의 인물들은 아버지의 법과 상관없이 혼란스러운 상태로 세계에 대응하게 된다.

인물이 아버지의 법을 따르지 못한 채 지배와 복종, 가학과 피학에 대한 심리가 혼란스럽게 섞여 있음을 보여주는 작품은 「공포」이다. 「공포」의 주인공인 오인성은 자신의 유약함을 콤플렉스로 간직하고 있기 때문에 아들 병우가 싸움을 하고 다른 아이에게 상처를 입혀도 사내자식이란 "어려서부터 딴 애들에게 만날 얻어나 맞고, 비실비실 피해 다니게 돼선" 안 되며 "아이 적부터 상대가 어떤 놈이든 비위에 거슬리면 때려눕힐 만한 실력과 자신을 길러둬야"(전집2, 284쪽) 한다고 생각하는 인물이다.

병우는 이러한 나약한 아버지에게 아버지로서의 강력한 제재를 느끼지 못하다가 집 밖의 또래 친구 장대식이라는 인물로부터 아버지의 법에 해당하는 질서의 공포를 경험한다. 장대식은 강력한 폭력적 질서로

---

19 강유정, 「손창섭 소설의 자아와 주체 연구」, 『국어국문학』 133, 2003, 290쪽.

병우와의 관계를 형성하고 병우의 행동에 제재를 가한다. 오인성은 그 자신이 아버지의 법이 갖는 강한 질서로부터 벗어나 있기 때문에 장대식이라는 강력한 법을 만났을 때, 아들 병우와 마찬가지로 그 질서의 공포에 무릎을 꿇고 만다.

손창섭 소설에 강인한 생활력을 보여주는 인물들은 하나같이 악착같고 또 한편으로는 부도덕한 자들이라는 점에서 마찬가지로 도착적 성격을 드러낸다. 그들은 살기 위해서라면 어떤 방법도 가리지 않는다. 그 방법이 선하든 악하든 그들에게는 그러한 가치를 따질 여유가 없다. 세상은 오히려 악한 방법을 취할 때 살아남기 쉬운 모순된 기준의 공간이다. 그들의 행위가 나름대로의 이유를 가진 그리고 생존을 위해 어쩔 수 없이 선택된 것일 때, 독자는 그 행위에 단순히 일반적인 선악의 개념을 적용하지 못하고 망설이게 된다.

예를 들면, "평안도 사투리를 그대로 쓰는 40 전후의 건장한 사나이"인 「생활적」의 봉수는 "해방 전에 만주에서 관헌을 끼고 공공연하게 아편 장사를 했다는 것과, 지금까지 100명 이상의 여자를 상대해보았다는 것"이 자랑인 사람이다. 그는 "인간이란 시대의 추세에 민감하지 않아서는 안 된다"며, "시대에 뒤떨어져서 허덕이거나, 시대의 중압에 눌려 버둥거리지만 말고 시대와 병행하며 그 시대를 최대한으로 이용해야만 한다"고 주장한다. 그에게는 가장 중요한 것이 돈인데, "여하한 명성이나 인기도, 따지고 보면 결국은 돈 모으기 위하는 데 있고, 또한 돈 앞에 굴하지 않는 것이란 없다"(전집1, 96쪽)라는 생각을 가지고 있다.

또 손창섭 소설의 창부들 역시 그들의 매춘 행위에 대해 도덕적 수치심보다는 자신의 쾌락을 누리며 돈을 번다는 점에서 당당하다. 손창섭의 소설에는 유곽과 매춘부가 많이 등장한다. 손창섭 소설에 등장하는 여성 인물들은 거의 창녀이거나 불구자이거나 병자이고, 그들은 자신의 욕망에 충실하거나 밑바닥 생활을 전전하거나 둘 중의 하나다. 매춘부나 유곽은 전후 세계에 대한 하나의 메타포로 작용한다. 그러한 인물이나 장소는 정상적인 사회적 관계가 용인하는 것이 아니기 때문이다.

손창섭 소설의 이런 도착적 성격은 형식적인 특질과 결부지어서도 생각해볼 수 있다. 손창섭 소설의 형식에 대해 논구한 것으로 가장 많은 것은 아이러니에 대한 연구인데, 겉으로 드러난 것과 실재 사이의 괴리를 보이며 양가감정을 포함한다는 점 때문에 손창섭의 소설 분석에 이 개념이 자주 동원된 듯하다. 이때 아이러니는 단순히 반어적 기법만을 의미하지 않고 작품 전체를 아우르는 원리로까지 확장되는 개념이다.

특히 손창섭 소설에 나타나는 추악하고 퇴폐적인 현실의 묘사나 자기모멸의 상황들의 경우는 단순히 유머러스한 장면으로 그치는 것이 아니라 웃음 뒤에 페이소스를 감추고 있다는 점에서 생각할 여지를 남기는 부분들이다. 이러한 아이러니한 특성은 손창섭 소설의 인물들이 보이는 여러 가지 도착적인 증후들과 더불어 전후 세계 전체에 대한 비판과 반성의 계기로 작용할 수 있는 방식이 될 수 있다.

지금까지 살펴본 신체에 대한 각각의 의미들은 손창섭의 소설 속에서 별개로 나타나는 것이 아니다. 이들은 서로 엮이며 상호작용한다. 불구라는 기호와 질병이라는 기호 그리고 성적 기호들은 서로 얽히면서 사건들을 만들며, 그 사건들의 연속이야말로 손창섭의 소설을 이루는 근간이다.

　손창섭 소설의 불구적인 신체는 그로테스크하게 묘사됨으로써 독자들의 시선을 끌며, 서사적인 추동력으로 작용하였다. 그러나 전쟁 후의 전망 부재의 상황은 병자들을 속출시킨 것뿐만 아니라 그들을 허무주의적인 태도에 머물게 만드는 근본적인 원인이 되었다. 또 손창섭 소설의 인물의 성적 트라우마는 어머니의 성행위를 바라보는 행위에서 비롯되었으며, 그로 인해 인물들은 도착증 증후를 나타내었다. 성적 요소들은 대부분 인과 관계를 형성하지 못하고 제시된다는 점에서 일회적인 사건으로 머문다는 단점을 보였으나, 성행위를 비롯한 도착적인 행위나 상황들이 현실에 대한 점검의 기회를 제공한다는 점에서는 의미를 지니고 있었다.

　손창섭의 소설은 전후라는 시기와 운명을 같이한다. 그만큼 그의 소설은 전후를 대표하는 것이기도 했다. 전쟁이 끝난 후의 1950년대는 말 그대로 폐허였다. 무질서와 혼란으로 인해 모든 것이 무가치해진 상황, 그러한 시공간에서는 모든 것이 무시되었다. 당시의 사람들은 아무도, 아무것도 믿지 않았으며 오로지 자신의 목숨을 연명하는 데에만 급급했다. 그 이외의 것에는 아무것에도 관심을 둘 수가 없었다. 그들은 세계의 끝을 경험한 이후 모든 것을 체념해버리고 극단적인 허무의식에 빠졌으며 무기력해졌다. 그리고 난 후에는 불구적으로 변해버린 세상을 암담하게 바라볼 수 있을 뿐이었다.

손창섭 소설은 특히 사회적 맥락과 작가의 개인적인 성향 사이에 많은 논란이 있어왔다. 그런데 신체표징을 중심으로 볼 때, 인간의 신체가 개인적인 동시에 사회 · 문화적인 산물인 것과 같이 손창섭의 소설 또한 작자의 개성과 사회적 환경의 영향이 뒤섞여 만들어진 것이다. 손창섭 소설에서 인물들은 닫힌 외부 환경, 사회적 혼란으로 인해 비정상적 사고 혹은 행위를 보였으며 그것은 신체적 열등감과 결부되어 도착적인 증후를 나타내었다. 질서가 산산조각 난 세계에서 손창섭은 누군가 그것을 바로잡아주길 바란다. 그러나 그는 그러한 혼란한 현실의 상황을 제시하기만 했을 뿐, 어떤 해결을 모색하는 단계로 나아가지는 못했다.

제2장

장용학 소설의 신체표징과 터부 와해

이 장의 목적은 장용학의 소설에 나타나는 신체의 의미를 고찰해 장용학 소설이 전후 사회에 대응한 양상을 살펴보는 것이다. 주지하듯이 장용학은 전후 신세대 문학의 기수였다. 전후는 "전통의 파괴와 기존 가치의 붕괴, 일체의 기성 질서에 대한 도전으로 상징"되며, "자기 환멸과 희망의 부재, 성윤리의 혼란, 또 다른 전쟁에 대한 불안과 공포, 생존의 절대적인 위기로부터 건져 올리게 되는 실존에 대한 자각"[1] 등으로 항목화 되는 시기이다. 그러한 시간적 성격으로 인해 이 시기의 작가들은 "모든 기성적인 윤리와 도덕, 일체의 사회적 통념에 대한 반항과 부정과 고발과 풍자의 논리에 매달리기 시작"하며, "현실에 대한 반항적 의식을 드러내면서 인간의 삶의 본질과 그 존재 의미를 추구하기 위한 관념적인 주제"[2]에 매달린다.

---

1 한수영, 앞의 글, 같은 곳.
2 서종택, 『한국 현대소설사론』, 고려대학교 출판부, 1999, 177쪽.

장용학 역시 현실에 대한 부정과 인간 존재의 의미 추구를 소설적으로 형상화하기 위해 고군분투한 작가였다. 그의 소설에는 수식어처럼 관념성이나 난해성이 따라 다닌다. 그러나 그의 소설의 핵심은 그러한 수식 자체보다는 그 근저에 놓인, 전후 사회를 향한 작가적 도발이다. 장용학이 겨냥한 비판의 과녁을 최대로 단순화하면 그것은 아마도 '근대'가 될 것이다. 근대는 과학적 이성을 중심으로 한 합리적 세계이다. 그러나 그것은 한편 타자 배제의 논리에 따라 문명을 거스르는 모든 것을 억압하는 기제(機制)이기도 하다. 장용학은 이러한 근대의 논리를 철저히 거부하려는 기획 아래 의도적으로 금기를 깨는 상황을 연출하기를 즐겼다. 특히 그가 근대 비판의 무기로 삼았던 것이 주로 신체와 관련된다는 점은 주목할 만하다. 신체의 문제가 "근대를 넘어서려는 좌표의 하나로 인식"[3]된다는 점에서 그러하다.

장용학 소설에 대한 그간의 연구는 다차원적으로 개진되어왔다. 초기 장용학 논의는 주로 세대론과 관련된 것, 실존주의나 허무주의, 휴머니즘적 경향, 전후라는 시기와 관련된 주제적인 측면의 논의가 주를 이루었다. 그 후에는 심리학적인 접근과 신화비평적 접근, 나아가 정신분석학적 접근 등이 뒤를 따랐다. 다음으로는 기법이나 구조 등 서사의 형식적 측면을 주목한 논의들이 이어졌는데 여기에는 반어, 역설 등의 창작방법론에 대한 고찰, 알레고리 기법 연구, 문체 연구 등이 포

---

3 이성욱, 「근대를 넘어서려는 두 좌표－육체와 탈식민주의 문제」, 『문학과 사회』, 2001 여름, 767쪽.

함된다. 1990년대 이후 논의들의 경우에는 좀 더 비판적 거리를 두고 장용학 소설에 접근하고 있다는 점이 특징이다. '근대'와 관련된 논의가 가장 많으며, 주체 연구, 아나키즘 연구, 환상성이나 폭력성 연구, 그리고 '몸'과의 상관성 등으로 논의가 확장되었다.[4]

대략적으로만 살펴보아도 장용학 소설의 논의가 다각적으로 그리고 지속적으로 이루어졌음을 알 수 있다. 그렇다면, 장용학의 소설이 이렇게 긴 시효성을 지니는 이유는 무엇일까? 아마도 장용학 소설이 여러 가지 접근을 허용하는 열린 텍스트의 구성을 취하고 있기 때문일 것이다.[5] 어쨌든 긴 시간 동안 계속해서 그의 소설이 논해지고 있다는

---

4 이 중 필자가 다루려고 하는 주제와 유사한 맥락으로 접근한 논의가 있어 그에 대해서만 간단히 지적하기로 한다. 장용학의 신체에 대한 논의는 대부분의 논자에 의해 지적되는 부분이면서도 대체로는 단편적으로 간략하게만 언급되어왔다. 그런데 김장원은 처음으로 장용학 소설의 신체를 면밀히 다루고 있다는 점에서 주목된다. 그는 「'몸'으로부터의 탈각과 이분법적 인식의 탈구축」, 『현대문학의 연구』 26집, 2005와 「장용학 소설과 '몸'의 상관성」, 『시학과 언어학』 9집, 2005에서 장용학 소설의 신체적 특성을 다루었다. 여기에서는 김장원은 신체가 실존주의의 영향을 이해할 수 있게 하는 실마리를 제공한다고 보고, 신체 이미지가 관념적 사유를 풀어내는 메타포로 작동해 인간 존재의 성찰과 인간 문명의 비판, 성찰 과정으로 확산시키는 통로의 역할을 하고 있다고 주장한다. 필자는 김장원의 논의 중 전쟁 상황과 관련된 지적이 미흡하다고 판단해 전쟁과 신체에 대한 부분을 좀 더 적극적으로 논의하고자 한다.

5 김동석은 기존의 논의가 대부분 장용학 소설의 이분법적 도식을 문제 삼은 데 반해 장용학의 소설이 어느 한 쪽으로 고착화되지 않는 인물들의 불안정한 내면의 흐름을 보여줌으로써 현실에 대한 무조건적인 부정이라기보다는 현실에 대한 절망과 좌절, 그리고 그에 대한 극복의지 등이 복합적으로 충돌하고 있음을 보여준다고 한다(김동석, 「경계의 와해와 분열 의식」, 『어문논집』 47집, 2003, 217~218

것은, 그를 단순히 전후의 신세대 작가로 규정하고 1950년대의 대표적인 작가로만 보아서는 안 됨을 반증한다. 이 장은 신체를 파괴하고 훼손하는 현장을 적나라하게 노출하는 장용학의 의도를 궁구함으로써 장용학 소설의 의미를 재규정하고자 한다. 장용학 소설의 신체에 주목한다는 것은 장용학 관념의 형이상학적 측면이 아닌 형이하의 사태들에 주목하는 것이다. 그로써 그의 소설이 가지는 의미에 새롭게 접근할 수 있는 하나의 길을 찾게 될 것이라 기대한다.

1. 병든 정상인, 육(肉)에 갇힌 수인(囚人)들

장용학은 인간을 '육(肉)에 갇힌 수인(囚人)'이라고 표현했다. 이 표현은 그의 소설의 어떤 기조적 성향을 드러낸다. 그는 인간을 갇힌 존재로 파악했다. 인간이 어디인가에 갇혔다면 그것은 어디일까. 장용학은 그의 처녀작인 「육수」에서 주인공으로 언청이라는 기형을 가진 인물을 선택한다. 그를 통해 추측할 수 있는 것은 장용학의 인간에 대한 관심은 인간을 부정하는 방식으로 이루어진다는 점이다. 그렇기 때문에 장용학 소설에서 인간의 신체는 대부분 온전치 못한 채로 그려진다. 비정상적인 신체는 장용학이 인간에 대한 혐오를 통해 인간에 접

쪽). 필자는 이러한 시각을 받아들여 장용학 소설을 열린 텍스트로 보고 장용학 소설을 읽는 새로운 접근 경로를 모색해보려 한다.

근하기 위해 설정한 메타포이다. 다음은 인간에 대한 작가의 직접적인
발언이다.

> 인간. 이렇게 흉물스럽게 생긴 동물이 또 있을까. 하나님의 모
> 습을 따서 만들었다는 것은 거짓말일 게다. 사람이 거짓말이든,
> 하나님이 거짓말이든 해야 궁합이 맞는다. 하나님은 이렇게 흉스
> 럽게 생겼을 리 없는 것이니 아무래도 인간이 거짓말일 게다. 물
> 고기도 아니면서 털이라곤 한 두 군데에 좀먹은 것처럼 발려 있
> 을 뿐, 밍밍한 것이 구역을 돋운다. 스스로도 창피스러운지 헝겊
> 으로 가리었는데, 그 옷이라는 것이 또 망측하게 만든 것이어서
> 가달이 둘씩 달린 봉투 같은 것을 아래위로 맞추어 댄 것이다. 그
> 것을 또 지각머리없게 아침저녁으로 입었다 벗었다 한다. 그 뿐
> 인가. 남들은 모두 점잖게 네 발을 땅에 짚고 사는데 이건 능글
> 능글 두 다리로 곧추어서 별별 짓을 다 한다. 지상 최대의 곡예
> 사이다. …(중략)… 병신이란 병신은 또 다 사람 속에 있다. 나
> 는 오늘까지 애꾸눈인 노루를 못 봤고 언청이인 곰을 본 적이 없
> 다. …(중략)… 이렇게 보면 결국 인간이란 아주 지저분한 이름이
> 다…….[6]

위에서 보듯이 장용학에게 인간은 지저분한 이름이다. 그 이유는 인
간이 '추'하기 때문이다. 장용학은 미와 추의 경계, 인간과 동물의 경
계, 정상−비정상의 경계를 문제 삼으며 각 항의 후자에 매달려 전자를
조롱한다. 장용학에게 아름다운 것의 기준은 인간이 인간답게 사는 생

---

6 장용학, 「육수」, 『장용학대표선집』, 책세상, 1995, 27~28쪽. 이하 같은 책에서 인
   용하는 경우 본문에 (1 :「육수」, 쪽수) 식으로 표기하기로 한다.

(生)이다. 그리고 인간다운 것은 자연을 거스르지 않는 삶, 다시 말해 동물성을 인정하고 그것을 가리기 위해 어떤 인위적인 행위도 취하지 않는 것이다. 따라서 인간에게 털이 약간 있다는 것, 옷 입는 것, 두 발로 걷는 것, 손을 쓴다는 것 등 동물과 다른 또는 다르기 위해 애쓴 모든 것이 인간을 수치스럽게 한다. 그리고 그런 수치스러움은 동물을 벗어나려하는 안간힘으로부터 연유한다.

일찍이 김현은 "정신 박약자들의 구역질나고도 구질구질한 병상일지에 지나지 않는다"[7]고 장용학의 소설을 평가했고 임헌영은 장용학의 주인공들을 "오늘의 모든 사회제도와 윤리, 그리고 관습에 따르자면" 그들은 "다만 기형아일 따름"[8]이라고 정의한 바 있다. 병신은 몸의 어느 부분이 온전하지 못하거나 기형인 상태 또는 그런 사람, 불구자를 뜻하기도 하지만 제구실을 제대로 못하는 경우를 말하기도 한다. 인간이 병신스러워지는 것은 동물과 다른 행위를 하면서 인간을 특수한 존재로 부각하려는 인간중심적인 사고의 발로이다. 그러한 이기적 태도 자체가 장용학에게는 '추'한 것이다. 보통은 동물을 하위에 두고 인간은 그보다 나은 상위의 존재로 파악하는 것이 인간의 일반적인 견해인데 장용학은 인간 존재를 동물 그 이상의 위치에 두지 않고 동등한 위치에 둔다. 그래서 그는 네 발로 걷는다는 행위를 반복해서 강조한다.

---

7 김현, 「에피메니드의 逆說−장용학론」, 『현대한국문학전집』 4, 신구문화사, 1965, 404쪽.
8 임헌영, 「장용학론−아나키스트의 환각」, 『현대문학』, 1966. 12, 308쪽.

"인간을 버리구 좀 천진난만하게 살란 말이야. 툭툭 앞질러 가
면서 자기가 자기의 주인답게 살란 말이야……." 가만히 서 있지
못하겠다는 듯이 이리 갔다 저리 갔다 한다. 안타깝다는 것이다.
"이를테면 이렇게 살란 말이오." 두 손을 내들더니 앞으로 엎더
진다. <u>네 발이 된 것이다.</u> 네 발 걸음을 하는 것이다.[9]

(밑줄 : 인용자)

　　직립의 의미. 사람이 네 발로 기어다닌다면 그저 개만한 동물.
소나 말은 이에 비하면 의젓한 편이고 볼품이 있다 할 것이다. 사
람이란 한 번 죽어서 넘어지면 형편이 없다. 지난날이 호기스러
웠던 것만큼 말로가 애상적(哀傷的)이다.

(2 : 「현대의 야」, 470쪽. 밑줄 : 인용자)

　　장용학의 소설에서 네 발로 걷는다는 것은 인간의 '동물화'를 의미한
다. 그리고 이는 천동시대로의 이동과 일맥상통한다. 천동시대는 지동
설이 인정되기 이전의 시대, 과학적 사고와 이성적 합리주의가 일반화
되기 이전의 시간이다. 그러므로 장용학이 거부하는 인간은 근대 이후
의 현대인으로 요약된다. 그리고 그가 지향하는 바, 진정한 인간은 동
물에 가까운 원시적 자연인으로 상정된다. 장용학에 의하면 인간은 결
코 동물 그 이상의 존재가 아니다. 그래서 동물이기를 거부하는 것은
오히려 인간답지 못한 판단이다. 현실을 부정하고 다다르는 곳, 문명

9　장용학, 「비인탄생」, 『원형의 전설 外』, 두산동아, 1999, 377쪽. 이하 같은 책에서
　　인용하는 경우 본문에 (2 : 「비인탄생」, 쪽수) 식으로 소설의 제목과 페이지만 표기
　　하기로 한다.

이전에 거하는 인간이 그가 동경하는 존재이고, 그것은 인간 이전의 인간 그의 표현을 따르면, 반인간(反人間)이거나 비인(非人)이다. 인간성을 부정하는 것. 그것만이 현대인이 현실을 초월할 수 있는 방법이다. 그러한 방법을 통해서만 인간은 초인(超人)이 될 수 있다.

장용학의 소설에서는 현대를 비정상적인 신체에 비유함으로써 인간 중심적 사고, 근대적 사고를 비판하고 인간을 자연에 귀속시키려는 인식의 전환이 이루어진다. 이는 장용학에만 국한된 것은 아니다. 그것은 현대소설 전반에 걸쳐 나타나는 현상이기도 하다. 근현대 서사에서 주목하는 신체는 건강한 신체가 아니다. 그것은 불건강한 신체를 통해 불합리한 사회의 모습을 보여주는 영역이기 때문이다. 비정상적 신체를 통해 상처 입은 개인의 모습과 모순된 현실을 나타내는 현대소설에서 신체 메타포는 개인의 자유를 구속하고 통제하는 사회의 외부 상황에 대응하기 위한 불가피한 전략이다. 그러므로 현대소설에 신체의 불구나 질병의 은유가 빈번히 나타나는 것은 비정상적인 세계의 질서에 대한 일종의 문제제기가 된다.[10]

> 現實이 病인데 거울에 비쳐든 그림자가 病的이 아니면 오히려
> 그 거울이 病的일 것이고, 그런 企圖는 바벨의 塔을 세우려는 것
> 과 같은 사람의 분수를 모르는 妄想이라고 한다면 그렇기도 하다
> 고 同意지만 그것을 틀렸다거나 쓸데 없는 일이라고 하는데 대

---

10 이청, 「한국 현대소설에 나타난 신체표징 연구」, 고려대학교 박사학위 논문, 2007.

하여는 다만 우리는 당시들처럼 幸福하지 못하다고 대답할 수밖에 없다. 사랑은 未知를 憧憬하는 病을 가지고 있다. 病은 나쁘지만 病은 事實이다.[11]

장용학의 위와 같은 발언도 같은 맥락으로 이해할 수 있을 것이다. 현실 자체가 병에 걸린 모습인데 그것을 그리는 자가 건강한 모습으로 묘사한다면 오히려 그것이 더 역설적인 것이 아니겠느냐는 반문은 그래서 타당성을 확보한다. 결국 장용학은 "인간에 대한 혐오가 극에 달한 나머지 '인간의 자기 부정'을 감행"[12]하게 되고 자기 부정은 신체를 조각내고 비틀고 병들게 하는 잔혹한 방식으로 가해진다. 장용학 소설에서 비정상적인 신체는 다음과 같이 나타난다.

> 내 눈썹이 내 볼때기에, 내 발가락이 내 무르팍에 가서 더덕 붙어 있게 하기 위해서라도 사과나무는 그 초가집 굴뚝 옆에 가서 턱 서 있게 될지도 모르는 노릇이다. 이 세계가 그렇게는 곪지 않았다고 누가 단언할 수 있겠는가……
>
> (2 : 「요한시집」, 312쪽)

> 눈이 귀밑에 붙었다. 손목이 옆구리에 달렸다. 머리는 둘인데 다리는 셋이다. 전에 없이 이러한 기형아가 연이어 출현하는 현상은 무엇을 의미하는가? 예고다. 땅에서는 그런가 하면 하늘엔

---

11 장용학, 「감상적 발언」, 『문학예술』, 1956. 9, 176쪽.
12 전상기, 「새로운 인간형의 모색과 그 귀결」, 『1950년대 문학의 이해』, 성균관대학교 출판부, 1996, 33쪽.

비행접시가 나르고 화성인이······   (2 : 「역성서설」, 444쪽)

장용학 소설의 인물과 세계는 모두 이렇게 기형적으로 찢기고, 엉뚱한 곳에 붙고, 삐뚤어지고, 비틀려 있으며 병이 들어 곪고 썩는 모습으로 형상화된다. 장용학에게 신체는 일종의 "인간중심주의에 대한 거부로서 주체와 세계가 만나는 장"[13]이라고 할 수 있다. 신체의 논리는 "감각의 자연스런 현상에 자기를 일치시키는 것"이며, "이념이 정전화한 여타의 '자연스러움'의 탈을 벗겨내고 그 조작된 일면을 노출"시킨다. 그의 소설에서 신체는 "스스로 자연스러움의 본질에 충실함으로써 정신을 내파함은 물론 정신의 전제를 멈추게"[14] 하는 지점에 이르게 만드는 기점이다.

장용학에게 현대인은 모두 병든 정상인이다. 잘 알려진 아홉시 병의 우화에서 아이의 꾀병은 진짜 병이 되고 나중에는 그 병에 아주 물들어버리고 만다. 그리고 생각하기를, 모든 사람이 정상인처럼 보이는 그 몸에 그와 같이 어떤 병을 품고 있는 것은 아닌지, 그래서 기실은 모두가 병자가 아닌지 의문을 품는다. 다시 처음의 질문으로 돌아가서, 인간은 어디에 갇혀 있는 것인지에 대한 답을 생각해보자. 답은 그의 표현 그대로 '신체(肉)'에 갇혀 있다. 그렇기 때문에 신체를 해방시키는 것은 곧 인간을 해방하는 길이다. 장용학은 인간의 신체를 재가시

---

13 최태만, 「다시 떠오른 '몸담론' 바로 읽기」, 『문화예술』271호, 2002. 2, 56쪽.
14 고충환, 「몸의 담론」, 『미술세계』175, 1999, 125~126쪽.

화함으로써 놓치고 있던 인간의 모습을 발견하기를 권한다. 따라서 장용학의 소설은 정상적인 몸과 병든 몸의 경계를 허물어버림으로써 부당한 현실, 도덕적 불구의 지배 체제에 대한 반(反)-담론으로 기능하게 된다.

2. 역설의 전략과 신체 부정의 메타포

장용학은 소설 밖에서도 이러한 인간-인간성에 대한 규정을 적극적으로 보여주었는데, 다음은 그러한 예의 하나이다.

> 오늘날의 휴매니즘은 人間性에서 人間을 解放시키는 企圖가 되어야 할 것이다. 人間性이 人間이 아니다. 人間의 가장 『리알』한 모습은 (人間+無=人間)이라는데 있다. 이 公式 위에 서게 된 것이 이를테면 現代的神話이며 이 神話를 이루게 한 無가 무엇이고 그것과 對決하는 것이 現代的 文學의 問題라고 믿는다. 그러기에 現代文學의 性格은 危機의 文學일 수밖에 없다.[15]

인간성에서 인간을 해방시키기. 인간의 가장 '리알'한 모습으로 돌아가기. 그것이 현대 문학이 나아가야 할 방향이라고 생각한 장용학은 결국 인간 존재는 무엇이고 어떠해야 하는가에 대한, 실존적 고민에

---

15 장용학, 「나의 작가수업」, 『현대문학』, 1956. 11, 56~157쪽.

매달린다. 중요한 것은, 그의 실존적 사고가 서구의 사조와 얼마나 일치하는지, 그것과 얼마나 동떨어지는지를 가늠하는 것이 아니라 실존 그 자체에 대한 경도로 읽을 수 있다는 것이다. 그러나 그는 고민 끝에 인간이 나아가야 할 길이 인간을 부정하고 문명 이전의 세계로 돌아가야 한다는 데까지는 다다랐지만 '인간 부정' 이후의 어떤 지향점은 타진하지 못한다.

그렇다면 장용학이 부정하려 했던 인간 부정의 몇 가지 양상에 대해 좀 더 구체적으로 살펴보자. 첫 번째 항목은 인간의 '시각(視覺)'이다. 시각적 감각을 불신한다는 것은 곧 이성을 거부한다는 의미이다. 왜냐하면 근대 이성의 개화는 바로 본다는 것, 새롭게 인식하는 것으로서의 시각의 우위를 인정하면서부터였기 때문이다. 「요한시집」은 크게 우화와 본문으로 나뉘는데 다음은 그 각각의 부분에서 눈(目)을 다루고 있는 부분이다.

> ① 쿡! 십 년을 두고 벼르고 기다리고 있었다는 것처럼 홍두깨가 눈알을 찌르는 것 같은 충격이었습니다. 그만 그 자리에 쓰러졌습니다. 얼마 후, 정신을 돌린 그 토끼의 눈망울에는 이미 아무것도 비쳐 드는 것이 없었습니다. 소경이 되어버린 것입니다. (2 : 「요한시집, 306쪽)

> ② 나더러 장난도 아니겠는데 그의 눈알을 손바닥에 들고 해가 동쪽 바다에서 솟아 오를 때까지 서 있으라는 것이었다. 나는 엄살을 부릴 수도 있었지만 누에의 눈이 아닌가. 멀리 철조망 밖에서는 감시병이 휘파람을 불며 향수를 노래하고 있는데, 나는 누

혜의 눈알을 들고 해가 돋기를 기다리고 있다. 이 눈알과 저 휘파람은 어떤 관계 속에 놓여 있는 것인가. 무슨 오산(誤算)을 본 것만 같았다. 우리는 무슨 오산 속에 살고 있는 것이다. 저 휘파람이 그리워해야 할 것은 태평양 건너 켄터키의 나의 옛집이 아니라 이 눈알이었어야 하지 않았던가…….

(2 : 「요한시집」, 330쪽)

인용문 ①은 잘 알려진 토끼 우화의 일부이고, ②는 동호가 죽은 누혜의 뽑힌 눈알을 들고 서 있는 형벌을 받는 상황이다. 결론부터 제시하면, 장용학 소설에 제시되는 눈은 가치를 재고하게 하는 역할을 한다. 토끼의 경우 자신이 그토록 갖고자 했던 빛의 근원이 자신을 눈멀게 하는 것이었음을 깨달음으로써 자유라는 것이 대가 없이는 얻을 수 없는 가치임을 보여준다. 그리고 동호의 손에 들린 누혜의 눈은 누혜에게는 모든 시선에서 해방됨을 동호에게는 자신이 향해야 할 길에 대한 자기 검열의 계기로 작동한다. 이와 같이 장용학 소설에서 눈과 관련된 이야기는 눈이 먼다든지, 눈이 뽑혔다든지 하는 식으로 대부분 시각적 감각이 제 기능을 하지 못하는 부정적 양상으로 나타난다. 이는 시각을 어떤 다른 감각보다 우위에 두었던 근대적 태도를 지양하려는 태도와 결부지어 해석될 수 있다.

인용문 외에도 시각의 불신이나 눈을 문제 삼고 있는 부분은 장용학 소설에서 숱하게 찾아낼 수 있다. 예를 들면 「육수」의 주인공인 언청이는 도시에서 고향집으로 돌아가 "흘끔흘끔 쳐다보는 그 한쪽 눈은 곪고 있"(20쪽)는 마루라는 이름의 개를 보고 좌절하는데 그 개가 주인공에게는 동일시의 대상이기 때문이다. 그 개의 눈이 곪는다는 것은 곧 자신의 치부를 재확인하는 과정이다. 주인공은 그 개의 "눈을 보면 나는 내 코밑이 생각이 나서 견딜 수가 없"(33쪽)다며 괴로워한다. 결국 그는 개를 총으로 쏴 죽이고 만다. 그리고 나서야 그는 기형의 신체를 가진 자신을 받아들이기로 결심한다. 이는 곪아 '병든 시각'을 죽임으로써만 새로운 시야를 확보하게 된다는 전언으로 이해된다.

장용학 소설에는 위 예의 개와 유사하게 인물과 동일시되면서 동시에 공포의 대상이 되기도 하는 동물이 또 하나 나온다. 그것은 바로 쥐인데 장용학 소설에 빈번히 등장하는 동물 중 하나이다. 다음은 쥐가 등장하는 부분을 몇 군데 발췌한 것이다.

> ① 저기로 죽은 쥐를 끈에 매어 든 장사꾼이 온다. 나는 처마 밑으로 슬슬 피하면서 걸었다. 그 피묻은 쥐를 내 입 거기에다가 막 문질러놓고 좋아할 것만 같았다. 그런 봉변을 당하는 것에 합당한 나의 입술이었다.　　　　　　　　　　(1 : 「육수」, 16쪽)

> ② 이 노파는 고양이가 잡아 온 쥐를 먹고 목숨을 이어 온 것이다! 담요의 얼룩점은 쥐의 피임이 분명하다. 산기슭에서는 셰퍼드까지 쇠고기를 먹고 있는데 이 못난 병신이!
> 　　　　　　　　　　　　　　　　　　　(2 : 「요한시집」, 320쪽)

> ③ 요즈음은 무슨 쥐의 시체가 그렇게도 많다는 말인가. 흡사 페스트가 휩쓴 것 같다. 페스트의 계절. 저 거리에서 페스트가 창궐하고 있는 것이다.　　　　　　　(2 : 「비인탄생」, 358쪽)

언뜻 보아도 쥐와 관련된 에피소드들이 많다는 것을 짐작할 수 있다. 김현은 「비인탄생」의 지호가 '쥐'라는 칙칙하고 불결한 동물을 통해 그의 "치유될 수 없는 병증의 뿌리"[16]를 바라보고 있다는 견해를 내놓았고, 최성실은 지호가 쥐를 통해 다시 한 번 "자신 안에 웅크리고 있는 저항과 반항의 심리를 표면으로 끌어 올"리고 나서 "이 땅에 인간다운 인간, 전능한 신이란 과연 존재하는가"[17]를 되묻는 것이라고 분석했다. 이를 통해 쥐라는 동물이 병과 관련된다는 것, 그리고 작고 더러운 존재를 통해 거부감을 넘어 저항의 심리를 부추긴다는 것을 알 수 있다.

'쥐'를 무서워한다는 것은 하찮은 미물에 대한 두려움을 말한다. 자신보다 작고 더러운 어떤 것이 자신을 위협하는 상황은 자신을 그에 동일시함으로써 자신을 더욱 하찮은 존재로 강등시키는 것이다. 한편 병을 옮기는 쥐라는 동물에 대한 두려움은 더럽고 추한 존재가 부상(浮上)됨을 의미하기도 한다. 장용학의 주인공들은 이와 같이 더럽고 오염된 것에 대해 동일시와 공포를 동시에 느낀다. 그러므로 쥐는 장용학 소설에서 병든 신체, 기형적 신체와 더불어 비정상적인 것에 대한 강조를 위한 메타포로 동원되었다고 볼 수 있다. 그를 통해 우리는 현실의 전복을 꿈꾸는 장용학의 의도를 엿볼 수 있다. 비참하고 더러운 것은 반대로 우리에게 어떤 쾌감을 불러일으킨다. 그렇게 반대급부에 의

---

16 김현, 「이름 없는 세계에의 갈구」, 『현대한국문학전집』 4, 신구문화사, 1965, 420~421쪽.

17 최성실, 「장용학 소설의 반전(反戰)인식과 개인주의적 아나키즘 특성연구」, 『우리 말글』 37집, 2006. 8, 411쪽.

미 부여하는 방식은 장용학 특유의 역설의 전략이다.

다음으로 장용학이 부정적으로 비판하려 했던 두 번째 항목은 인간이 만들어낸 '시간'이다. 장용학에 있어 시간은 현대성과 동궤의 개념이다. 동시에 그것은 '병적 시간'이기도 하다. 왜냐하면 장용학에게 현대성이란 돌연변이와 기형의 시간으로 인식되기 때문이다. 결국 장용학의 "시간에 대한 강박과 현대 사회에 대한 비판"은 바꿔 말하면 "역사의 진보에 대한 부정"[18]이다. 따라서 '시간' 부정은 동물로 돌아가고자 하는 의지의 다른 표현이라고 할 수 있다. 이에 대해서는 이미 여러 논의가 있어 간단히 지적하는 데서 끝내기로 한다.[19] 그리고 다음 장에서 '시간'과 반문명의 관계를 다루며 다시 한 번 언급하기로 하겠다.

부정의 세 번째 항목은 '이름'이다. 이름 붙여짐으로 인해서 사실은 사실 그대로 존재하지 못하고 그 위의 어떤 가면을 덧쓰게 된다. 이는 장용학이 인간에 덧붙여진 인간성을 거부하는 것과 같은 맥락이다. 이름이나 인간성은 모두 인간이 부여한 인간을 위한 인간중심의 기호와 성질들일 따름이다. 따라서 이름을 거부한다는 것은 현대인, 현대성을 거부하는 또 다른 행위 중 하나가 된다. 이러한 이유로 장용학의 소설에서 인물들은 부정적인 이름을 일단 부여받고, 이후 그 이름을 수정 당하는 궤도를 반복한다.

예를 들어 누에고치로부터 탈출해 자유를 구가하길 염원하는 「요한

---

18 김한식, 「장용학 소설의 '반전통'과 현대 비판」, 『한국 현대소설의 서사와 형식연구』, 깊은샘, 2000, 143~155쪽.
19 근대적 시간과 관련된 자세한 내용은 참고문헌의 근대 관련 연구 참조.

시집」의 누혜는 '누에'라는 별명으로 불리고, 「비인탄생」의 지호(地瑚)는 땅에서는 살 수 없는 산호를 땅에 부박시킨 이름이다. 그의 이름은 지호로 불리기 이전에 삼수(三守)였으며 지호로 불린 이후 자연으로 돌아가서는 삼수(森守)로 변형된다. 「현대의 야」의 주인공인 현우(玄宇)는 검은 지붕이라는 뜻에서 박만동(朴萬同)이라는 '동일성을 획득하고 차이를 잃는' 새 이름으로 교체된다. 기타 다른 소설의 인물들의 이름 또한 특별한 의미를 지니거나 중의적인 의미를 지니는 것들이 대부분이다. 이렇게 이름을 바꾸고 조작함으로써 장용학은 획일적인 명명법에 대한 거부를 보여준다.

3. 전쟁과 터부의 와해, 원시 자연으로의 회귀

대체 인간이 처한 현실이 어떠하기에 장용학은 그렇게 인간을 벗어나려 했는가. 그의 소설에 나타나는 살아 있는 존재는 모두 엉망진창의 상황 속에 놓여 있으며 죽은 존재들은 더 엉망진창으로 패대기쳐져 있다. 그것의 원흉은 다름 아닌 전쟁이다. 전쟁은 "국가가 어떻게 개인의 운명을 결정하고 통제하며, 부당하게 침해하는가를 보여주는 폭력 행위의 정점"[20]이다. 전쟁은 인간의 악한 본능을 불러일으키고, 그것을 정당화하도록 만든다. 그 때문에 도덕적 타락은 전쟁 상황에서 비일비

---

20 최성실, 앞의 글, 424쪽.

재하고 그로 인한 정신적 혼란은 전쟁 이후 많은 문제를 일으킨다. 전쟁은 문명인에게 "윤리적 감수성"을 앗아가 "적을 죽이지 말라는 계율"을 무시하게 만들고, 죽음에 관한 "관습적 태도를 일소"린다. 그러한 전쟁 상황에서 죽음은 더 이상 "우연한 사건"이 아니다. 다시 말해 전쟁은 우리가 얻어 입은 "문명의 옷을 발가벗기고, 우리 모두의 마음속에 숨어 있는 원시인을 노출"[21]시키는 특수한 상황이다.

아비규환의 난리 속에서 멀쩡한 이성을 간직할 수 있는 인간은 얼마나 될까. 이런 의문이 장용학으로 하여금 인간에 대한 철저한 부정을 감행하게 하였다. 일반 시민의 모습이 이렇게 좌충우돌하는 모습이라면, 전장의 한 복판에 놓일 수밖에 없는 존재인 군인은 어떨 것인가. 장용학의 소설에서 군인은 다음과 같이 인간의 기능을 상실하고, '수선된 인간'이 된다.

> 그 어느 돌담 그늘로 거적을 헤집으면서 나오는 상이군인. 지팡이에 매달려서 기우뚱거리는 그는 옷이 없다. 필요가 없었다. 석고와 붕대투성이었다. 움직일 때마다 질금질금 싯누런 고름이 떨어지는 석고와 붕대 뭉텅이였다. 짝이 맞게 한쪽 다리와 한쪽 팔이 없다. 몹시 한가해진 육체였다. 배 아래 거기 그것도 파편에 뜯겨 나갔는지 끝이 굽어진 시험관 같은 것을 그 자리에 꽂아서 배뇨작용을 이루도록 수선되어 있는 것이다.
>
> (1 : 「사화산」, 64쪽)

---

21 프로이트, 「전쟁과 죽음에 대한 고찰」, 『문명 속의 불만』, 김석희 역, 열린책들, 2006, 57~69쪽.

전쟁은 이처럼 일상을 무차별적으로 파기하고 더 이상 과거로 돌아갈 수 없는 전혀 새로운 상황을 도출한다. 이러한 마당에 비정상과 정상은 어떻게 구별할 것인가. 전쟁을 겪은 인간에게 신체의 훼손이 가해졌든 그렇지 않든 외상은 클 수밖에 없다. 그리고 그것은 사라지지 않고 계속해서 전쟁의 기억을 각인하는 매개체로 남는다.

망가진 군인의 신체 이외에 장용학 소설에는 전쟁으로 인한 또 하나의 특수한 신체인 포로의 신체가 자주 등장한다. 포로는 전투에서 적에게 사로잡힌 병사를 일컫는다. 그렇다면 장용학이 즐겨 다루던 단어로 바꾸어 다시 표현해보자. 자유를 잃은 사람은 사람인가? 답을 내리기에 앞서 포로수용소라는 공간의 풍경이 어떻게 제시되고 있는지 보자.

> 살아야 하겠다. 어떻게든 살아야 한다. 그래서 그들은 남을 죽이기 시작했다. 싸움은 다시 일어났다. 남을 죽여야 내가 살 것 같았다. 남해의 고도에는 붉은 기와 푸른 기가 다시 바닷바람에 맞서서 휘날리게 되었다. 살기 위하여 그들은 두 깃발 밑에 갈려서서 피투성이의 몸부림을 쳤다.
>
> (2 : 「요한시집」, 326쪽)

포로수용소에서는 생존을 위해서 전쟁에 참가하지 않을 수 없다. 그것은 더 이상 이념의 문제가 아니다. 단지 살아남기 위한 몸부림일 뿐인 것이다. 다음과 같이 인간의 신체가 가혹하게 처리되는 곳, 인간의 몸이 죽어 더 이상 인간이 아닌 단순한 물질로 전락하는 곳. 그곳이 바

로 포로수용소이고, 인간이면서 동시에 인간이 아닌 존재가 바로 포로
이다.

> ① 침을 뱉고 싶은 생각이 목젖을 건드린다. 언제 이런 구역과 분
> 노를 느낀 적이 있다. 섬에서이다. 변소에 들어가서 뒤를 보려다
> 가, 무엇이 손질하고 있는 것 같아서 밑을 내려다보고 그만 소리
> 도 못 지르고 거품을 물었다. 그것은 정말 손이었다. 누런 배설물
> 속에 비스듬히 꽂혀 있는 사람의 손, 쭉 뻗은 손가락은 내 발목을
> 잡아 쥐지 못해하는 그것은 그 전날 죽은 누혜의 손목이었던 것
> 이다.   (2 : 「요한시집」, 320쪽)

> ② 그런데 거기서는 시체에서 팔다리를 뜯어 내고 눈을 뽑고, 귀,
> 코를 도려 냈다. 아니면 바위를 쳐서 으깨어 버렸다. 그리고 그것
> 을 들어서 변소에 갖다 처넣었다. 사상의 이름으로. 계급의 이름
> 으로. 인민이라는 이름으로!   (2 : 「요한시집」, 327쪽)

「요한시집」의 누혜는 결국 자살을 감행한다. 그에게 자살은 '하나의
시도'요 '마지막 기대'이다. 그것만이 그를 자유롭게 할 유일한 방책이
기 때문에 그는 자살한다. 그러나 죽음이 진정한 자유를 줄 수 있을까.
개인의 자살은 현실에 아무런 변화도 미칠 수 없다. 단지 현실로부터
벗어날 길이 없기에, 최후에 선택되는 방법일 뿐이다. 그것은 다만 작
가의 우울한 전망 그 이상이 될 수 없다는 점에서 문제적이다.

장용학 소설에서 포로가 전쟁 상황의 신체의 한 단면을 보인다면 또
다른 측면은 시체들이 채우고 있다. 장용학 소설에서 전후 사회는 가
히 '시체들의 향연'이라고 할만하다. 「현대의 야」의 주인공인 현우는 문

학청년으로서 "후일을 위하여 폭격에 죽은 시체의 모양도 봐둘 필요가 있다는 생각"(469쪽)을 가지고 어머니의 부고를 든 채 길을 나선다. 다음은 그가 만난 시체의 모습들이다.

> ① 첫 번째로 발견한 시체는 까맣게 타 죽은 중년이었다. 개가 그렇게 타 죽은 것인 줄 알았다. 분명히 어른인데 꼬리가 없을 뿐 사지를 갖고 거기에 쪼그라들어 굴러 있는 모양도 모양이려니와 부피는 개만했다. (2 : 「현대의 야」, 470쪽)

> ② 그것은 타죽은 시체의 산이었다. 지붕을 했던 양철이라든지 가마니 따위로 대강은 가리어 놓았지만 백구 가까운 시체가 차곡차곡 쌓여 있었다. 말쑥한 것들이다. 찌꺼기는 현장에 그대로 내버려두고 반반한 것만 골라다가 거기에 축적해 놓은 것이다. 모두가 뜨거운 물에 삶아 낸 것처럼 벌겋게 딩딩 부은 것이 이만하면 돼지나 소에 비해 그다지 손색이 없다 할 것이다. 도살장 생각이 났지만 이 나라에 저렇게 한 번에 대량으로 도살해 내는 도살장이 있는지 없는지 그는 모른다. "모독이다! 사람이 사람을 이렇게 모독해서 좋은가. 차라리 그대로 내버려두어서 구더기의 밥이 되게 하는 것이 인간적이다!" (2 : 「현대의 야」, 474쪽)

고름이나 오물이나 배설물과 같은 것들은 어쨌든 인간의 삶과 관련된 것이다.[22] 그러나 시체는 돌이킬 길이 없는, 죽음의 영역에 놓인 신체이다. 그것은 여타의 소극적인 신체적 대응과는 다른, 그보다 훨씬

---

22 줄리아 크리스테바, 앞의 책, 24쪽.

강력한 영향력을 행사하며 저항의 극단을 보여준다. 시체는 더 이상 인간이 아니다. 그것은 전쟁 상황에서 인간이 인간을 어떤 식으로 얼마나 모독할 수 있는지를 보여주는 하나의 지표일 뿐이다. 한때는 인간이었던 존재에 가하는 폭력을 통해 인간 모독의 극단이 제시되는 것이다. 여기서 죽음은 전혀 신성(神聖)하지 않다.

프로이트는 "인간이 전쟁에 기꺼이 호응하는 것이 파괴 본능의 결과라면, 가장 두드러진 방책은 파괴 본능의 적수인 에로스로 하여금 거기에 저항하도록 하는 것"[23]이라고 했다. 에로스로 하여금 저항한다는 것은 무엇일까. 장용학은 거기에 반기를 들고 있는 듯하다. 장용학 소설에서 반복되는 주제 중 하나는 근친상간이다.[24] 근친상간의 주제를 가장 잘 드러내는 소설은 『원형의 전설』일 것인데, 이 소설의 제목 그

---

23 프로이트, 「왜 전쟁인가?」, 『문명 속의 불만』, 349쪽.
24 장용학 소설의 근친상간에 대한 해석은 여러 가지 도출된 바 있다. 먼저 송하춘은 근친상간을 "동족상잔의 비극을 암시하는 말의 심리적 발상"(송하춘, 『탐구로서의 소설독법』, 고려대학교 출판부, 1996, 275쪽)으로 읽었고 전상기는 "인간의 원초적이고 기본적인 혈연 과계를 끊음으로써 모든 관계망으로부터의 결별을 상징적으로 완결지으려는 것"(전상기, 앞의 책, 41~42쪽)으로 해석했다. 이재인의 경우는 장용학이 '근친상간의 금지'를 "의도적으로 위반함으로써 오이디푸스 구조로 인해 사회화되고 억압된 주체가 생산되게 되는 주체 구조의 문제를 지적하고 있는 것"으로 보았다(이재인, 「장용학 소설의 근대비판적 성격―1950년대 저변 문학 연구의 일 고찰」, 『한국문예비평연구』, 2007. 12, 189쪽). 한편 류희식은 근친상간을 "근대의 억압과 배제의 다양한 인식적·제도적 층위에 대한 적극적 대결의 의지를 드러낸 것"으로 보고, 그것이 "새로운 세계를 열어젖히는 출구의 의미로 작용"한다고 분석했다(류희식, 「장용학 소설 『원형의 전설』에 나타난 탈근대성」, 『한민족어문학』 49집, 2006. 12, 381쪽).

대로 오택부–오기미의 근친상간 전설은 이장–안지야라는 다음 세대에서 원형으로 반복, 순환된다. 장용학의 경우 그가 '인간성'이라고 부르는 현대적 질서, 문명 이후의 제도들을 부정하고 비판하기 위해 그리고 전후의 부조리한 현실을 부각시키기 위해 금기를 깨는 행위로서의 근친상간을 적극적으로 다룬 것이라 판단된다.

무엇보다 근친상간은 최초의 질서, 아버지의 법과 깊은 관련이 있다. 장용학은 근친상간을 통해 터부를 깨뜨림으로써 최초의 아버지, 아버지의 법에 저항하는 방식을 선택한다. 이는 그의 소설에 나타나는 아버지의 모습을 통해서 일관되게 나타난다. 먼저 장용학의 소설에는 아버지가 없거나, 존재하지만 불완전하고 추악한 모습으로 등장한다. 일반적으로 아버지는 명령과 금지, 규범과 의무를 나타내는 금기의 상징이다. 그러나 장용학의 소설에서 대부분 아버지는 언급되지 않고, 『원형의 전설』의 오택부나 털보 영감과 같이 딸을 강간하는 파렴치한으로 그려진다. 그래서 아버지의 법으로 여겨지는 금기를 아무런 제약 없이 깨버린다. 여기서는 장용학의 아버지와 관련된 서사 중 근친상간 이외의 특이한 경우를 하나 더 보태고 싶은데, 자식을 잡아먹는 아버지가 바로 그것이다.

> 물끄러미 두 시체를 내려다보다가 장작더미에서 기어내려 구석으로 간다. 부스럭거리다가 돌아서는 그의 손에는 시퍼런 칼이 쥐어져 있었다. 더미로 다가서서 다시 한 번 시체를 들여다본다. 손이 올라갔다. 칼날은 한 번 번득하더니 양주의 배로 내려가 푹하고 꽂혔다. 쭉 찢어낸다. 갈라지는 뱃속에서 오장이 흘러나

왔다. 칼을 버리고 오장을 헤치면서 간을 찾기 시작하는 <u>애비의</u>
<u>두 손 팔목의 시계가 어울리지 않았다.</u> 그것은 이미 인간이 아니
었다. 무슨 동상이었다. 인간을 먹은 인간은 이미 인간이 아니다.
인간을 끝낸 것이다. 인간은 끝났다. 고목처럼 서 있는 것이 아니
다. 불뚱, 튀어나오려다가 거기에 멎은 것 같은 두 눈. 자식의 간
을 받아들인 오장 육부가 그 몸 안에서 불타고 있는 것이다. …
(중략)… <u>눈을 홉뜬 그의 팔목에서는 임자 없는 시간이 흐르고 있</u>
<u>었다. 그러나 그것은 세계의 시간이었다.</u>[25]

(밑줄 : 인용자)

　위는 「인간의 종언」의 결말부이다. 이 소설의 주인공인 상화는 의사
에게 문둥병에 걸렸다는 진단을 받고 가족과 동반 자살을 시도한다.
그러나 자신만 살아남게 되자 아들의 간을 빼먹는다. 우리는 이미 아
들을 잡아먹는 아버지에 대한 신화를 알고 있다. 그것은 크로노스의
이야기이다. 이 신화에서 크로노스는 아내인 레아가 자식들을 낳는 족
족 잡아먹는다. 크로노스는 시간의 신이다. 그가 "자식을 삼킨다는 것"
은 시간은 "새로 태어나는 모든 것을 삼켜버린다"는 "잔혹한 자연의 진
리를 상징"하며 그가 들고 다니는 큰 낫은 "시작이 있는 모든 것을 끝
나게 하는 자연의 법칙을 상징"[26]한다.
　「인간의 종언」에서 자식을 잡아먹는 아버지는 또한 시간을 의미하는
신화적 존재로 볼 수 있다. 그러나 그는 '어울리지 않'는 '시계'를 가지

---

25 장용학, 「인간의 종언」, 『한국문학대전집 15』, 태극출판사, 1976, 429쪽.
26 이윤기, 『그리스 로마 신화』, 웅진닷컴, 2000, 60쪽.

고 있다. 그것은 세계의 시간과는 다른 시간이다. 즉 장용학의 아버지는 법으로든 시간으로든 일반적인 성격을 보이는 아버지가 아니다. 최초의 아버지라고 불리는 아버지를 죽이는 것은 그의 아들들이다. 그것은 근친을 금하면서 문명의 세계로 이행함을 의미한다. 그러나 장용학의 소설에서 아버지는 문명 이전의 신화적 존재에 머문다. 인간이 인간으로서 지켜야 할 터부를 스스로 깨고,[27] 자신의 토템을 훼손하는 인간. 그것은 야만의 극단으로서, 원시로의 완전한 회귀이자 돌이킬 수 없는 반 문명의 끝을 보여준다.

한편 장용학 소설에 등장하는 어머니는 존재하지만 늘 어딘가 아픈 상황으로 제시된다. 어머니에 대한 천착은 곧 근본에 대한 물음일 터인데 장용학의 어머니는 그에 대한 답을 하기 어려운 실정에 놓여 있다. 어머니라는 근본이 병들었다는 것. 그게 바로 장용학이 처한 안타까운 현실이다. 그에게 어머니란 존재는 "품에 안기고만 싶"은 "젖을 물고 어린애처럼 잠에 묻혀 버리고 싶"(2 :「비인탄생」, 400쪽)은 대상인데 그의 어머니는 늘 자식을 품어줄 수 없는 형편이다. 그래서 장용학은 '동굴'의 모티프를 자주 동원한다.

동굴은 어머니의 품과 같이 아늑한 곳인 동시에 혹독한 시련을 이겨

---

27 프로이트에 의하면 토템은 죽여서도 안 되고, 훼손해서도 안 되며 그 고기를 먹어서도 안 되는 것이다. 그러나 장용학은 근친상간을 비롯해 자식을 죽이고, 심지어 죽은 자식의 몸의 일부를 먹는 식인 행위를 함으로써 인간이 근본적으로 금지해야 한다고 믿는 금기들을 깨는 모습을 그린다(프로이트, 「토템과 터부」, 『종교의 기원』, 이윤기 역, 열린책들, 2006년, 32쪽).

내야 하는 공간이기도 하다. 어머니라는 동굴은 그러나 어머니의 죽음으로 인해 생과 사를 모두 포함한 어떤 절대적인 공간으로 물러나 버리고 만다. 그 이후 아들은 자연으로 그리고 자기 자신에게로 함몰한다. 동굴은 심리학적으로 "철저한 내향화를 통하여 자기인식에 도달하는 과정"을 의미한다. 그것은 "집단사회의 규범과의 동일시를 과감히 탈피하고 자기의 내면세계를 살펴봄으로써 온갖 갈등을 겪고 충동과 싸우며 결국 본래의 자기를 발견해가는" 공간이며 그를 통해 "동물적 존재에서 인간으로의 변환" 즉, "재생"[28]을 꾀하게 하는 곳이다.

> 굴 속은 피와 누르스름한 고름의 바다였다. 중단된 까마귀들의 향연, 생물실의 해부대였다. 시체가 아니라 어머니는 내포로 변했었다. 배가 터져서 흘러 나온 창자의 진득진득한 중량감……구천(九天)에 사무치는 원한을 품었을 눈알은 뽑혀 나가서 거기에 없고, 생을 악물었던 이빨의 한가로운 혼기(魂氣)…… 비린내나는 악취로 마비된 아들의 눈에는 더 비쳐 들 자리가 없었다.
>
> (2 : 「비인탄생」, 390~391쪽)

무덤이나 묘지 또한 장용학의 소설에서 동굴과 같은 의미로 쓰인다. 무덤 역시 재생의 의미를 지니는 공간인데, 「육수」에 등장하는 밀희의 무덤은 작중 인물에게 죽음으로부터 생으로의 전환을 이끄는 공간이다. 과거와 추억으로부터 결별하고 현재를 되돌아보며, 미래를 다짐하

---

28 이부영, 「심리학적 상징으로서의 동굴」, 『문학과 비평』, 1987 가을, 201쪽.

는 하나의 장인 것이다. 장용학에게 어머니의 무덤은 "그의 진통(陣痛), 지금의 그가 거기서 태어난 태(胎)"이다.(2 :「현대의 야」, 493쪽) 결과적으로 동굴이나 무덤이라는 원점 혹은 원시의 공간은 장용학에게 생의 전환점, 달리 표현하면 변신의 공간, 죽음으로부터 삶으로 향하게 하는 계기의 장소라고 할 수 있다.

이 장에서는 이상과 같이 장용학 소설에 나타나는 신체 담론의 양상을 고찰하여 보았다. 장용학의 소설은 초기부터 비정상적인 신체의 메타포를 동원해 인간을 부정하고 문명화된 인간을 비판하는 데 초점을 맞추고 있었다. 그러한 신체 메타포는 인간과 동물, 미와 추, 정상과 비정상 등의 경계를 문제 삼으면서 인간 존재의 나아가야 할 방향에 대한 작가의 고민을 구체화하는 데 기여한다. 장용학은 인간의 문제를 근대 이후의 인간중심적 사고관에서 찾고 인간이 인간답게 조금 더 아름답게 살기 위해서는 자연인으로 되돌아가야 한다고 주장하며, 그러기 위해서 인간은 모든 인위적인 탈들을 벗어버려야 한다고 역설한다. 병든 정상인이라는 반어적 우화를 통해 결국 인간이 신체에 갇힌 존재임을 밝히는 한편 보다 적극적으로 신체를 통해 근대를 부정하고 비판한다.

인간 부정은 시각, 시간, 이름의 부정을 통해 나타나는 것을 확인할 수 있었다. 무엇보다 장용학은 전쟁 상황에 놓인 인간의 신체를 부각시킴으로써 보다 명확한 인간 비판의 근거를 마련한다. 여기서는 전쟁과 관련해 군인의 신체, 포로의 신체, 시체들의 모습을 다루고 거기에 근친상간과 자식을 먹는 아버지, 앓는 어머니와 동굴이라는 공간의 의미를 살펴보았다. 그를 통해 전쟁이라는 특수한 상황이 인간의 윤리적 도덕적 판단을 불구화시킴을 알 수 있었다. 그리고 근본적인 터부마저 깬 인간들이 가야할 곳을 문명 이전의 원시로의 회귀로 설정하고 있음이 확인되었다. 그 결과 장용학의 소설이 역설적 전략을 이용해 인간을 부정하고 비판하는 지점까지는 도달했으나, 그러한 부정 이후 우리가 취할 수 있는 지향점이 비관적으로 제시된다는 점은 문제로 지적될 만한 부분이다.

제3장
하근찬 소설의 신체표징과 전후 의식

이 글은 하근찬의 소설에서 신체의 '표상'[1]이 갖는 의미를 밝히고 그 변화 양상을 고찰하는 데 목적을 둔다. '불구', '신체', '배변' 등으로 모티프가 조금씩 다르기는 하지만 하근찬 소설의 인물들이 신체적 특징을 바탕으로 형상화되고 있음은 분명하다. 대부분의 하근찬 소설 논의에서 공통적으로 '육체적 글쓰기' 또는 '몸의 서사'를 빼놓지 않고 다룬다는 점 또한 특기할 부분이다. 그만큼 하근찬 소설에서 신체를 빈번히 그리고 무게감 있게 다루고 있음을 뜻하는 것이기 때문이다. 인물 묘사에서 시각적 서술이 돋보인다는 점을 차치하고라도 초기부터 후기까지 하근찬 소설의 큰 축이 신체를 기반으로 하고 있음을 부정할 논자는 거의 없을 것이다.[2]

---

1 여기서 '표상'은 서동욱이 그 어원을 정리한 것 중에서 "서로 차이를 지니는 잡다한 것들을 다시 거머쥐어서 '동일한 하나'의 지평에 귀속된 것으로 나타나게 하는 활동"의 의미로 좁혀 사용한 것이다(서동욱, 앞의 책, 10쪽).
2 이를테면 하정일은 하근찬이 소설에서 한국전쟁을 '육체적인 것'으로 다룬다고

하근찬이 신체를 부각시켜 다룬 이유 중 하나는 그의 소설 인물들이 늘 타자의 자리에 있는 자들이라는 데서 찾을 수 있다. 소설에 등장하는 타자는 '신체 자체에 운명이 각인된 골상학적 존재들'[3]이라는 주장을 인정할 때, 하근찬의 소설에 등장하는 타자들의 신체는 새로이 그 의미를 찾아주는 것이 마땅해 보인다. 아마도 이런 이유로 최근의 하근찬 논의들이 탈식민주의 등의 이론을 통해 재론되고 있다고 여겨진다. 이전의 연구들이 주로 하근찬 소설의 인물을 소박한 '농민' 정도로 읽었다면 새로 나오는 연구들은 그것을 하위 주체로서 자리매김을 시키려는 쪽으로 바꿔 읽기를 시도하고 있는 중이다.

주로 전쟁과의 연관성에 초점을 맞추어 다루어졌던 기존 논의는 2007년 작고를 기준으로 변화를 맞았다. 교육 분야 특히 성장 소설을 중심으로 한 논의가 크게 늘어났고[4] 그 외에도 상징성이나 모티프 또는 '거리'나 '시점'을 활용한 형식적인 내용을 다룬다거나 여성 인물을 중심으로 한 논의 그리고 앞서 지적한 탈식민성에 대한 연구 등 최근

보았다. 그는 특히 초기작에서의 전쟁은 대개 육체적 손상을 동반한다고 하면서 그것을 한국전쟁을 정신적 상처로 다루는 대부분의 전후 작가와는 다른 하근찬의 차별점으로 꼽고 있다. 하정일, 「한국전쟁의 시공간성과 1960년대 소설의 새로움」, 『한국언어문학』 40, 1998, 12~13쪽.

3 이혜령, 『한국소설과 골상학적 타자들』, 소명, 2007, 54쪽.

4 하근찬 소설을 다룬 학위논문 현황을 조사했더니 약 57편 가량이 검색되었는데 그중 중·고등학교 교육과 관련하여 하근찬 소설을 다룬 것이 20여 편 정도였고 그 가운데 성장 소설을 중심으로 한 것이 다시 10편 정도로 추려졌다. 그 10편 중 작고 이후 작성된 것이 6편이었다.

들어 논의가 더욱 다양하게 전개되고 있다.[5] 등단 이후 작고 10년 전인 1997년까지 부단히 작품 활동을 했지만 하근찬의 소설은 대부분 「수난

5　지금까지의 하근찬 소설 주요 논의를 정리하면 다음과 같다. 초기 연구로는 유종호, 「비극추구의 민요시인」, 『현대한국문학전집』 13, 신구문화사, 1967; 「농촌 사람의 눈으로」, 『한국 현대문학전집』 34, 삼성출판사, 1978; 김병익, 「한의 세계와 비극의 발견」, 『문학과 지성』, 1972 봄; 「전쟁에의 공분과 평화의 찬가」, 『산울림』, 한겨레, 1988 등의 논의가 잘 알려져 있다. 이후에 강진호, 하정일, 김윤식, 백우흠 등이 논의를 이었으며 비교적 최근 것으로는 허명숙, 장현, 김준현, 이정숙, 류동규, 오창은 등의 연구가 있다. 여기에 덧붙여 최근 논의들을 범주를 지어 몇 가지 소개하겠다.

상징성·모티프 : 곽민혜, 「하근찬 문학에 나타난 상징성 연구」, 목원대학교 석사학위 논문, 2013; 김유순, 「하근찬 소설에 나타난 모티프 연구」, 창원대학교 석사학위 논문, 2009; 장현, 「하근찬 소설의 모티프 연구」, 『한국 현대문학연구』 26, 2008.

식민교육담론 : 변화영, 「하근찬 소설에 나타난 식민교육담론 연구」, 『현대문학이론연구』 27, 2006; 류동규, 「식민지 학교의 기억과 그 재현―하근찬의 경우」, 『우리말글』 51, 2011.

탈식민성 : 송주현, 「하근찬 소설 연구」, 『인문연구』 68, 영남대 인문과학연구소, 2013; 장윤준, 「하근찬 문학에 나타나는 서발턴 양상 연구」, 원광대학교 석사학위 논문, 2012.

기억 : 한수영, 「관전사의 관점으로 본 한국전쟁 기억의 두 가지 형식」, 『어문학』 113, 한국어문학회, 2011; 서승희, 「전후작가의 식민지 기억과 민족주의」, 『현대문학이론연구』 53, 2013; 이정숙, 「전쟁을 기억하는 두 가지 방식」, 『현대소설연구』 42, 2009.

형식 : 최현주, 「하근찬의 '수난이대'에 드러난 거리의 양상」, 『한국문학이론과 비평』 1, 1997.

매체 : 이미라, 「매체의 상이함에 따른 각색 사례 연구」, 한양대학교 대학원 석사학위 논문, 2011; 오연희, 「슬픔을 밀어내는 서사의 힘」, 『인문학연구』 88, 충남대 인문과학연구소, 2012 등.

이대」를 비롯한 초기작이 주된 논의 대상이었고[6] 후기에 발표한 작품들 특히 1980년대 이후의 것들은 지금까지 거의 논외로 쳐온 것이 사실이다.[7]

하근찬 소설의 신체표징을 중심으로 소설 논의를 진행할 경우 전쟁과 관련된 초기 소설뿐 아니라 죽음에 경도되었던 작가의 후기 소설들까지 아울러 다룰 수 있다는 점에서 이전과는 다른 의의를 찾을 수 있으리라 생각한다. 여기서는 먼저 초기 소설에 자주 나타난 전쟁과 불구의 표상이 의미하는 바를 다루고 다음으로 일제시기의 경험을 회고하는 소설들에서 발견할 수 있는 학생들의 훈육 및 노동과 관련된 신체의 표상을 다룬 후 마지막으로 1980년 이후의 소설에 짙게 나타나는 예술과 죽음의 표상을 살펴 하근찬 소설의 신체표징이 어떤 식으로 나타나는지 확인하겠다.

---

6 이에 대해서는 "하근찬의 문학세계를 다룬 기존의 연구가 「수난 이대」의 완고한 규정력에 포박"되어 있다면서 하근찬의 부음을 전한 신문 제목을 정리한 오창은의 연구와 하근찬 소설에서 「수난이대」가 차지하는 위상을 지적한 류동규의 논의를 참조할 수 있다. 오창은, 「분단 상처와 치유의 상상력」, 『우리말글』 52, 2011, 7~8쪽; 류동규, 앞의 글, 250쪽.

7 일반적으로 하근찬 소설은 1957년 등단 이후부터 1970년대까지 6·25전쟁을 다룬 것, 1970년 무렵부터 1980년 무렵까지 일제 말엽 소년 시절의 체험을 다룬 것, 1980년 이후 일상생활의 인정세태나 전통적 정서의 소중함을 강조하는 소품들로 구분한다. 그러나 마지막 범주의 경우 자전적인 체험이 걸러지지 않고 그대로 노출되었다는 점에서 미학적 성취에 미달된다는 평이 우세하다. 정희모, 「일상과 역사의 만남, 그 서사적 상황의 힘」, 『작가연구』 3, 1997, 133쪽.

1. 전쟁과 불구의 신체 : 1950~60년대

하근찬이 '불구'를 통해 시대를 '증언'하겠다고[8] 선택한 까닭은 '전쟁'이라는 상황 밖에서는 설명될 수 없다. 전쟁이 아니었다면 그가 '불구'와 직접 마주할 일도 그리고 그의 '증언'이 필요할 까닭도 없기 때문이다. 하근찬의 초기 소설이 빛을 발하는 부분은 '전쟁의 피해담'을 문학적으로 형상화했다는 점이다. 이 장에서는 하근찬 소설 중 가장 빈번히 논의되었던 부분이면서도 집중적으로는 다루어지지 않은 전쟁과 신체의 표상 부분을 다룬다.

하근찬이 경험한 전쟁은 모두 근대 전쟁이었다. 그 스스로 지적했듯 만주사변(1931)과 중일전쟁(1937), 태평양전쟁(1941) 그리고 한국전쟁(1950)은 그의 삶에 큰 영향을 미쳤다.[9] 이 전쟁들을 겪으며 하근찬이 가장 직접적으로 목격한 비극은 실질적으로 신체의 절단 즉 파편화라고 할 수 있다. 온전한 신체가 총체성, 전체성을 뜻한다면 근대성은 '되돌려볼 수 없는 상실감', '잃어버린 총체성, 사라져버린 전체성에 대한 통절한 회한'으로 표현된다.[10] 상실 자체가 바로 근대의 형성이기에 하근찬의 전쟁은 신체를 파편화함으로써 하나의 문명을 파괴하고 낯설고 새로운 세계로 진입하게 만드는 것이 된다. 문제는 그 새로운 세계

---

8 하근찬, 「전쟁의 아픔, 기타」, 『산울림』, 한겨레, 1988, 5쪽.

9 하근찬, 위의 글, 3~4쪽.

10 린다 노클린, 앞의 책, 9~15쪽.

가 작가에게 과거에 비해 왜소하고 보잘 것 없는 것으로 접근해 온다는 데 있다.

따라서 하근찬 소설에 나타나는 신체는 야만적 근대와 관련을 맺고 있음을 전제한다. 그의 소설에는 전쟁과 더불어 탈향이나 이향을 경험하면서 가족과 분리되는 이야기가 많은데 이런 가족의 분리 역시 주로 신체의 절단이나 기형으로 형상화된다. 이때 근대가 이질적이고 낯선 존재, 괴물로 표현된다는 것도 인상적인 점이다. 근대의 이질성은 이방인에 대한 두려움과 적대감에서 비롯되어 마침내는 분명치 않은 대상을 비정상적 신체로 형상화하기에 이른다. 여기서 중요한 것은 전통 사회의 유지가 불가능해졌을 때 인물들이 신체의 일부를 기꺼이 헌납하고라도 그것을 지키고 싶어 한다는 것이다.

하근찬의 소설에서 전쟁과 근대가 조우하면 인물들은 불구가 되고, 그들은 불구의 몸으로라도 끝내 과거를 지켜내고 회복하려는 의지를 보인다. 이 때문에 하근찬 소설의 결론이 매번 너무 동일한 맥락으로 치닫는다는 비판도 제기되고는 한다.[11] 그런 비판을 무시하고라도 하근찬에게 새로운 것은 부정적인 것이고 오래된 것은 옹호해야 할 것으로

---

11 하근찬의 소설은 단편소설의 미학적 완결성이 높기로 정평이 나 있는 한편 유형화 또는 정형화라는 한계와 해학적 태도로 문제의식을 우회한다는 비판적 평가도 함께 받아 왔다. 후자의 경우 모티프의 유사성, 구성의 유사성, 결론의 유사성으로 나누어 살필 수 있을 듯하다. 그중에서도 특히 결론의 유사성은 주목할 필요가 있다. 하근찬 소설의 결말은 늘 진한 페이소스를 유발하는 한편 화해나 거절의 제스처를 포함한다는 점에서 그 의미를 규정해볼 만하다. 그러나 이에 대해서는 다른 글에서 기회를 얻기로 한다.

이미 정해졌다. 결국 하근찬의 이야기들은 그렇게 정해진 세계에서 고군분투하는 것들이라고 할 수 있다. 하근찬 소설이 '전통 지향성'을 강하게 갖는 이유는 그의 사유 속에서 그것이 온전한 전체이고 거기에서만 유일하게 안락한 생활이 가능하기 때문이다.

따지고 보면 하근찬 소설에서 전통이 옹호될 수 있는 것은 그것이 모자란 어떤 것을 품고 있기 때문이기도 하다. 예를 들어 하근찬 소설의 인물 중에는 항상 희화화되는 인물이 있는데 그들은 대체로 비정상적인 신체 표지를 하나씩 가지고 있다. 「수난이대」의 만도와 진수는 물론이고 「나룻배 이야기의」의 어린애 주먹만 한 배꼽을 가진 '삼바우'나 「삼각의 집」에 등장하는 '누런 이빠디'의 종두, 「족제비」의 '고드러진 대추' 코를 가진 고생원이나 「야호」의 '꺼꾸리'까지가 그렇다. 이들은 모두 신체의 부족이나 과잉으로 자신의 존재를 증명한다. 그런데 하근찬 소설에서는 이런 인물들이 동정이든 연민이든 간에 '정상성' 속에 묻혀 지낼 수 있는 자리가 마련되어 있는 것이다.

하근찬 소설뿐 아니라 대부분의 전쟁 소설에 접근할 때 서두는 항상 '비정상적'이라는 단어로 귀결된다. 비정상적인 신체, 비정상적인 윤리, 비정상적인 가족, 비정상적인 가치 체계 등으로 말이다. 이는 전후 소설을 읽는 잣대로 흔히 동원되는 수식들이다. 아마도 전쟁이라는 비일상적인 사건이 정상의 궤도 밖으로 모든 것을 밀어냈기 때문일 것이다. 전쟁은 개인과 사회 어디에도 예외 없이 비인간적인 상태를 허용하였다. 그렇기 때문에 한편으로는 인간적인 것을 새롭게 재인식하도록 만들기도 했다. 하근찬의 소설에서 휴머니티가 강하게 드러나는 까닭도 여기서 찾을 수 있다.

하근찬 소설에서 전쟁은 현재 진행 중인 상황은 아니지만 현재의 삶에 끝없이 영향을 미치는 잔혹한 그림자다. 그리고 그 그림자는 대체로 다음과 같은 살벌한 묘사를 통해 구체화된다.

> ① 만도가 어렴풋이 눈을 떠보니, 바로 거기 눈앞에 누구의 것인지 모를 팔뚝이 하나 아무렇게나 던져져 있었다. 손가락이 시퍼렇게 굳어져서 마치 이끼 낀 나무토막처럼 보이는 팔뚝이었다. 만도는 그것이 자기의 어깨에 붙어 있던 것인 줄을 알자, 그만 으악! 정신을 잃어버렸다.[12]

> ② 그것은 두칠이가 아니었다. 도깨비였다. 눈이 하나밖에 없었다. 코가 대추같이 녹아 붙었고, 귀도 한 개는 고사리처럼 말려들었다. 온 얼굴이 서투른 다리미질을 해놓은 것 같았다. 뻔들뻔들 윤이 나는 뻘건 살점이 목덜미까지 흘러내렸다.[13]

> ③ 마루 밑에는 참으로 끔찍한 광경이 벌어져 있었다. 벼락이 마루 밑에 떨어진 듯 온통 쑥대밭이 되어 있는 것이었다. 복실이는 배가 터져서 창자가 마구 비어져 나왔고, 혀를 문 이빠디가 스며드는 달빛을 받아 무섭도록 허옇게 번뜩거렸다. 그리고 강아지들은 밟아 문질러 놓은 것처럼 죄다 으깨어져 나뒹굴고 있었다. 어미와 새끼가 온통 시꺼먼 피에 휘감겨 있는 것이었다.[14]

---

12 하근찬, 「수난이대」, 『현대한국문학전집』 13, 신구문화사, 1967, 15쪽.
13 하근찬, 「나룻배 이야기」, 『수난이대』, 정음사, 1972, 40~41쪽.
14 하근찬, 「산울림」, 위의 책, 230쪽.

위에 인용한 장면을 통해 하근찬 소설이 '신체'를 통해 '전쟁'을 '보여주기'에 얼마나 공을 들이고 있는지를 알 수 있다. 하근찬은 전통 공동체가 해체되는 과정을 전쟁과 신체 훼손을 통해 드러내는 방식으로 자신의 증언에 대한 소임을 완수하고 있다.[15] 전쟁으로 인해 이질적인 대상이 된 존재를 공동체가 다시 품도록 함으로써 이전의 폐쇄성을 복구하고자 하는 것이다. 그러나 당연히 이 시도는 실패하기 마련이다. 공동체의 넉넉한 인심보다 전쟁과 근대의 폭력이 훨씬 강하게 작용하기 때문이다.

한 예로 「山까마귀」[16]의 배경은 완전히 안온한 산속이고 거기에 노부

---

15 허명숙은 전장에 나가 신체 훼손을 입은 경우를 '노동력 상실'과 연관시켜 논한다. 그는 하근찬이 전쟁의 폭력성을 상처입기 쉬운 몸으로 드러낸다고 하면서 몸의 상처는 분명한데 폭력의 실체는 생략하는 논리를 민중들이 전쟁을 체험하는 방식으로 환원시킨다. 그를 통해 결국 하근찬이 전쟁의 정치성을 괄호에 넣어 민중적 눈높이로 전쟁 폭력을 고발한 경우임을 주장한다. 허명숙, 「민족 수난사의 환유와 신화적 사고의 표상」, 『한국문예비평연구』 26, 2008, 102~103쪽.

16 이 소설은 본래 『새벽』 35, 1960년 7월호에 「山까마귀」라는 제목으로 실렸으나 후에 『한국 현대문학전집』 13(신구문화사, 1967)에 다시 실리면서 제목을 「산중우화」로 바꾸었다. 그리고 이 「산중우화」는 1958년 작 「산중고발」과는 전혀 다른 작품이다. 이에 대해 2008년에 오창은이 먼저 지적했으나(앞의 글, 389쪽) 이후 2011년에 나온 『하근찬 선집』의 연보(478쪽)에 여전히 「산중고발」과 「산중우화」를 동일 작품으로 잘못 표기한 사례가 있어 다시 지적한다. 이 외에도 하근찬의 작품 중에는 개제 또는 개작한 것이 많다. 내용을 대략 정리하면 다음과 같다.
개제 : 1. 『사상계』에 발표했던 「나무 열매」는 1977년 『일본도』에 「오동 열매」로 개제되어 실린다. 2. 「너무나 짧은 봄」(『여성동아』 1970. 8)은 다음 해 「섬 엘레지」(『한양』 101, 1971. 6)로 개제된다. 3. 「안개는 풍선처럼」으로 『부산일보』에 연재했던 작품은 1982년 기린원에서 단행본으로 펴낼 때 『사랑은 풍선처럼』으로 개제된

부가 살고 있다. 이 노부부가 어떤 이유로 인적이 없는 산중으로 오게 되었는지에 대해서 작가는 아무런 설명을 하지 않는다. 다만 그 안락한 공간이 어떻게 파괴되는지만 다룬다. 노부부의 오두막이 파괴되는 이유는 공비를 토벌하려는 국군의 비행기 폭격 때문이다. 그리고 그 폭격은 결국 아래와 같이 할머니를 죽음에 이르게 함으로써 이 충만한 자연의 세계, 원시의 세계를 무너뜨리고 만다.

집이 가까워지자 영감은 눈 앞이 캄캄해지고 말았다. 집이 그만 보기 좋게 폭삭 내려 앉아 버렸던 것이다. 그리고 바로 집앞

다. 4. 1988년『월간통일』에 연재했던「검은 고기」는 1991년 정암문화사에서『검은 자화상』으로 제목을 바꿔 출판하였다. 5. 1988년부터 1989년에 걸쳐『전북도민신문』에 연재했던「쇠붙이 속의 혼」도 1990년 예지각에서『징낑맨이』라는 다른 제목으로 출판한다.

개작 : 1. 「육식동물」(『문학계』 1958년 3월)은 「이지러진 입」(『문예』 1960. 1)으로 개작된다. 2. 「우산」(『한양』 105, 1972. 2)은 발표한 다음 해「삽미의 비」(『문학비평』 16, 1973. 9)로 개작된다. 3. 「낙발」(1969)은 이후 중편「기울어지는 江」(1972)으로 개작되었다. 4. 「그 해의 삽화」(1970)는「준동화」(1977)로 개작된다. 5. 「겨울 저녁놀」(1981)의 경우는 소설「장사」(葬事, 1977)와「유령이야기」(1978)의 송광사 향나무 이야기의 내용을 붙여 개작한 것이다. 6. 중편으로 발표했던「여제자」는 이후『내 마음의 풍금』이라는 제목으로 개제 및 개작된다.

그 외 :「모일소묘」와「모일축가」는 발표지면은 각각『신동아』와『월간문학』으로 다르나 동일 작품이다. 그리고「그림의 진위」의 경우 소설이 아닌 꽁트로 발표했으나 연보에는 항상 소설에 포함시키고 있다. 기타 동일 모티프를 차용하는 경우도 많아 정확한 연보 정리와 면밀한 작품 분류가 필요하다.

참고로 전소영이 정리한 것이 지금까지의 연보 중 가장 자세하다(전소영, 「하근찬 소설 연구」, 서울대학교 석사학위 논문, 2009).

개울가에 할미가 개구리처럼 뻗어져 있는 것이 아닌가. 영감은 엎어져 있는 할미에게로 미친 듯이 달려 들었다. 할미가 아니라 그것은 피투성이였다. 얼굴이고 뭐고 할 것 없이 온통 피에 휘감겨 있었다. 옆구리가 터져 내장이 제멋대로 흘러나와 있었다. 하늘을 향해 악물고 있는 이빠디가 징그럽도록 하했다.[17]

이로써 하근찬이 관심을 두고 있는 것은 이유 불문하고 자연 속에서 안락한 생활을 하던 과거의 세계가 전쟁, 무기 등의 외부 폭력으로 인해 신체에 위해를 가함으로써 무너지는 과정임을 알 수 있다. 이 시기 불구의 신체는 돌아올 수 없는 과거 그 자체의 표상인 것이다. 하근찬에게 전쟁이란 신체를 훼손하여 불구가 되게 하거나 죽음에 이르도록 만드는 괴물이고 그로 인해 하나의 세계 자체가 사라지는 충격을 목격하도록 하는 무자비한 폭력이다. 그로 인해 그는 결국 자신에게 그토록 충족감을 주었던 전통 세계를 잃고 만다. 그리고 그에 대한 애도는 다음 장에서 다루어지는 학생 시절에 대한 경험을 회고하는 것으로 나타난다.

2. 훈육과 노동의 신체 : 1970년대

하근찬 소설에는 유독 어린아이가 많이 등장한다. 아이들은 주로 학

---

17 「山까마귀」, 『새벽』 35, 1960. 7, 271쪽.

생 신분인 경우가 많아 학교 이야기의 비중도 큰 편이다. 그런데 이 학생들은 공통적으로 어떤 사명을 지니고 있다. 그의 소설에서 학생들은 하나같이 일제 식민치하 교육이 얼마나 잘못되었는가를 비판하고 고발하는 역할을 맡는다. 따라서 유사한 이야기가 변주되는 경우가 빈번하다. 특히 자주 다뤄진 내용은 중학교에 진학해 기숙사 생활을 처음 시작하면서 상급생들에게 그리고 선생들에게 모진 기합을 받고 체벌을 당한다는 것이다.[18] 이 장에서는 이런 학생들의 훈육과 노동에 대한 내용을 중심으로 그것이 표상하는 바를 살핀다.

학생들이 등장하는 소설에는 교사 또한 자주 등장하기 마련이다. 따라서 하근찬의 소설은 아이들이 중심이 되는 이야기와 선생이 중심이 되는 이야기로 다시 나눌 수가 있다. 1970년대에 창작된 것 중 전자에는 「족제비」, 「그 해의 삽화」, 「일본도」, 「죽창을 버리던 날」, 「삼십이 매의 엽서」, 「조랑말」, 「필례이야기」, 「수양일기」, 「간이주점 주인」 등이 해당되고 후자에는 「너무나 짧은 봄」, 「기울어지는 강」, 「원 선생의 수업」, 「남을 위한 땀」, 「일야기」, 「노은사」 등이 해당된다. 이 중 「원 선생의 수업」과 「노은사」는 선생의 입장을 전면적으로 다룬다는 점에서 다른 작품과 대조된다.

정도의 차이는 있겠지만 여하간 위에 열거한 소설은 모두 학교 경험이 바탕이 되는 것들이다. 학교 이야기를 들려주는 하근찬의 방식

---

18 대표적으로 '후꾸로다까'라 불리는 무차별적이고 집단적인 체벌이 등장하는 소설이 많은데 「그 욕된 시절」, 「삼십이 매의 엽서」, 「수양일기」 등이 여기에 속한다.

은 서술자 선택에서부터 서술의 향방이 갈린다. 「조랑말」의 주인공 용식이는 주인공이지만 서술자는 아니다. 즉 이 소설은 어린이의 시선을 관찰하는 외적 초점화가 중심이 된다. 「족제비」나 「일본도」의 경우도 같은 예에 해당한다. 반면 「죽창을 버리던 날」이나 「삼십이 매의 엽서」, 「수양일기」 등은 어린 학생이 서술자이면서 그 서술자의 관점으로 서술이 제한되는 내적 초점화가 이루어진다.[19]

외적 초점화를 선택한 경우 초점화 되는 인물들은 어린이지만 초점자는 어른이라는 점에서 간극이 생긴다. 그리고 서술자는 이 간극을 무시하고 서술을 이어가게 되는데 여기서 하근찬 소설의 유머 또는 해학이라고 부르는 지점이 생성된다.[20] 반면 내적 초점화를 선택한 경우 대체로는 체험에 가까운 이야기를 관찰보다는 고백의 형식으로 서술하게 된다. 따라서 이 경우는 유머나 해학보다는 비판과 고발의 성격이 더 짙어진다. 결과적으로 하근찬은 어린 아이와 학교 이야기를 통해 한편으로는 과거를 희화화함으로써 긍정적으로 내화하고 다른 한편으로는 과거에 대한 부정적 회한을 고백함으로써 자신의 결백을 보증하려 한다.

하근찬은 1970년대 들어 집중적으로 일제를 '회고'하는 작품을 발표하는데, 이때 하근찬의 태도는 상당히 이중적이다. 한편으로는 그 시

---

19 제라르 즈네뜨, 『서사 담론』, 권택영 역, 교보문고, 1992, 177~178쪽 참조.
20 강진호는 하근찬 소설의 유머를 유발하는 요소로 천진한 행동, 희극적인 외모, 신비화된 대상의 본질 폭로 등을 지적했다. 강진호, 「민중의 근원적 힘과 '유우머'」, 『畿甸語文學』 10~11, 수원대 국어국문학회, 1996, 578~582쪽.

대에 대한 그리움과 정한의 감정을 품고 있고 또 한편으로는 그 시기의 특수성에 말미암은 비판과 저항, 고발과 같은 의무도 놓치지 않으려 하였기 때문이다. 일제를 옹호하거나 동경하는 식으로 과거를 단순히 긍정하게 되면 반공 기치를 내세운 1970년대와 대치하게 될 것이고, 그렇다고 온전히 그 시기를 외면하거나 부정할 수만도 없는 상황에서 그가 선택한 방법은 어린 시절이라는 방어막을 치는 것이었다. 판단을 유보해도 좋을 어린이, 학생을 자주 주 인물로 삼은 이유는 아마도 그 방어막을 통해 작가의 이중적인 태도를 유지할 수 있었기 때문일 것이다.

이제 몇 가지 예를 통해 훈육의 내용을 좀 더 구체적으로 살펴보겠다. 우선 훈육이나 체벌이 학교 내에서 이루어질 수 있는 상식적인 것에 해당한다면 학내에서 노동이 이루어진다는 것은 비상식적인 것에 해당한다. 하근찬은 이 비상식적인 학내 활동들에 품었던 불만을 다음과 같이 밝힘으로써 억울함을 호소한다.

> 사실 그 무렵의 학교 생활이란 말이 아니었다. 공부를 하는 날은 거의 없고, 연일 일뜸질이었다. 산에 가서 장작 운반해 내려오기, 관솔 따기, 소나무 뿌리 캐기, 황무지 개간하기, 보리 베기, 모심기, 퇴비 만들기, 심지어 학교 운동장 둘레까지 파 일구어 피마자를 심는다, 콩을 심는다 야단이었다. 그리고 걸핏하면 교련이었다. 대나무 막대기를 가지고 '기치쿠베이에이'를 섬멸한다고 야! 야! 고함을 질러 대는 것이었다.[21]

---

21 하근찬, 「죽창을 버리던 날」, 『정통한국문학대계』, 어문각, 1988, 150쪽.

학교는 물론 공부를 하는 곳이지만 일제의 학교는 그 본분을 지키기보다 전시 체제의 예비군 동원에 더 중점을 둔 공간이었다. 일단 학교 편성 자체를 군대 편제로 바꿔 학년은 중대, 학급은 소대, 학교는 연대로 삼고 교장은 연대장, 학년 주임은 중대장 학급 담임은 소대장이 된다. 학생들은 선생님을 선생님이라 부르지 못하고 '교관님'[22]으로 부르는 실정이었다. 그러므로 그 당시의 학교는 노동의 현장이면서 동시에 군대이고 간혹 비가 와 노동이나 훈련이 불가능한 날에나 교육 현장의 역할을 겸할 수 있던 곳이었다. 우선순위로 치자면 '교육 ⟨ 훈련 ⟨ 노동'의 차례였다. 문제는 교육이든 훈련이든 노동이든 그 어떤 임무라도 완수하지 못할 때는 다음과 같은 체벌이 가해진다.

> 아라키 중대장은 시나이 하나를 집어 들고 다짜고짜 마구 두들기는 것이었다. 머리, 어깨, 팔, 옆구리, 닥치는 대로였다. 한 손으로 가볍게 시나이를 들고 별로 힘도 안 들이고 치는 것 같았으나, 눈에서 불꽃이 번쩍번쩍 튀었다. 검도선생이라 솜씨가 달랐다. 곧 원길이는 비명을 지르면서 나가뒹굴었다.[23]

> 마구 뺨을 갈겨댔다. 일인 교사였다. 뺨을 수없이 얻어맞고, 또 꿇어앉아 두 손으로 걸상을 쳐들고 있어야 했다. 용식이는 뺨이나 종아리를 맞아본 일은 더러 있지만, 꿇어앉아 걸상을 쳐들고 있는 벌은 처음이었다. 조그마한 풍금 걸상이긴 했지만, 꿇어앉아 그것을 쳐들고 있다는 것은 이만저만한 고통이 아니었다. 팔

---

22 하근찬, 「수양일기」, 『소설문예』 12, 1975. 12, 16~17쪽.
23 하근찬, 「일본도」, 『수난이대』, 정음사, 1972, 370쪽.

이 이내 발발 떨렸다.[24]

　체벌과 기합은 주로 선생과 선배가 담당하는데 선생의 그것이 공식
적인만큼 군더더기가 없다면 선배들이 가하는 것은 '잔혹 취미'를 가지
고 '사람을 마치 무슨 노리개처럼 다루어대는 것'으로 모욕감을 느끼게
한다. 꿇어 앉아서 이마가 방바닥에 닿도록 계속 꾸뻑꾸뻑 절을 하면
서 입으로는 '나는 멍텅구립니다' 하고 외치라 하고 거기다 누가 더 빨
리하는가 경쟁까지 시킨다. 그렇게 '절하는 오뚜기'[25]로 만드는 상급생
에 대한 경멸이 하근찬 소설에는 비일비재하게 등장한다.

　이렇듯 당시의 훈육이란 상대의 자존심을 상하게 함으로써 선생이나
상급생이 권력을 취하는 것과 다르지 않았다. 그런데 선생이나 선배들
이 행사한 여러 가지 권력의 횡포가 명령에 복종하게 만들려는 의도를
품고 있다는 것에 문제가 있다.[26] 학교 교육이 전시하의 교련과 노동으
로 대체되면서 가르치고 배우는 관계보다는 명령하고 복종하는 관계
로 변질되어 식민자는 명령하고 피식민자는 그에 복종하는 것이 마땅

24 하근찬, 「조랑말」, 『수난이대』, 일신서적출판사, 1994, 95쪽.
25 하근찬, 「그 욕된 시절」, 『문학춘추』 7, 1964. 10, 231쪽과 「수양일기」, 『소설문예』
　　12, 1975. 12, 23쪽 참조.
26 이에 대해 변화영은 식민교육정책이 각종 근로노동과 교련으로 조선인 학생들을
　　황국신민으로 나서게 할 순종적 신체로 규율하고자 했지만, 식민성이 체화되지
　　않은 학생들에게는 제대로 작동되지 않았고, 이는 신체를 통한 식민성 습속의 교
　　육에 동화되기를 거부하는 하근찬의 심리적 성향에서 근거한 것으로 보았다. 변
　　화영, 앞의 글, 193쪽.

하다는 논리를 받아들이도록 하는 것이다. 그럼으로써 학교는 일종의 모의(模擬) 국가가 된다.

'근대성의 기획'이란 신체를 규제해 자아를 통제하고, 물질을 전신적 훈련과 지각에 종속시키고, 광막한 자연과 사회적 실체를 지배하기 위해 자연을 길들이고 착취함으로써 궁극적으로는 경제적, 정치적 식민화 기획을 통해 사회를 통제하고 종속시키는 것이다.[27] 하근찬은 이에 대해 비교적 분명한 입장을 취하는데 당연히 이 기획에 거부감을 강하게 드러내는 쪽이다. 학생들은 모두 일인 교사에게 크게 반발심을 갖는데 상하 의식을 갖고 피식민자를 대하는 그들의 태도에 대한 비판이다. 때로 여교사에 대한 동경이 드러날 때도 있지만 그것도 잠시 모든 일인 여교사는 하나같이 부끄러움을 모르고 연애나 하는 존재로 매도된다.

특히 「기울어지는 강」과 「간이주점 주인」에서는 일제에 대한 반발과 비판이 강하게 나타난다. 두 소설에서 모두 교사인 아버지가 그런 반항자의 역할을 한다. 교사이자 아버지라는 신분은 아직 어린 아이에게는 절대적인 것이다. 그런 그가 일제에 오롯이 복종하지 않는다는 것은 곧 일제에 대한 복종이 절대적인 것이 아님을 의미하게 된다.

　　"머릴 깎다니, 안 되지 안 돼! 안 되고말고. 다시 길러야지, 다
　　시 길러! 내가 머릴 깎을 줄 알어? 깎을 줄 알어? 다시 척 멋있게

---

27 브라이언 터너, 앞의 책, 46쪽.

길러 가지고 상해로 갈끼다. 상해로! 나도 상해로 갈끼다 말이다
—" 악을 쓰듯 냅다 소리를 질렀다.[28]

　　그리고 또 한 가지 놀라운 사실은 아버지의 입에서 그놈들이
니, 일본을 반대하는 조선 사람들이니, 하는 말이 서슴없이 튀어
나온 일이다. 주재소 순사들을 그놈들이라고 부르며 일본을 좋
지 않게 말하는 투가 분명하지 않은가. 나로서는 정말 놀라운 사
실이었다. 일본이라고 하면 그게 바로 우리나라고, '덴노헤이카
(天皇陛下)'에게 충의(忠義)를 다해야 된다는 것을 매일같이 듣고
배우고 있는 터인데 그놈들이니, 일본을 반대하는 조선 사람이니
하는 말이 아버지이 입에서 나오다니……. 더구나 매일같이 그렇
게 가르치고 있는 학교 선생인 아버지의 입에서 말이다.[29]

　일본인 시학관이 하이칼라 머리를 빡빡 깎고 국방복을 입으라고 강
요하지만 끝내 그에 거부하려는 의사를 비치며 비록 취중이긴 하지만
상해로 가서 독립운동이라도 하겠다고 외치는 아버지나 아무렇지 않
게 '후테이센징(不逞鮮人)'을 논하는 아버지를 보며 아들이자 학생인 아
이는 식민자의 명령을 거부할 수 있는 틈을 목격하게 된다. 1970년대
이후 작품이기는 하나 「이국의 신」에서도 아버지가 학교 숙제 중 다른
것은 몰라도 '신사 참배 카아드'에 도장 찍는 것만은 묵인하는 식으로
피식민자에 대한 식민자의 명령을 거부하는 모습을 반복적으로 보여
준다.

28　하근찬, 「기울어지는 江」, 『한국 현대문학전집』 34, 삼성출판사, 1981, 75쪽.
29　하근찬, 「간이주점 주인」, 『수난이대』, 일신서적출판사, 1994, 176쪽.

하근찬 소설에서 학교 경험은 비판적 입장에 서서 서술해야 할 내용에 해당한다. 특히 학교생활의 본령을 저버리고 기합과 체벌 및 노동에 바쳐지는 신체 즉 일제에 순종하도록 강요한 활동들을 거부했다는 것이 중요한 부분이다. 그로써 하근찬은 피식민자로 보낸 치욕의 시절에 결코 고분고분하게 복종하지만은 않았음을 알아주기를 바라며, 소극적이기는 하나 나름대로는 지속적으로 일제에 저항하고 있었음을 주장한다. 결국 훈육과 노동의 신체를 통해 표상되는 바는, 작가의 것이든 그의 인물의 것이든, 결백과 애국지심이다.

3. 예술과 죽음의 신체 : 1980년 이후

작가 생활 후기에 이르러 하근찬의 관심은 주로 이국 경험과 역사물 그리고 예술(가)과 죽음 등에 쏠린다. 먼저 이국의 경험을 다룬 것으로는 「바다 밖 제 이제」와 「가랑비」, 「이국의 신」 등이 역사물로는 「남한산성」과 「금병매」 등이 있다. 여기에서는 앞의 두 가지보다 나중의 두 가지 즉 예술과 죽음을 다룬 소설들을 중점적으로 살펴보려 한다. 하근찬의 후기 소설은 감상이 걸러지지 않고 그대로 노출되는 경우가 많으나 그중 서사적인 성격이 이 두 가지에 더 강하게 드러나기 때문이다.

하근찬의 소설에 등장하는 예술가로는 「후일담」의 시인 남궁, 「남행로」의 판소리 창자 임방울, 「고도행」의 조각가 구학림, 「화가 남궁씨의 수염」의 남궁 화백, 「공예가 심씨의 집」의 대장장이 심용이 있다. 그가 후기에 예술이나 예술가에 대한 이야기를 자주 썼던 이유는 아마도 이전의 교사를 겸하던 시기를 벗어나 전업 작가가 되면서 문학 외의 다른 분야 예술가들과의 교류가 있었던 까닭으로 짐작된다. 예술가를 내세운 이런 종류의 소설은 물론이고 「조상의 문집」이나 「성묘행」 등에서도 옛것에 대한 진한 그리움과 그것을 지켜내야 한다는 강박적인 사고를 읽을 수 있다.

예술가를 다룬 소설들은 옛것을 추구한다는 공통점을 가지고 있다. 그 근저에는 하근찬의 소명의식 같은 것이 놓여 있는데 그것은 다음과 같이 민족주의적인 성격을 진하게 드러내는 것이다.

> 금년에 와서 판소리가 무척 좋아졌다. 〈흥부타령〉 같은 것을 듣고 있으면 뭐라고 형언할 수 없는 야릇한 感興에 사로잡히고 만다. …(중략)… 어쨌든 그런 것, 그 큰 슬픔의 덩어리 같은 것, 情恨이라고 해도 좋고, 달리 적당한 말이 있으면 그렇게 불러도 상관없는 그런 것, 그런 것을 내 소설의 밑바닥에 깔아야겠다고 나는 생각해 왔고, 지금도 그렇게 생각하고 있다. 그리고 그 큰 슬픔의 덩어리는 어디서 緣由한 것인가, 왜 그렇게 恨에 젖은 百姓으로 이어 내려온 것인가, 하는 점도 나대로 조금씩 생각해 보면서 소설을 해나갈 것이다.[30]

초기 소설에서 주로 풍금, 피아노, 트럼펫 등의 서양 악기를 다루는 이야기가 많았다면 후기로 오면서 전통 연희에 깊이 공감하는 이야기

---

30 하근찬, 「私談」, 『현대한국문학전집』 13, 신구문화사, 1967, 509~510쪽.

들이 많아진다. 「남행로」를 비롯해 「탈춤구경」, 「장사」 등에 등장하는 우리 노랫가락이나 사설에서 그러한 일단을 찾아볼 수 있다.

첫 번째 장에서도 지적했듯 하근찬의 주요 서사 플롯은 외부 폭력으로 인해 고향으로부터 벗어나게 되는 인물이 신체에 위해를 입고 귀향하지만 이질적인 존재가 되어 거부감을 일으키다가 전통적인 세계에서의 연민과 인정으로 화해에 이르게 된다는 것이다. 하근찬이 후기에도 계속해서 유사 소재를 벗어나지 못한 것은 아마 '인정'과 '화해'의 가능성에 대한 신뢰가 너무 컸기 때문인 것으로 간주된다. 즉, 과거의 세계가 무너졌으니 이제 다른 세계의 문을 열고 나가야할 차례인데 그것을 거부하고 계속해서 전통 세계의 인정을 구하고 거기에서 화해의 길을 찾고자 하는 것이다. 그러한 작가의 염원이 발현되는 것이 바로 전통 연희나 예술에 대한 동경으로 나타난 것이라고 생각된다.

다음으로 하근찬이 죽음에 대해 재고하는 이야기들이다. 하근찬의 전쟁과 관련된 수많은 이야기 속에 이미 죽음이 도사리고 있었지만 자신의 것이 아닌 남의 것처럼 생각했다면 노년에 접어들면서는 그때와 달리 죽음을 자신의 것으로 받아들인다는 점에서 차이가 있다. 그는 나이 오십쯤 되었을 무렵부터 죽음과 사후 세계에 대해 더 고민을 하게 되었던 듯하다.

六·二五라는 전쟁 속에서의 무고한 백성들의 몸부림, 그리고 일제 말엽 어두웠던 소년 시절의 회상, 이 두 가지가 그동안의 내 소설의 주된 두 줄기 주제였다고 한다면, 이번 이 단편은 그 줄기에서 꽤 벗어나는 작품인 것 같다. 죽음과 死後의 문제, 영혼의 實在에 대한 의문, 그런 것이 이야깃거리가 되어 있으니 말이다. 그년에 와서 나는 그런 문제에 대해 적지 않은 관심을 가지게 되었다. 가령 이 단편 속에도 나오는 것처럼 불교의 윤회설이랄지 심령과학, 巫俗같은 것이 매우 호기심을 자극하는 것이다. 눈으로 빤히 보이는 세계, 소위 과학의 세계, 공식으로 해명되는 세계는 이제 흥미가 엷어지고, 그 대신 신비한 초능력의 세계, 헤아릴 수 없는 심연 같은 죽음의 세계, 전생과 내세 그런 것이 나를 사로잡는다. 나이 탓이 아닌가 여겨진다. 그렇다고 내가 그런 것을 믿는다는 말은 아니다. 믿어지지는 않지만, 명백히 不定할 자신도 없다. 회의가 뒤따를 뿐이다. 앞으로 종종 이런 소설을 써볼 생각이다.[31]

위의 작가 노트에 밝힌 결과물이 「유령 이야기」, 「성묘행」, 「심야의 세레나데」, 「소년 유령」, 「두 죽음」, 「겨울 저녁놀」 등이다. 피터 브룩스는 어차피 모든 언어적 담론은 피할 수 없는 죽음에 대한 저항, 혹은 죽음에 대항하여 인간 정신을 회복하고 보존하기 위해 인간이 경주하는 노력이라고 했다.[32] 결국 이런 언어적 담론을 생성하는 힘은 자신의 정체성을 지키고 싶은 안간힘인 것이다. 하근찬이 노년에 더욱 비가시적이고 영적인 부분에 경도되었던 것은 그만큼 죽음에 대한 거부감이 컸음을 반증한다.

내가 그런 심정이 되어 보기는 처음이었다. 말하자면 기도를

---

31 하근찬, 「겨울 저녁놀」, 『문예중앙』 4권 1호, 1981. 3, 163쪽.
32 피터 브룩스, 앞의 책, 32쪽.

하고 싶은 것 같은 심경 말이다. 나는 어떤 절대적인 존재가 있는가 없는가 하는 문제에 대해서는 늘 자신이 없는 상태로 살아왔다. 어떻게 생각하면 있는 것 같기도 하고, 어떻게 생각하면 없는 것 같기도 하고……. 말하자면 항상 애매한 상태였다고 할 수 있다. 그리고 그런 문제는 나에게 있어서는 그다지 중요한 문제가 아닌 것만 같았던 것이다. 영원(永遠)에 관한 문제, 궁극(窮極)에 관한 문제, 영혼이나 사후(死後)에 관한 문제, 그런 것보다도 지상(地上)의 문제, 인간들이 살아가는 데 있어서의 문제, 다시 말하면 눈에 보이는 문제가 더 중요하고 절실했던 것이다. 원거리(遠距離)보다도 근거리(近距離)가 더 중요했다고나 할까. 그런데 이렇게 병원의 수술실 밖에서 나는 어떤 절대적인 존재에게 매달려 그의 손길을 바라고 싶은 심정이 되어 있는 것이다. 그것은 절대적인 존재의 긍정이라고밖에 볼 수 없다. 놀라운 사실이 아닐 수 없었다.[33]

하근찬의 초기 소설에 등장하는 죽음이 삶을 압도하는 것이었다면 후기 소설에 등장하는 죽음은 그것에 저항하고 싶은 내면의 발로다. 유령이나 윤회 등의 이야기들엔 결국 죽음을 유예하거나 죽음 이후의 존재를 보장받고자 하는 의지가 담겨 있다. 죽음의 공포가 그로부터 도피하고자 하는 심리를 만들어 오히려 반대급부로 그런 이야기에 더욱 빠져들도록 만든 것이다.

죽음에의 저항과 관련하여 하근찬 소설의 신체표징 중 비교적 중요

33 하근찬, 「모일소묘」, 『한국 현대문학전집』 34, 삼성출판사, 1981, 182쪽.

한 모티프 중 하나라고 여겨지는 배변, 배설에 관한 부분[34]을 덧붙이고
자 한다. 흔히 배설물은 오염된 신체의 일부로 한때 자신의 신체 일부
였으나 지금은 아닌 것 그래서 의사(擬似) 죽음의 상태로 인식된다. 즉
배설물은 한편으로는 죽음의 위협을 상징하지만 다른 한편으로는 죽
음을 거부하고 싶은 욕망을 상징한다.[35] 여기서는 배설의 의미를 죽음
의 위협을 의미하는 전자의 경우가 아닌 금기에 대한 도전과 거부와
관계된 후자의 의미로 분석하겠다.

> 저만큼 떨어진 곳에서 지금 막 갑례가 치마를 걷어붙이며 앉고
> 있었다. 영칠이는 찔끔 웃으며 얼른 얼굴을 숨겼다. 이내 물소리
> 가 들려왔다. 영칠이는 그 물소리에 온몸이 야릇하게 떨리는 것
> 을 느꼈다. 어떤 미열(微熱) 같은 것이 자르르 전신에 퍼지는 것
> 같았다. 영칠이는 저도 얼른 고의춤을 풀어헤쳤다. 줄줄줄 교사
> 의 벽에 대고 볼일을 보기 시작하는 것이었다. 저쪽의 물소리도
> 이쪽의 흐르는 소리도 도무지 그칠 줄을 몰랐다.[36]

---

34 이에 대해서는 오창은과 허명숙이 다룬 바 있다. 배설에 대해 오창은은 '치유와
해방의 효과를 발산'한다고 보았고 허명숙은 '혼란 속에서 자신을 오염시키지 않
고 지켜내는 방법'으로 분석했다.(앞의 글 참조)

35 크리스테바에 의하면 신체의 일부를 구성하거나 절단하는 행위의 표식은 육체의
구멍들과 밀접한 관계가 있고 그 구멍은 오염된 대상의 분출구 역할을 한다. 한편
배설물은 동일성의 외부로부터 온 위험을 표상하며, 비자아로부터 위협당하는
자아, 외부 환경으로부터 위협받는 사회, 죽음으로부터 위협받는 삶을 의미한다.
줄리아 크리스테바, 앞의 책, 116쪽.

36 하근찬, 『야호 1』, 지식산업사, 1987, 25쪽.

어머니는 마루에서 오줌 누는 것을 몹시 싫어했다. 왜 방에 요강이 있는데, 요강에 누지 않고, 개처럼 마당에다가 아무렇게나 내깔기는지 모르겠다는 것이었다. 지린내가 나서 못 살겠다고. 남자들은 참 알 수가 없다고, 아침이면 곧잘 짜증이었다. 그러고 보면 마당에 오줌을 깔기는 것은 나 혼자만은 아닌 모양이었다. 아마, 아버지도 그러는 모양이었다. 그러니까 '남자들'이라고 하는 게 아니겠는가. 우리집에 남자는 아버지와 나뿐이니 말이다.[37]

하근찬 소설 중 배변의 장면이 가장 걸출하게 그려진 예는「분」이다. 물론 이 경우도 여기서 분석하고자 하는 방향, 그러니까 실수를 가장한 복수와 저항의 의미로서의 배변으로 읽을 수 있다. 이 외에 위에 예로 든『야호』의 경우 허락되지 않을 사랑임을 짐작케 하는 서술에 이어 갑례와 영칠의 배뇨 장면을 삽입해 금기를 깨고자 하는 이들의 욕망을 보여준다. 그 뒤에 이어지는「필례이야기」의 요강에 배뇨하기를 거부하고 굳이 마당을 고집하는 예 또한 마찬가지다. 이 소설의 서술자인 소년이 문명이나 여성 문화의 의미가 강한 작은 요강보다는 자연과 남성성의 이미지가 더 강한 마당을 선택하는 것은 단발적 실수가 아니다. 의도적으로 문명이나 여성 문화에 반발하는 것이다.

하근찬의 후기 소설에 자주 나타나는 예술(가)와 죽음 그리고 배설이 표상하는 바는 옛것을 지켜나가려는 의지 그리고 죽음과 금기에 저항하고자 하는 의지의 발로다. 하근찬은 초·중기 소설에서는 주로 신체

---

37 하근찬,「필례이야기」, 하정일 편,『하근찬 선집』, 현대문학, 2011, 354쪽.

의 과잉이나 부족 등 가시적인 표지들을 통해 작가의 의식을 드러냈고 후기에 와서는 비가시적인 표지들을 통해 표상하고자 하는 바를 드러냈다. 비가시적인 표지들 보다는 가시적인 신체 표지들이 상징성을 더 강하게 갖는다는 점을 부인하기는 어렵다. 그러나 이 장에서 다룬 하근찬의 후기 작품을 계속해서 외면하는 것보다는 포함하여 다룰 수 있는 연구 영역을 고민하여 하근찬의 전체 작업을 보다 다양하게 조망하려는 시도가 더 필요하다.

이 장에서는 하근찬 소설에 나타나는 신체의 표상을 초기, 중기, 후기로 시기를 나누어 살폈다. 하근찬 소설에서 여러 가지 신체의 표상을 발견할 수 있지만 여기서는 그것을 전쟁과 불구, 훈육과 노동, 예술과 죽음이라는 세 항목으로 나누어 고찰하였다. 먼저 전쟁과 불구에서는 전쟁으로 인해 절단되고 훼손된 신체 즉 불구의 신체의 예를 살펴보고 그것이 전통 사회로의 회귀에 대한 열망으로 표상되고 있음을 확인할 수 있었다. 다음으로 훈육과 노동에서는 일제의 학교에서 노동과 군사 훈련을 중심으로 한 교련 등이 교육의 바탕이었음을 정리하고 그것이 결국은 자신의 결백과 애국지심을 드러내기 위한 표상으로 사용되고 있음을 보았다. 마지막으로 예술과 죽음에서는 하근찬의 후기 소설을 포함해 논하였는데 예술 행위 및 예술가의 경우 옛것에 대한 그리움이나 전통을 지키고자 하는 의지의 표상으로 나타났고 죽음을 다루는 경우 그에 저항하고자 하는 거부감이 역으로 더욱 죽음에 관심을 갖도록 만들고 있음을 알 수 있었다. 여기에 배설의 모티프를 덧붙여 논하였는데 이 또한 죽음의 경우와 같이 금기하는 것에 대한 저항의 표상으로 사용되고 있는 것으로 분석되었다. 하근찬 소설을 시기별로 나누고 각 시기에 해당하는 신체표징의 의미가 무엇인지 밝히는 과정에서 필자가 나눈 항목에 들어맞는 작품이 해당 시기와 맞지 않아 누락된 경우가 많았다. 항목과 시기를 조절하는 문제를 과제로 남긴다.

　　　　　　　제2부 공포 · 허무 · 도착의 온상, 전쟁 트라우마

제4장

한국 전쟁 소설의 혼혈 표상

이번 장은 한국 전쟁 소설의 혼혈 표상을 분석하여 그것이 텍스트화된 방식과 당대적 성격 및 의의를 어떻게 드러내는지를 탐색하는 데 목적이 있다. 한국 전쟁 소설의 혼혈 표상을 고찰하여 그것이 사회적 메커니즘과 어떤 방식으로 관계하고 있는지를 규정해보려는 것이다. 여기서 혼혈의 표식을 가진 신체는 사회성을 체현하고 함축하는 담론 생성의 장(場)으로서 분석된다. 주지하듯 다문화, 디아스포라(이산), 탈근대 및 탈식민 등은 현대 사회의 주요 키워드로 거론되고 있으며 그와 더불어 혼혈의 문제 또한 그 영역이나 성격이 점차 부각되고 있다. 혼혈 문제는 1950년 한국 전쟁을 분기점으로 폭발적으로 불거졌다. 그리고 문학작품은 다른 어떤 매체보다 그러한 문제를 발 빠르게 다루어왔다. 따라서 문학작품에서 그것을 어떻게 다루고 있는지를 살펴야 할 필요성이 있다.

그런데 혼혈 문제는 문학적인 것보다 더 광범위한 문화적 차원의 문제임을 전제해야 한다. 문화는 복합적이고 다층적인 구조를 지니며 문화가 지닌 그런 성격은 그 문화에 접근하는 태도나 양식을 다양하게 허용하도록 만든다. 한국 전쟁 소설의 혼혈 표상을 연구하는 과정의 궁극적인 과제 역시 문화의 심층적인 내용들을 분석해 내는 것이다. 그러한 문화의 분석을 위해서는 문화 담론 생성의 관습적인 면과 현재의 문화 현상이 만나는 지점의 담론 구조와 의미가 규명되어야 한다. 혼혈 현상은 단순히 한 개인이나 가족의 문제에 그치는 것이 아니기 때문이다. 아메라시안(Amerasian)이나 코시안(Kosian)이라 불리는 혼혈인의 정체는 개인의 특수성보다는 한국+α에서 α에 해당하는 문화권의 보편성으로 확대되기 마련이다. 이 개인과 문화권의 동일시로 인해 발생하는 편견과 배제의 심리가 어떤 것인지를 찾기 위해서라도 변화하는 문화 인식에 주목해야 한다.

문학작품에서 다루어지는 혼혈의 양상은 숨은 장치로 기능하는 경우가 많다. 그렇기 때문에 그것의 상징성이 더욱 중요한데 이전의 연구에서는 혼혈을 문맥 그대로 해석해왔다. 그 외에 기존 연구와 이 논의의 차별점은 1950~60년대, 1980년대식으로 시기를 한정하여 전쟁 소설 혹은 전쟁 혼혈 문제를 살피던 방식을 피하려 하였다는 것이다. 시기를 한정하지 않은 이유는 그간의 연구 성과가 이미 마련되어 있다는 이유도 있지만 통사적인 관점으로 혼혈 문제를 바라보는 것도 필요하다고 판단하였기 때문이다. 혼혈에 대한 우리의 인식은 근본적으로 배타성에 기반을 두고 있으나 이것이 고정불변의 것일 리는 없다. 혼혈 인식은 시간이 지나면서 당연히 이전과 달리 변화했고, 이 논의는 그러한 변화에도 관심을 가져야 한다는 데서 출발했다. 이는 혼혈 인식의 변화 과정을 제시하여 앞으로의 인식 개선까지도 고려하려 한 것이다. 그리하여 주체와 타자의 자리가 고정된 것이 아닌 변화 가능한 것임을 드러내어 이전의 무차별적인 배척, 은근한 무시, 자기합리화용 동정 등과 거리두기를 시도할 수 있을 것으로 기대한다.

1. 경멸과 공포의 혼혈 의식

경우에 따라서 이주 역사가 오래되고 혼혈인 구성비가 늘어나면 혼혈에 대한 차별이 줄거나 사라질 수도 있을 것이다. 하지만 미국의 예에서처럼 시간이 지나도 여전히 같은 문제가 해결되지 않는 경우도 있다.[1] 거기에는 근대 국가 성립 이후 정치적 이데올로기의 영향과 사회 제도, 경제적 정황 등 복합적인 요인이 작용한다. 우리의 경우 혼혈이나 한국전쟁기의 기지촌 문제에 관한 연구는 여성학이나 사회학 분야에서 주로 진행해왔다.[2] 그런데 해당 텍스트의 분량이 적지 않음에도 문학 연구의 경우 비교적 이 분야에 소극적인 편이었다. 이러한 주제

---

1 김민정, 「근대의 신체와 혼혈」, 『경향신문』, 2010.10.25.
2 이와 관련하여 참고할 수 있는 논의는 김연숙, 「'양공주'가 재현하는 여성의 몸과 섹슈얼리티」, 『페미니즘 연구』 3, 한국여성연구소, 2003; 김미덕, 「한국 문학에서 기지촌 성매매 여성과 아메라시안에 대한 연구」, 『아시아여성연구』 46권 2호, 숙명여자대학교 아시아여성연구소, 2007; 이나영, 「기지촌 여성의 경험과 윤리적 재현의 불/가능성」, 『여성학논집』 28집 1호, 이화여자대학교 한국여성연구소, 2011 등이 있다.

와 관련된 연구가 시작된 것은 1990년대 이후였고, 여성주의적 관점에서 본격적으로 연구가 시작된 것도 2000년 이후부터다. 그 이유는 우리가 이미 타자 분석에서 흔히 범했던 오류와 같이, 혼혈 문제와 관련된 부분이 지극히 당연하다고 생각한 배제의 영역이었기 때문일 것이다.

2010년 기준으로 국내에서 총 34,235건의 국제결혼이 이루어졌고 국제결혼이 전체 결혼 비율의 11%를 넘어설 만큼 많이 행해지고 있다는 보고가 있다.[3] 국제결혼 건수와 달리 혼혈인에 대한 조사는 확실한 통계 자료는 없고 추정에 그친 경우가 대부분인데 대체로 1950~60년대까지 증가하다 1968년 1,623명이라는 최대치 집계 이후 점차 감소했다.[4] 그러다 국제결혼이 급증하면서 2009년 10만 3000명이라는 수치를 기록했다. 기록을 통해 확인할 수 있는 바는 과거에도 그리고 현재에도 혼혈인은 우리 곁에 공존하고 있다는 것이다. 그 수가 점차 늘어남을 고려할 때, 그에 대한 인식 재고 역시 지속적으로 이루어져야

---

3   출처 : 통계청(인구동태통계연보) 국제결혼 통계 조사를 통해 2005년 42,356건의 국제결혼으로 최대 정점을 찍었고, 2013년의 국제결혼은 25,963건으로 감소추세로 접어들었음을 알 수 있었다. 그러나 전체 결혼 비율로 따지면 국제결혼이 10% 내외를 꾸준히 유지하고 있는 것으로 확인되었다. 문제는 국제결혼 건수의 증가 감소 추이에 있는 것이 아니라 이러한 결혼으로 말미암은 혼혈 문제가 사회 문제로 대두했다는 데 있다.

4   1982년 미국 특별이민법 통과 이전의 혼혈인 총수는 한국 거주 혼혈인에 입양자 수를 합산해야 한다는 점에서 복잡한 계산이 필요한데, 박경태는 그 수를 약 1만 1,000명 정도로 추산하면서 이 수가 실제보다 매우 적은 수치임을 강조했다. 박경태, 『소수자와 한국 사회』, 후마니타스, 2008, 205~210쪽 참조.

한다.

꽤 오랫동안 혼혈인을 대해 오면서도 우리는 왜 단일 의식이나 순혈 의식에 그토록 집착할까. 푸코는『광기의 역사』에서 우리가 '광인'을 배제하는 방식으로 자신의 '정상성'을 입증하려 한다는 지적을 한 바 있다.[5] 이는 근대 합리주의가 실현하려 했던 발전의 첫 번째 과정을 보여주는데 그것은 이성에 배치되는 것들에 '경계 짓기' 그 이상도 이하도 아니다. 이러한 '경계 짓기'에서 언급되는 대표적인 것 중 하나가 혼혈일 뿐이다. 이를 바탕으로 '공포가 경계를 만든다'는 가설을 유추할 수 있다. 혼혈인을 무섭고 더럽고 부정하다고 인식하는 것은 그들로부터 느끼는 공포를 떨치기 위해서다. 혼혈인을 타자라고 경계 짓고 배척해 배제함으로써 비로소 나는 안전하다, 깨끗하다, 옳다는 것을 증명하고자 하는 방어 기제인 것이다.

비정상적인 것을 대하는 태도는 전쟁 상황에서 가장 극심하게 나타난다. 한 예로 전쟁 소설에서는 대체로 성관계가 정상적으로 그려지지 않는다. 거기서는 강간이나 혼간(혼음), 근친상간 등이 오히려 더 자주 나타난다. 그것이 전쟁의 폭력성을 육화하여 보여주는 방식이기 때문이다. 손창섭이나 서기원의 소설에 나타나는 혼숙과 여자 공유 그리고 장용학 소설에 나타나는 근친상간 및 강간 등이 그러한 서사에 해당한다.[6] 모든 전쟁 문학은 신체라는 소재를 적극적으로 이용한다. 달리 말

---

5 미셸 푸코,『광기의 역사』, 이규현 역, 나남, 2003, 19~21쪽.
6 이에 대해서는 이재선,「전쟁체험과 1950년대 소설」, 김윤식 · 김우종 외 34인 지음,『한국 현대문학사』, 현대문학, 2008, 371쪽을 참조.

하면 전쟁을 통해 신체와 사회의 메커니즘이 극명하게 드러난다. 전쟁 문학과 전후 문학에서 신체를 이용하는 양상은 전쟁 상황의 직접 노출뿐 아니라 간접적인 영향들을 포함한다. 혼혈 문제도 마찬가지다. 그것을 직접 다루고 있지 않더라도 혼혈이라는 문학적 사회적 · 소재가 간접적으로 언급될 수 있다. 그리고 그런 언급은 의외로 중심과 긴밀히 연관된 서사일 수 있다.[7]

　한국 전쟁 소설 속의 혼혈인은 아마도 사회적 범주의 아브젝트(abject)에 속하게 될 터인데[8] 사회적 타자들은 근대 국민국가의 '국민' 대접을 받지 못한다. 우리나라에서 혼혈인은 기본적으로 외국인 남성과 한국 여성 사이에 태어난 사람을 일컫는다. 한국전쟁기 혼혈인은 태어나는 순간 성매매를 통해 태어난 불결하고 부정한 존재라는 낙인이 찍힌다. 이들은 1948년에 제정된 대한민국 국적법의 조건을 충족하지 못

7　인쇄 텍스트가 아닌 영상 텍스트로 영화(〈명자, 아끼꼬, 쏘냐〉, 〈수취인불명〉 등)나 다큐멘터리(SBS 〈단일민족의 나라, 당신들의 대한민국〉, EBS 〈우리 안의 타인〉, 〈다시 쓰는 혼혈 이야기〉 등)에서 이러한 문제에 어떻게 접근하고 있는지를 함께 살피는 것도 의미 있는 작업일 것이다.

8　줄리아 크리스테바의 아브젝시옹(abjection) 개념은 본래 '내버려진 것'을 의미한다. 우리는 내버림을 통해 불쾌하고 혐오스러운 그것과 결별하려 한다. 문제는 아브젝트한 것들이 한 번 내버렸다고 해서 영구히 되돌아오지 않는 것이 아니라 경계 자리를 차지하고 하나의 기호로써 남아 끊임없이 우리를 공포스럽게 한다는 점이다. 아브젝트한 것은 일시적인 것일 뿐 살아 있는 한 그로부터 자유로울 수 있는 존재는 없다. 크리스테바는 아브젝시옹을 신체를 통해 설명하고 있지만 그 의미는 사회적으로도 충분히 확장가능하다. 줄리아 크리스테바, 앞의 책, 23~24쪽.

함으로써 '국민'의 범주에서 제외된다. 당시 국적법에 따르면 국적은 부계를 통해 대물림되는 부계 혈통주의를 취한다. 국적은 국가가 공식적으로 부여하는 '국민'의 최소 기준이자 정체성의 상징인데 우리의 국적법에 따르면 그때 혼혈인은 '국민'이 될 수 없었다. 국적법에서 정한 '국민'의 첫 번째 조건이 출생한 당시의 부(父)가 대한민국의 국민인 자로 정해져 있었기 때문이다.

이승만 정부는 '비국민'인 혼혈인에 대한 정책을 철저히 은폐와 배제의 원칙에 따라 처리했다. 첫째는 혼혈인 격리 수용소를 마련해 집단적으로 관리하는 것이고 둘째는 해외 입양을 권장함으로써 '국민'을 지키고 '비국민'을 버리는 것이 그들의 대표적인 혼혈 정책 시행 방식이었다. 우리가 흔히 성인 혼혈인임에도 '혼혈아(混血兒)'라고 칭하는 이유는 당시 14세 이전 아동들을 대대적으로 입양시켜 국내에 성인 혼혈인을 남겨두지 않으려 했던 국가 정책의 영향이다.[9] 한국에 존재하는 혼혈아는 공식 문서에서조차 '장애 유형 : 언청이, 손발 기형, 미숙아, 정신장애, 혼혈아, 심장병, 기타'에 귀속시켜 기록할 만큼[10] 전형적인 '소수자' 신분이었다.

이와 유사한 근거 중 하나로 한국 전쟁 소설에서 혼혈인의 연령대가 대부분 '유아'로 설정된다는 점을 지적할 수 있다. 거기에는 손상된 가부장주의와 민족주의를 회복하기 위한 작가들의 무의식이 작동했을

---

9 혼혈 정책에 대해서는 김아람, 「1950년대 혼혈인에 대한 인식과 해외 입양」, 『역사문제연구』 22호, 역사문제연구소, 2009년을 참고함.
10 박경태, 앞의 글, 211쪽.

가능성이 높다. 가부장적 권력이 손상 받지 않으려면 혼혈인들이 가문을 이어서는 안 되며 그러기 위해서는 성인이 아닌 유아 혹은 여성이 혼혈 인물로 선택되어야 했던 것이다. 이러한 과정에서 단일민족 신화는 더욱 강화되고 혼혈인들은 한민족의 범주에서 제외된다. 혼혈의 문제가 민족성이나 근대성과도 밀접한 관련을 가지고 작동하는 이유도 이것이다. 실제로 우리의 경우 이러한 혼혈 문제는 미군정기 및 한국전쟁 이후 미군 주둔과 더불어 본격적으로 발생하였다.

우리의 경우 혼혈 문제는 어떻게든 전쟁 상황과 관련을 맺고 있다. 전쟁과 무관하게 서술된 것처럼 보이더라도 해방 이후 소설에서 혼혈 문제는 전쟁의 자장 내에서 파악해야 그 의미를 분명히 할 수 있다. 그렇기 때문에 전쟁 소설에서 혼혈 문제를 어떤 방식으로 다루고 있는지를 점검하고 거기서 유의미한 지점을 끌어내야 한다. 이때 전쟁 소설의 범주는 1950년대 전쟁 직후의 소설로 국한하지 않는다. 전쟁 소설이라는 용어는 전쟁을 다룬 소설을 뜻하기도 하지만 전쟁을 기억하는 소설을 지칭하기도 하기 때문이다. 전쟁 소설은 다시 전쟁을 직접 다룬 소설과 전쟁을 배경으로만 취한 소설, 전쟁에 대한 회고나 기억에 보다 비중을 둔 소설 등으로 정치하게 구분할 수 있겠으나 이 글에서는 세부적인 범주 제한을 하지 않고 포괄적으로 사용한다.

지금까지 전쟁 소설 특히 기지촌 문학에서 주목한 것은 거의 '양공주' 즉 기지촌 성매매 여성이었다. 그들의 정체성은 비교적 분명했다. 아버지가 한국 부계 혈통을 이은 한국인이었으므로 서양 군인을 상대할지라도 한국인이라는 것은 불변이었다. 그러나 그들이 낳은 혼혈 아동은 그들과 달리 정체성이 모호한 존재들일 수밖에 없었다. 첫째로 신체 외형이 한국인과 달랐고 둘째로 그들은 대부분 언어 문제를 동반했다. 표면적으로 차이를 드러내는 '피부'와 머리카락 그리고 눈동자의 색깔 등은 곧바로 낙인이자 표식의 기능을 했다. 그것은 부인할 수 없는 '죄'의 증거였으며, '단죄'를 허용하는 기표였다.

그중에서도 특히 혼혈인들의 언어 사용 방식은 주목을 요한다. 한국 전쟁 소설을 잘 살펴보면 거기에 나타나는 혼혈인들은 대부분 언어 문제를 노정하고 있다. '소속 없는 자'들이 대개 그러하듯이 그들은 몸으로 존재하기에 그 몸을 보여주면 그뿐 '말'이 필요 없다. 비천한 상태의 존재에게 언어는 가당치 않은 잉여이기 때문이다.[11] 그래서 그들은 필연적으로 말더듬이나 어눌한 발음 등으로 언어 장애를 겪고 있거나 아예 벙어리가 될 수밖에 없다. 이것은 타인과의 소통이 불가하다거나 어렵다는 것을 보여주는 표지다. 혼혈 표상의 다각적 양상 중 하나로 의미 규정이 필요한 부분이다.[12]

---

[11] 이혜령, 앞의 책, 18쪽.

[12] 이 부분은 가야트리 스피박이 제기한 「서발턴은 말할 수 있는가?」라는 질문과도 깊이 연관이 있다. 즉 하위 주체의 표현할 수 있는 권리는 어떻게 상실/획득되는지 탈식민주의적인 관점에서 읽어낼 수 있는 대목이다. 여기서는 이에 대한 논의의 가능성만 간단히 언급한다.

2. 은폐와 외면의 혼혈 표상

이제 혼혈 표상이 드러나는 구체적인 양상을 밝힐 차례다. 여기서 다루는 소설들이 대표적인 한국 전쟁 소설이라고 할 수는 없다. 그러나 경중을 막론하고 전쟁과 관련하여 혼혈 문제를 다루고 있음은 분명하다. 이때 중요한 것은 서사 속에서 나타나는 혼혈이 표상하는 것 즉 혼혈이 상징적으로 비추어지는 상황 자체이며 또한 그것이 분석 대상이다. 따라서 이 연구에서 추론한 내용은 시론(試論)적 성격을 갖는다. 앞서 영상 자료를 첨부할 때 이 문제를 더 다각화하여 살필 수 있다는 제안을 한 것처럼 이 장에서 다루는 분석의 층위가 더 다양해지고 작품이 확대될 때[13] 비로소 전쟁 소설과 혼혈의 문제를 보다 단정적으로 진단할 수 있을 것이다.

이범선의 「오발탄」(1960)에 등장하는 여동생의 묘사는 당시 양공주에 대한 태도를 적나라하게 드러낸다. 미군의 품에 안긴 명숙을 향한

---

13 2000년대 이후 젊은 작가들이 다룬 다문화 가정 그리고 새로운 혼혈인들에 대한 이야기를 함께 거론할 때 혼혈은 더 현실적인 문제로 인식될 수 있을 것이다. 김재영의 「코끼리」(2004), 박범신의 『나마스테』(2005), 김중미의 『거대한 뿌리』(2006), 김려령의 『완득이』(2008), 손홍규의 『이슬람 정육점』(2010) 등이 주로 거론되는 소설들이다(조명기, 「다문화소설에 나타난 국가, 자본의 폭력과 윤리 효과 그리고 로컬의 위상」, 『현대문학이론연구』 59, 현대문학이론학회, 2014와 이미림, 『21세기 한국소설의 다문화와 이방인들』, 푸른사상사, 2014 등 최근 논의에서 적극적으로 분석을 시도하는 중이다). 이를 볼 때 원인이 전쟁에서 산업화로 변경되긴 했으나 단일민족 신화는 여전히 유효하다. 그런 점에서 변화의 방향에 지속적인 관심을 둘 필요가 있다.

경멸의 시선은 "장사치곤 고급이지 밑천 없이." "저것도 시집을 갈까?" "흥."[14]이라는 대화에 응축되어 있다. 명숙이라는 인물은 당시 양공주의 입장을 대변한다. 거리의 시선과 수치를 견디며 실질적으로 가족을 부양하는 역할을 하는 강한 여성상으로 양공주라는 신분에서 가련한 누이로 전환하며 소속을 극복하는 전형이 된다. 무조건적인 비난을 피할 수 있는 길은 가족 내의 위치와 역할을 회복하는 것으로만 가능한데 남성 작가들은 그러한 시도를 내 누나, 내 여동생이라는 설정으로 피해가려 했다. 혼혈 이전에 이민족과의 관계 자체를 부정하며 민족성의 훼손으로 치부했던 것이다.

이보다 더 직접적으로 혼혈을 대하는 시선은 하근찬의 소설에서 찾을 수 있다. 주지하듯 하근찬의 「왕릉과 주둔군」(1963)에서 보이는 박첨지의 태도는 보수적인 한국인의 전형이다. 그런 그가 "금례가 튀기를 데리고 돌아온 날부터 꼬박 나흘 동안" "침식을 전폐하고 누워 천장만 뚫어지게 바라보"며 "목을 매는 수"만 생각하는 것은 당연하다. 그리고 그에게 백인 혼혈의 손자는 결코 받아들일 수 없는 존재이며 그런 심정은 다음 장면의 충격과 절망에 담겨 있다.

그건 그렇다 치고 이 녀석은 도대체 어떻게 된 녀석이란 말인가? 박첨지는 금례가 손을 잡고 있는 어린아이를 내려다보았다. 파란 운동모자를 쓰고 있었다. 그런데 눈깔이 노란 빛깔이 아닌

---

14 이범선, 「오발탄」, 『오발탄』, 문학과지성사, 2008, 132쪽.

가. 운동모자 밑으로 내다보이는 머리칼도 노릿노릿했다.[15]

백인의 표식을 갖고 있는 어린 아이는 이후 "노란 눈으로 생글 웃는 것", "노랗게 빙 돌았다", "노랗게 웃고 있었다." 등과 같은 색채의 반복 표현으로 강조된다. 그리고 그 강조는 우호적인 감정이 아닌 "상투가 바르르 떨"리는 참담함으로 이어진다. 이처럼 하근찬이 염두에 두었던 혼혈 인식은 우직하게 전통을 지키려는 자를 조롱하는 변화의 상징에 기반하고 있었다. 상투를 틀고 오직 옛것을 지키는 것을 운명으로 알던 왕가의 후손은 돌연 혼혈인의 할아버지가 되고 이는 순혈의 종식을 의미한다. 한 세계가 다른 세계와 만나 합쳐짐으로써 이전의 세계는 힘을 잃고 만다.

그 외에도 혼혈아를 임신한 여자를 향한 적개심은 채만식의 「낙조」(1948)에 등장하는 서술자가 "저 뱃속에서 시방 눈 새파랗고 머리터럭 노랗고 코 오뚝하고 한 것이 수만 리 태평양 저편짝을 향수(鄕愁)하면서 꼼틀거리고 있거니 할 때에 비로소 나는 견딜 수 없는 혐오와 추악감(醜惡感)이 솟아오르고, 하마 구역이 넘어오려고"[16] 한다는 내용 그리고 오상원의 「황선지대」(1960) 속의 짜리가 건네는 "네 배때기 속에 들어 있을지도 모를 코 큰 놈의 노란 새끼"[17]라는 식의 폭언으로 주로 표현되었다. 그러나 혼혈에 대한 절망과 혐오, 비난이 직접적으로 드러

15 하근찬, 「왕릉과 주둔군」, 『한국소설문학대계 37』, 동아출판사, 1995, 447쪽.
16 채만식, 「낙조」, 『채만식 단편선 : 레디메이드 인생』, 문학과지성사, 2004, 251쪽.
17 오상원, 「황선지대」, 『오상원 중단편선 : 유예』, 문학과지성사, 2008, 41쪽.

나던 이런 서술 방식은 곧 보다 정교한 방식으로 전환된다. 그 대표적인 예로 이제하의 소설을 들 수 있다.

이제하의 소설은 난해하기로 정평이 나 있고 그 원인은 서술 방식의 비선조성, 비단일성, 다층위성 등으로 설명된다. 그렇기에 이제하가 숨겨 놓은 핵심적인 정보를 찾는 데는 시간이 꽤 필요하다. 이제하가 혼혈아 또는 혼혈인을 밝히는 방식 역시 조심스럽고 의뭉스러우며 더디다. 「한양고무공업사」의 표면적인 층위는 짱구네 가족과 '나'의 가족이 접하는 지점에 초점을 맞추고 진행된다. 그러나 그 이면적 층위에는 짱구네 엄마의 과거와 키다리 혼혈아에 초점이 맞추어져 있다. 「한양고무공업사」의 서술 전개는 '나'가 짱구, 분이와 더불어 계속해서 짱구네 집을 헤매는 과정으로 채워져 있다. 그리고 그것은 도착 지점을 계획한 작가에 의해 유도된다.

> "양코냐?"라고 내가 말했다. "너 양코배기냐? 눈이 파랗다."
> "작은오빠, 큰오빠, 눈이 파랗고, 빨갛고, 하얗고, 하양이다. 하양이다."
> 분이가 일어나서 자꾸 손뼉을 쳤고, 나는 턱을 받치고 그 애 앞에 쪼그리고 앉았다.
> "양코냐?"라고 내가 다시 말했다. "너 양코배기지? 머리가 노랗다."[18]

위는 문제의 광에서 '나'가 혼혈인을 대하고 반응하는 부분의 서술이

---

18 이제하, 「한양고무공업사」, 『초식』, 문학동네, 2008, 255쪽.

다.「한양고무공업사」에서 '광'이라는 공간이 주는 공포는 결국 혼혈인에 대한 부끄러움과 두려움 이상이 아니다. 여기서 지속적으로 혼혈 존재가 드러남을 지연하면서 숨겨 독자의 궁금증을 불러일으키고 환상적으로 처리한 이유는 그 공포를 에둘러 표현하고자 한 의도로 볼 수 있다.「한양고무공업사」는 이 혼혈인을 등장시키기까지 뜸을 들이기 위해 서술 층위를 다양하게 나눈다. 특히 환상과 사실의 병치를 통해 사실을 부정하려는 의식을 환상의 영역으로 처리하는 기교를 구사한다. 그러나 '나'의 직접적인 진술로 그 환상은 곧 사실로 드러난다.

> 문제는 짱구네가 땅을 팔아 공장을 산 데에 있고, 부친이 짐을 지고 시골에서 그들을 따라온 데에 있고, 내가 머슴의 아들이라는 데에 있고, 짱구 엄마가 버터플라이처럼 양코배기와 연애를 한 데에 있고, 새로 온 짱구 엄마가 분이를 낳아놓고 뺑소니쳐버린 데에 있다. 주인집 트기 하나 제대로 기르지 못해 우리 엄마조차 일찍 뺑소니를 쳐 버린 데에 있고, 곰보가 그 애를 광에 가두고 너무나 오랜 동안 뚝배기로 길러버린 데에 있다.(264쪽)

결국 짱구 엄마가 서양인과 연애를 해 혼혈아를 낳았다는 것, 짱구 아빠는 아내가 집을 나간 뒤 그 혼혈아를 광에 가두어 길렀다는 진실과 마주할 때 이전의 불분명하여 흐릿했던 서술들은 제대로 윤곽을 찾게 된다.

> 날아가던 밤제비를 부르던 그 신비하던 키다리도 그날 밤 죽어버렸다. "그놈은 독종이다"라고 부친이 가끔 말하고 있었던 것이

다. 곰보가 광문을 열었을 때 키다리는 어디서 잡았는지 박쥐 한 마리를 손에 쥐고 산 채로 갈가리 뜯으면서, 눈에 불을 켜고 온 얼굴에 피칠갑을 한 채 개처럼 짖어대고 있었다는 것이다. 하긴 좀 많이 커서 보니 키다리는 아직도 여드름이 더덕더덕한 얼굴로 "옴브라 마이프–" 하고 헨델을 고래고래 소리 지르는 어느 고아원의 어린 음악 선생에 불과하긴 했지만.(264쪽)

그러나 이제하는 진실의 공개에 그치지 않고 무엇이 진짜인지 실재와 환상의 경계를 다시 한 번 병치시켜 끝까지 독자가 판단을 유보하도록 만든다. 키다리는 죽어버린 동시에 어느 고아원의 음악 선생으로 살아 있는 존재다. 이 양면이야말로 우리가 혼혈을 대하는 이중성과 닮은 것이다. 절망과 수치를 느끼면서도 존재를 부정할 수 없기에 은폐와 배제로 처리하려 했던 혼혈인들은 그렇게 산 것도 죽은 것도 아닌 채로 존재했다. 그리고 그들은 원치 않았음에도 사회의 공고한 질서를 위협했다.

이제하가 은폐와 지연의 방식으로 혼혈을 다루었다면 오정희의 경우는 그보다 직접적으로 혼혈인을 등장시키면서도 외면과 모멸의 태도를 보인다. 오정희의 「중국인 거리」(1979)는 인천이라는 공간 그중에서도 차이나타운 근처라는 특수성을 가진 곳이 배경이다. 여기에는 이방인으로서의 중국인이 존재하는가 하면 흑인이나 백인과 관계하는 양갈보가 나오고 그의 자식이 나오고 그들을 관찰하는 한국인인 '나'가 나온다. 실상 한국인으로서의 정체성보다는 인간의 보편적인 삶을 이야기하고 있지만 그 스펙트럼의 자장에서의 인물 배치는 눈에 띌 수밖에 없다.

　이 소설에서 다루는 혼혈에 대한 입장 또한 여러 가지로 나뉜다. 할머니는 혼혈아를 짐승이라고 부르고 매기 언니는 무시하며 치옥이의 눈에는 동경의 대상이고 '나'의 눈에는 동정의 대상이다. 어쨌든 매기 언니의 딸 제니는 '반푼이'다.

　　제니는 비누물이 눈에 들어가도 울지 않았다. 우리는 제니의 머리를 빗기고 향수를 뿌리고 옷장을 뒤져 옷을 갈아 입혔다. 백인 혼혈아인 제니는 다섯 살이 되었어도 말을 못 했다. 혼자 옷을 입는 것은 물론 숟갈질도 못 해 밥을 떠넣어 주면 한 귀로 주르르 흘렸다. 검둥이가 있을 때면 제니는 늘 치옥이의 방에 있었다.

　　짐승의 새끼야.

　　할머니는 어쩌다 문 밖이나 베란다에 있는 제니를 보고 신기하다는 듯 혹은 할머니가 제일 싫어하는, 털 가진 짐승을 볼 때의 혐오의 눈으로 보며 말했다.[19]

　오정희의 「중국인 거리」에 등장하는 양갈보 매기 언니의 방 역시 비일상적이고 불투명하며 정체를 알 수 없는, '초록색의 물'과 같은 환상적인 수사로 묘사된다. 매기 언니의 딸인 혼혈아 제니는 다섯 살이지만 혼자 옷을 입거나 밥을 먹지 못하며 말을 못하고 울지도 않는다. 이소설에서 제니는 주로 집안에 갇혀 지낸다. '신기'한 존재이면서 동시

19　오정희, 「중국인 거리」, 『유년의 뜰』, 문학과지성사, 1996, 69쪽.

에 '혐오'의 대상인 제니를 격려함으로써 안정감을 느끼는 혼혈아에 대한 인식이 드러나는 부분이다. 오정희의 경우 혼혈 또는 이민족을 주로 외면과 멸시의 태도로 보여주는데 그것을 주변 인물의 태도와 언술로만 드러낸다는 특징이 있다. 대놓고 외면하거나 멸시함으로써 오히려 그들에 대한 소문이나 뒤끝을 제거하는 역발상이다.

3. 동정과 참회의 혼혈 표상

1980년대에 접어들면서 혼혈의 상징은 모멸이나 멸시보다는 연민과 동정으로 기운다. 아마도 80년대에 이르러 혼혈인의 직접적인 목소리가 등장하고 또 혼혈 문제를 주변이 아닌 중심으로 끌어오려 노력한 까닭일 것이다.[20] 그중 전상국의 「지빠귀 둥지 속의 뻐꾸기」(1987)와 문순태의 「문신의 땅」(1988)은 수기 혹은 녹취를 전면적으로 활용한다는 점에서 의미를 지닌다.

「문신의 땅」은 총 4개의 부분으로 나누어진 중편소설이다. 1에서는 주인공 노베드로(노태수)와 노마리아의 삶을 소개한다. 부수적인 인물로 윤토마스 신부가 등장한다. 2는 다시 작은 소절 1), 2), 3)으로 나뉜다. 1)에서는 노마리아가 의사에게 몸을 내보이고 수술을 의논하는 장

---

20 강진구, 「수기(手記)를 통해 본 한국사회의 혼혈 인식」, 『우리문학연구』 26집, 우리문학회, 2009, 참고.

면이 2)에서는 노마리아의 꿈과 베드로가 어머니의 문신을 지워줄 것을 약속하는 장면이 3)에서는 노마리아의 몸을 확인했던 의사 강순도의 집안 내력과 상황을 제시하는 장면이 이어진다. 3에서는 노베드로가 의붓형인 오만기를 찾아가는 여정을 4에서는 노마리아가 옛 동료인 최마리아를 찾아가는 여정을 다루고 있다.

이 소설의 서술에서 특기할 사항은 2의 3)에서 전지적 시점에서 일탈해 강순도의 일인칭 시점으로 시점을 바꾼다는 점이다.[21] 이 부분은 주인공인 노마리아와 노베드로의 삶을 조명하는 다른 부분과 달리 강순도의 이모할머니가 일제 때 정신대에 끌려갔던 과거를 6·25와 양공주의 삶으로 대비시키기 위해 제시된다. 작가는 이런 정신대나 양공주를 통해 이 땅의 역사에서 상처로 남아야 했던 상황을 밝히고자 한다. 자신의 아버지가 민주 어머니와 미군들을 연결해주는 마담 뚜 역할을 했다는 점이나 양키 고 홈을 외치다 제적을 당한 오형이 등장하는 부분은 다루고자 하는 서사의 곁가지로서 서사 범위의 일탈로도 볼 수 있다. 작가가 옆길로 새가며 서사를 어렵게 이어가야 했던 이유는 혼혈 문제를 날것 그대로 직접 마주하기가 그만큼 힘들었다는 반증이다.

소설 전반을 가로지르는 서술자의 서술 태도는 비판적인 시선보다는 동정과 연민이 더 강하다. 노마리아에 대한 서술자의 시선에는 역사적 희생양에 대한 위로가 담겨 있으며 마찬가지로 노태수에 대해서도 이

---

21 변화영은 이에 대해 즈네트의 '초점화' 이론을 적용해 '소문'과의 관련성을 다룬 바 있다. 변화영, 「한국전쟁의 문신, 흑인혼혈인과 양공주」, 『현대소설연구』 57집, 한국현대소설학회, 2014. 12, 참고.

방인이 아닌 동족을 향한 안타까움이 드러난다. 이렇게 양공주와 그의 혼혈 자식들에 이질감이 아닌 동질감을 느끼도록 변화를 이끌어내려는 시도가 본격화된다는 점에서 이 작품은 의의를 지닌다.

어머니가 손님을 받은 날 밤은 출렁거리는 어머니의 침대 밑에서 숨소리조차 삼켜가며 죽은 듯 잠을 자야만 했다. 숨가쁜 신음 소리와 함께 파도처럼 거칠게 출렁거리는 어머니의 침대 밑에서 죽은 참새 새끼 같은 모습으로 꿍겨박혀 잠을 청하는 날 밤에, 어머니의 손님이 검은 얼굴의 미군 병사일 경우에는 몸살나도록 머릿속에 아버지를 무수히 그려 보았다.[22]

「양쪽 엉덩이에도 십자가와 하트에 화살이 꽂힌 게 있지만 그것은 보여 줄 수가 없네요」
노마리아는 가랑이를 쩍 벌리고 스커트를 걷어올린 채 말했다. 나는 차마 사타구니까지 들여다볼 수 없어서 애써 눈길을 피했다. 나는 그녀의 온몸을 되작거려 보지 않더라도 그녀의 몸 모든 부분에 빈틈없이 문신이 새겨져 있다는 것을 어림할 수가 있을 것 같았다. 그녀의 몸뚱이는 온통 미군 병사들이 일시적 소유의 기념으로 새겨놓은 문신으로 덮여 있었다. 그녀의 몸뚱이 전체가 하나의 커다란 문신으로 보였다.(208~209쪽)

의사인 강순도가 노마리아의 문신을 눈앞에서 확인하는 장면이다. 이 장면이 독자에게 주는 충격은 노출의 정도가 아니라 상처의 깊이와

---

22 문순태, 「문신의 땅」, 『문신의 땅』, 도서출판 동아, 1988, 194쪽.

그것의 회복 불가능성에 더 초점이 맞춰져 있다. 이때부터 혼혈에 대한 두려움이 그리고 그것으로 인해 불거지던 공격성이 연민의 감정과 공존하게 된다. 시종일관 노마리아라는 늙은 작부를 좇는 서술자의 시선은 '마리아'라는 주인공의 이름에서도 짐작할 수 있듯 역사적 수치를 성스러운 사건으로 치환하고자 하는 의지로 보아도 무방할 것이다.

여기서 더 나아가면 동정을 넘어 참회의 성격이 덧붙는다. 전상국의 「지빠귀 둥지 속의 뻐꾸기」(1987)는 수지와 수지의 어머니를 중심으로 서사가 진행된다. 문순태의 「문신의 땅」과 더불어 혼혈아를 낳은 한국 여성의 목소리가 직접적으로 등장하는데 이 경우 특별히 그 여성을 바라보는 시선이 전제된다. 서사 내에서 그 역할 다시 말해 인물을 바라보는 초점화자는 주로 참회하고 용서를 구하는 한국인 남성으로 설정된다.[23] 외부적인 시선 처리는 서사의 개연성을 떨어뜨리기는 하나 액자 구성의 외부 서사와 내부 서사를 연결하는 고리로서 필수적이다.

① 그러나 수지야, 나는 하느님 같은 건 존재하지 않는다고 생각하기 시작했다. 앞이 캄캄하더구나. 갓난애가 두 달이 되면서부터 손톱 밑에 까만 테가 생겨나기 시작했던 거다. 손톱뿐이 아니었다. 희던 얼굴이 눈두덩 부근부터 누런 빛깔이 짙게 깔리는 거였다. …(중략)… 석 달이 되면서 모든 것은 분명해졌다. 애기의 노랗던 머리칼이 완전히 까맣게 변하면서 자글자글 오그라붙기 시작했다. 손톱이 까맣게 자라나면서 살갗도 거뭇하게 바뀌어 가

---

23 이에 대해 정재림, 「전상국 소설에 나타난 추방자 형상 연구」, 『한국문학이론과 비평』 55집, 한국문학이론과 비평학회, 2012. 6, 참조.

더구나. 흑인 튀기라는 게 분명해지자 차라리 마음이 담담하게
가라앉았다.[24]

② 그 뒤죽박죽인 기억 속에 조신해 선생님이 떠올랐지요. 내 몸
에서 노린내가 난다고 애들 앞에서 코를 킁킁거리던 선생님이지
요. 선생님은 나한테 잘해 주려고 신경을 쓰는 것 같았지만 그럴
수록 나는 선생님이 싫었어요. 나를 쳐다보는 선생님 눈은 궁둥
이를 맞댄 채 떨어지지 않는 개들을 숨어서 몰래 바라보는 그런
눈이었지요. 선생님한테 공부하는 동안 정말 내 몸에서 노린내가
났고 살갗은 더욱 검어졌어요.[25]

인용문의 서술자는 각각 수지 어머니와 수지다. 「지빠귀 둥지 속의
뻐꾸기」를 이끌어 가는 서술자는 조신해 선생이고 그가 추적하는 것은
강대규라는 동료 교사이지만 그 심급에는 '공동의 책임'을 외면한 자
들의 참회에 대한 역설이 담겨 있다. ①에서 수지 어머니는 수지가 백
인 혼혈이기를 바랐지만 결국 강간당한 흑인의 아이로 판명되는 시기
를 담담히 회상한다. 그러나 그 좌절감은 그녀의 인생을 바꾸어 놓는
다. 그러나 끝내 딸의 사연은 어머니에게 전달되지 않는다. 그보다 ②
를 통해 확인할 수 있듯이 자신을 향한 시선을 기억하고 생모와 한국
이라는 나라 자체를 강하게 거부하고 부인하는 태도를 취한다. 엄마가
버린 딸이 역으로 엄마를 버린 것이다. 이는 혼혈인을 바라보던 시선

---

24 전상국, 「지빠귀 둥지 속의 뻐꾸기」, 『한국소설문학대계』 47, 동아출판사, 1995,
   486~487쪽.
25 위의 책, 508쪽.

의 거리가 점차 좁혀져 종국에는 혼혈인의 시선에 반사되는 형국에 가깝다.

전상국의 소설에 비친 혼혈인은 이미 한국에서 상처받을 대로 받은 존재로 그려진다.[26] 앞서 살핀 혼혈 인식이나 표상을 모두 거쳐낸 존재들인 것이다. 경멸도 외면도 유폐도, 동정도 모두 당해본 자들이 최후에 내린 결정은 결국 한국을 떠나는 것이다. 씁쓸하지만 이것이 혼혈을 대하는 한국인 인식의 현주소에 가장 가깝다. 뒤늦게 참회와 용서로 혼혈인의 자리를 재정립하려는 듯 보이지만 그것마저도 어쩌면 결코 혼혈인을 차별하지 않는다는 우리 자신의 정체성을 공고히 하기 위한 핑계일지도 모른다. 수지의 고발이 아니었다면 조신해 선생이 수지를 바라보던 시선이 어땠는지 독자는 끝내 알 수 없었을 것처럼 말이다.

지금까지 소설 속의 혼혈인이 존재하는 상징적 양상을 살펴보았다. 소설 속의 인물과 달리 우리가 인정하는 혼혈인도 있다. 외국에서 성공하여 나라의 이름을 드높인 자들은 같은 혼혈인이라도 국위 선양을 했다는 이유로 다른 조건을 차치하고 재빨리 한국 '국민'으로 편입된다. 이런 것이 우리가 말하는 한국의 민족성인가 의문이 들게 할 만큼 혼혈에 대한 한국인의 인식은 뒤떨어져 있다. 물론 국외에서도 혼혈

---

26 종종 전상국의 「아베의 가족」을 혼혈 소설로 보는 경우가 있으나 면밀히 따지면 아베의 경우 혼혈인이라고 할 수 없다. 다만 이민족의 침입 흔적이나 그들의 폭력성을 증명하는 존재로는 같은 맥락에서 설명될 수 있다.

문제는 인종적인 문제와 연관되어 복잡한 양상을 띠고 전개되고 있다. 그러나 우리와 같이 원치 않는 것을 차별하고 배제하고 나아가 박멸하려는 방식으로 처리하고 있는 것은 아니다. 지금은 어느 한 나라가 자국의 문화 자국의 언어 자국의 순혈 인종만을 고집할 수 있는 시대가 아니기 때문이다.

초기 혼혈 인식이 부정적으로 자리 잡게 된 것은 무엇보다도 한민족의 순혈과 단일 의식에 대한 분열을 조장할 것이라는 두려움이 크게 작용했다. 대부분의 이방인은 인간심리의 심연에 존재하는 균열의 증거들이다. 그리고 그들은 우리가 의식과 무의식, 친숙한 것과 낯선 것, 같은 것과 다른 것 사이에서 어떻게 분열되는지 말해준다. 그에 대해 우리는 낯선 것에 대한 우리의 경험을 이해하고 그에 적응하든가 그것들을 배타적으로 배제하여 아웃사이더로 치부하면서 거부하는 선택을 할 수 있는데 대체로 후자를 택해왔다.

그러나 자신이 불쾌하고 두렵게 여겨 밀어내거나 버려두었던 것을 인정하지 않고는 그것을 포용할 수 있는 방법이 없다. 외면한다고 해결되지 않고 영원히 버릴 수도 없다면 그것을 적으로 악마로 규정하고 격리하고 없애려는 시도에 목맬 것이 아니라 이해하고 공존할 수 있도록 배려하는 것이 옳다는 것쯤 '알고는' 있다. 다만 실천할 수 있는 구체적인 방법이 제시되지 못하고 있다는 것이 문제인데 '나' 또한 언제든 타자의 자리에 서게 될 수 있다는 방향으로 인식 전환이 되지 않고는 실천 담론은 계속 무색한 채로 남아 있게 될 것이다.

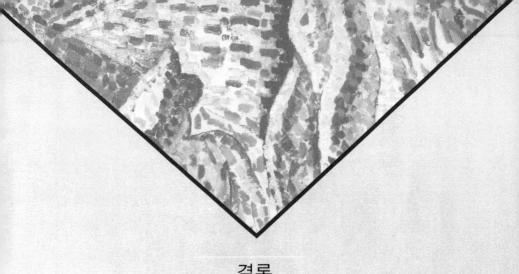

결론

신체표징,
부정의 현실을 경계하는
환상적 역설

마치며

    이 책에서는 한국 현대소설에 나타나는 신체표징의 양상을 정리하고, 그것이 사회와 어떤 관계를 맺고 또 어떠한 의미를 갖는지 살펴보았다. 현대 사회는 점차적으로 신체를 지향하는 방향으로 변화하고 있는데, 이는 사회 영역 내에서 신체가 사회의 기표가 되고 있음을 의미한다. 그런데 그러한 사회 변화는 '근대'라는 시기와 밀접한 관련을 맺고 있었다. 근대는 신체를 사회적 자장으로 끌어들였다는 점에서 획기적인 시기였다. 근대 이후에야 신체는 사회적인 맥락에서 이해되기 시작했으며, 문학작품에 등장하는 신체 역시 근대를 기점으로 해서 사회적 은유로 파악되었다.

    문학의 영역에서 신체적 글쓰기는 신체에 문신이 새겨지는 과정에 비유된다. 즉, 신체는 사회적 사건을 육화함으로써 하나의 읽혀질 수 있는 기호가 되고, 독자는 그 기호의 의미를 해독할 수 있게 되는 것이다. 우리는 건강한 상태에서 벗어날 때에야 비로소 신체를 인식할 수 있다. 그렇기 때문에 여기서는 주로 불구적·기형적 신체 또는 병든 신체를 다루었다. 이러한 비정상적 신체는 사회적 메타포로 사용될 경우 당대의 지배 담론이나 기성 체제 또는 국가권력이나 제도 질서를 문제 삼고 비판하려는 의도를 드러내었다.

여기서는 이상, 조세희, 오정희, 손창섭, 장용학, 하근찬 등의 텍스트를 대상으로 하여 신체가 사회와 관련하여 어떤 상징적 기능을 하는지 밝혀 보았다. 그 결과 작품 활동을 한 시대는 다르지만 작가들 모두가 주제적·형식적 측면에서 신체표징을 글쓰기의 주요한 틀로 삼고, 이를 통하여 자신이 속한 사회 질서를 나타내었다. 신체표징을 통해 나타나는 사회의 모습은 타락하고 부패한 모습이었다. 그것은 흔히 인체로 비유되었는데, 사회 전체를 하나의 인체로 간주할 때 그러한 사회는 기형이나 불구의 모습 또는 병든 신체로 묘사되었다.

1부의 첫째 장에서는 이상 소설을 살폈다. 이상 소설에서 신체는 하나의 사회적 조감도의 역할을 하였다. 그렇기 때문에 인물의 신체를 바탕으로 그 사회의 상태를 확인할 수 있었다. 이상의 소설에 나타나는 질병은 고통과 죽음에 대한 공포를 불러일으켰으며, 그로 인해 인물들은 무기력해지거나 체념하는 태도를 보였다. 그들은 급기야 자신을 시체화하기까지 이르게 되는데 이러한 시체화는 자신을 사회적으로 일탈시키는 행위로 해석할 수 있었다. 폐쇄된 현실로부터 탈출하기 위해 이상의 인물들이 선택한 길은 자기 스스로를 유폐하고 퇴행시켜 사회화 이전으로 되돌리거나 아예 시체가 되어버림으로써 사회의 타자가 되는 것이었다.

또 이상 소설에서 여성 인물들은 자신의 쾌락을 좇는 20세기적 인물로 묘사되는 데 반해 남성 서술자는 19세기와 20세기 사이에서 양쪽을 저울질하며 갈등하는 모습으로 나타났다. 남성 서술자는 그러한 가치관의 혼란으로부터 벗어나기 위해 잠이나 동경으로의 탈출 등을 꾀함으로써 도피를 감행하였다. 그러나 그러한 도피 방법은 궁극적인 해결책이 되지 못했으며 계속해서 세계와 갈등할 수밖에 없는 존재의 모습이 절름발이라는 신체 상징으로 표현되었다.

마지막으로 신체의 일부가 주어가 된다든가, 동물 비유를 통한 자아 분열의 모습을 그린다든가, 이중적인 언술을 이용한 문체를 사용한다든가 또는 여러 가지 수사법을 동원해 기존의 문법을 파괴하는 실험을 시도한다든가 하는 식으로 진행되는 이상의 글쓰기 방식을 살펴보았다. 이러한 이상 특유의 글쓰기는 기존의 문법을 거스르고 자신만의 창작을 고집함으로써 고통과 죽음을 유보하려는 시도였다.

둘째 장에서는 오정희 소설에 나타나는 불구적 신체의 양상을 살펴보았다. 오정희의 소설은 여성만이 경험할 수 있는 생리적 경험을 바탕으로 한 사건을 주요 테마로 하고 있다. 이는 다른 작가와는 구별되는, 오정희 소설의 변별점이었다. 오정희 소설에 나타나는 신체표징 중에서도 불임 모티프에 초점을 맞추어 고찰해보았다. 이를 통해 오정희 소설에서 불임의 상황이 여러 가지로 변주되어 나타남을 알 수 있었는데, 여러 상황은 다음과 같이 분류되었다.

먼저 불구의 자궁을 가지고 있기 때문에 회임할 수 없는 여성의 상황을 다룬 경우이다. 여기에서 생산으로 연결되지 않는 여성의 욕망은 가치 없는 잉여로 여겨졌다. 여성 서술자는 이로 인해 고통 받고 있었으며 그로부터 벗어나기 위해 상상의 대상을 설정하고 있었다. 오정희 소설의 불임 여성은 다산의 여성과 더불어 남성 지배 체제에 대한 문제를 제기하고 여성의 욕망을 정당화하려는 노력으로 비춰진다.

다음으로 자궁의 역할과 기능을 거부하는 여성의 경우를 검토해보았다. 어머니와 분리되는 두려움 때문에 그리고 어머니에게 돌아가려는 의지로 아이를 거부하여 낙태를 반복하는 여성의 행위를 프로이트의 전(前)오이디푸스 단계에서 벗어나지 못한 데서 비롯되는 심리와 연관하여 설명하였다. 이를 통해 생명에 대한 배타적인 심리는 여성 고유의 신체적 기능에 대한 거부로써 사회를 위협하는 것임을 알 수 있었다.

마지막으로 동성애와 생식 능력을 거의 잃어버린 늙고 병든 노인들의 이야기를 분석했다. 근본적으로 생명을 만들 수 없는 조건을 가진 이 부류는 자본주의 사회의 타자들로서 사회에 대한 저항의 서사를 보여주며, 모성과 생명의 가치를 재고하게 하는 반성의 서사로서 의미를 지니고 있었다. 결국 자본주의 사회 또는 남성 권력 체계의 잉여인 동성애와 노인의 성은 사회의 변방에 위치하며 사회의 질서를 교란하는 역할을 하고 있었다.

셋째 장에서는 조세희 소설의 신체가 가지는 의미를 살펴보았다. 조세희의 소설은 신체표징들을 이용해 사회에 경각심을 불러일으키고 반성을 이끌어 내었다. 사람들의 의식이 부정적인 사회를 용인하는 쪽으로 마비되는 상황을 막기 위해 그는 소설이라는 매체를 이용해 경고의 메시지를 전달하였다. 그는 그러한 방식으로 지배 계층의 부정을 고발하고 민중의 각성과 실천적 혁명을 촉구하였다.

조세희는 병든 사회의 모습을 불구적 신체를 통해 은유적으로 보여주고, 전도된 가치를 회복해야 한다고 주장했는데, 그래야만 인간이 인간답게 살 수 있다고 믿었기 때문이다. 조세희 소설은 인물들이 신체적으로 겪는 고통을 자세히 보여줌으로써, 사회가 인간이 최소한 누려야 할 권리조차 무시하고 있음을 역설한다. 조세희의 소설은 신체적 비유들을 통해 그러한 상황을 초래한 자본가들, 지배 계급들 나아가 국가 기구들의 만행을 효과적으로 강조한다.

난장이는 조세희 소설 전반에 걸친 주인공이다. 그가 꿈꾸는 이상 세계는 '사랑'으로 다스려지는 곳인데, 그러한 이상적인 세계는 소설 속에서 환상이라는 기법을 이용해서 표현되고 있었다. 여기서 환상은 현실과 동떨어진 것이 아니라 현실 속에 숨어 있지만 우리가 찾아내지 못하는 어떤 것이다. 그것은 부지불식간에 현실과 일상을 거부하고 또 위협함으로써 현실을 새로운 눈으로 보도록 만드는 힘이다. 조세희의 소설에서 환상은 현실을 부정하고 또 새로운 세계를 계획하게 한다는 점에서 주제에 부합하는 방식으로 사용되고 있었다.

2부의 첫째 장에서는 손창섭 소설에 나타난 사회 병리를 알아보았다. 이를 통해 손창섭의 소설은 불구라는 기호와 질병이라는 기호 그리고 성적 기호들이 서로 얽히면서 사건들을 만들며, 그 사건들의 연속이야말로 손창섭의 소설을 이루는 근간임을 알 수 있었다. 손창섭 소설에서 그로테스크한 신체는 독자의 관심을 불러일으키는 동시에 서사 전개의 계기로도 사용되었고 또 기억을 불러일으켜 시점을 이동시키는 데 이용되기도 했다.

또 손창섭 소설의 병자들은 자신의 상황을 해결하려는 일말의 노력도 없이 숙명론적 태도로 일관하고 있었는데, 이는 전망 부재의 사회 현실에 대한 인물들 나름의 응수인 셈이었다. 즉, 어떤 방식으로도 현실을 타개할 수 없을 것 같던 인물들이 그러한 현실을 숙명적으로 받아들이는 쪽을 선택했던 것이다.

한편, 손창섭 소설에 등장하는 인물의 성적 트라우마는 어머니의 성행위를 목격한 데서 비롯되며, 그것으로 인해 인물들은 도착적 증후를 나타내었다. 손창섭 소설에 나타나는 성 담론의 특징은 그것이 어떤 인과적 고리를 형성하지 못하고 일시적인 사건에 그치고 만다는 것이었다. 그러나 인물들의 여러 가지 도착적 증후들은 가치가 전도된 현실을 다시 한 번 검토할 수 있게 해주는 기회가 된다는 점에서는 의의를 가지고 있었다.

둘째 장에서는 장용학의 소설과 터부마저 와해되는 전후 상황을 살폈다. 장용학 소설은 관념성이나 난해성으로 유명하지만 누구보다 강력하게 전후 사회를 향한 작가적 도발을 시도한 사례다. 그는 근대의 논리를 거부하고 의도적으로 금기를 깨는 상황 연출을 자주 보였다. 그리고 그가 근대 비판의 무기로 삼았던 것이 바로 신체였다. 장용학은 현대 사회를 비정상적인 신체에 비유하며 인간중심적인 근대적 사고를 철회하고자 하였다. 그는 신체를 재조명해 그동안 놓쳤던 인간의 모습을 발견하기를 권했으며 그로써 전후 사회의 불구적 체제에 대한 반(反)-담론으로 기능한다.

한편 장용학은 부정의 메타포들을 활용해 신체를 부각시켰다. 그는 특히 시각(視覺)과 시간 그리고 이름을 부정했다. 보는 것 또는 눈을 부정함으로써 근대의 논리를 공격하고, 시간을 부정함으로써 인간이 쌓아온 역사를 거부하며, 자연 그대로의 존재이기를 거부하고 또 다른 존재로 거듭나기 위해 이름을 갖으려는 태도를 부정함으로써 인간성 자체를 회의한다.

장용학은 전쟁과 관련해 군인의 신체, 포로의 신체, 시체들의 모습을 주로 다루었다. 그중에서도 이 책에서는 특히 근친상간과 자식을 먹는 아버지, 앓는 어머니와 동굴이라는 공간의 의미를 중요하게 살펴보았다. 그 결과 그러한 공간 제시를 통해 전쟁이라는 특수한 상황이 인간의 윤리적 도덕적 판단을 불구화시킴을 드러내려 했음을 알 수 있었다. 그리고는 장용학이 근본적인 터부마저 깬 인간들이 가야할 곳을 문명 이전의 원시로의 회귀로 설정하고 있음을 확인하였다.

셋째 장에서는 하근찬 소설의 신체표징에 대해 다각적으로 접근해보았다. 「수난이대」를 비롯해 하근찬의 초기 소설은 전쟁으로 인한 불구적 신체 묘사가 압도적이다. 이후에는 과거 회상이나 존재의 본질 등 영역이 확장되지만 하근찬 소설의 출발점이 불구를 통해 시대를 증언하겠다는 선언에서 비롯한다는 것은 중요하다. 하근찬 소설 역시 장용학의 그것과 같이 신체표징이 야만적 근대와 관련을 맺고 있다. 그의 소설에서 근대의 이질성은 흡사 괴물과 같은 불구, 기형의 신체로 형상화된다.

전쟁은 많은 것을 잃게 했지만 하근찬에게는 전통 세계가 무너졌다는 것이 가장 중요하게 다루어진다. 그는 자주 어린이나 학생을 주요 인물로 선택했다. 하근찬의 소설 속에서 학교라는 공간은 모의 국가의 역할을 한다. 그 안에서 벌어지는 훈육이나 체벌, 노동 등의 행위는 결국 복종과 저항의 관계망 안에 놓인다. 하근찬은 소극적으로나마 일제에 대한 거부를 지속하여 결백한 애국심을 증명하고자 했다.

하근찬은 작가 생활 말년에 이국 경험이나 역사물, 예술 및 죽음 등의 주제에 경도된다. 그의 후기 소설에 등장하는 예술가들은 모두 옛 것을 추구하는데, 전통 세계를 회복하고자 하는 의지가 전통 연희나 예술에 대한 동경으로 연결되었기 때문이다. 죽음과 사후 세계에 대한 내용 증가 역시 하근찬의 죽음에 대한 거부감이 의식화된 결과이다. 하근찬 초기 소설에서 죽음은 삶을 압도하는 절대적인 폭력이었지만 후기의 그것은 죽음을 유예코자 하는 인간의 본능에 가까운 것이다.

넷째 장에서는 전쟁 소설에서 다루어진 혼혈 양상을 살폈다. 1950년 한국 전쟁을 분기점으로 폭발적인 증가를 보인 한국 내 혼혈 문제는 지금도 다문화, 디아스포라, 탈식민 등과 더불어 주요하게 거론되고 있다. 전쟁 상황에서는 많은 것이 비정상적으로 분류된다. 그리고 작가들은 전쟁을 통해 신체와 사회의 메커니즘을 극명하게 드러낸다. 혼혈 문제의 경우도 마찬가지인데, 주로 자신의 정상성을 입증하기 위해 자신과 다른 즉 타자를 배제하게 된다. 즉 혼혈을 향해 공포와 경멸이 동반된 일종의 방어 기제가 작동한다.

혼혈 증가 추세를 겪던 1950~60년대의 혼혈 인식은 주로 은폐하고 외면해야 하는 것이었다. 그 후에는 외면과 모멸의 태도가 나타난다. 그런데 외면이나 모멸의 감정이 부정적인 영향을 미치는 것만은 아니었다. 대놓고 모멸감을 드러냄으로써 역으로 그들을 보호하고 옹호하는 역할이 가능했기 때문이다. 마지막으로 동정과 참회의 표상으로 나타나는 혼혈의 예를 들었다. 시간적 거리가 확보되고 나서 반성의 여지가 끼어들면서 이전처럼 막무가내로 배척하기보다 사회의 문제임을 인정하고 동정하는 마음을 갖게 된 것이다. 그러나 여전히 인식 변화와 실천이 절실한 필요한 시점이다.

각 작가들이 대상으로 삼은 시대는 모두 다르지만, 신체표징을 통해 나타난 담론의 양상은 공통적인 의의를 지니고 있었다. 그들의 소설에는 사회의 부정적인 모습을 제시함으로써 현실에 대한 재검토를 유도하고 반성의 계기를 마련하자는 의도가 깔려 있다. 인간이 인간답게 살기 위해서는 기본적으로 건강한 신체와 정신이 필요하다. 그런데 그러한 조건을 충족하는 것은 단순히 개인적인 노력만으로 되지 않는다. 그러한 삶을 위해서는 개인과 사회 공동의 노력이 필요하다. 문학과 작가들의 임무는 그러한 공동의 노력을 위해 현실을 적절하게 보여주고 바람직한 상을 제시하는 것이다.

이상과 손창섭의 경우 현실에 대한 체념을 강하게 드러내었다는 점에서 조세희, 오정희의 경우와는 다른 범주로 묶일 수 있을 것이다. 이상과 손창섭 역시 질병 앓는 신체를 내세워 당대 사회의 불합리하고 비인간적인 상황을 상징적으로 그려내었다. 이상이나 손창섭의 인물들이 체념적인 태도를 취한 것은 극단적인 사회적 상황과 무관하지 않다. 전망이 부재하고 해결의 기미를 찾을 수 없는 상태에서 개인이 긍정적인 태도를 취하기는 어려웠을 것이다. 이상과 손창섭 소설에 등장하는 인물들의 질병에 대한 체념적 태도는 당시의 사회적 상황이 얼마나 절박했는지를 짐작케 해준다.

반면 조세희나 오정희의 경우는 이상이나 손창섭보다 좀 더 분명한 비판의식을 드러내며 신체표징을 만들어냈다는 점에서 구분될 수 있다. 이들의 소설은 그들이 불공정한 사회에 살고 있다는 자각을 명확히 보여준다. 그렇기 때문에 신체표징을 이용해 사회의 모습을 제시하는 방법 또한 좀 더 분명하게 나타날 수 있었을 것으로 생각된다. 또 이들의 창작 시기는 근대 초기나 전후처럼 사회 자체가 폐쇄되어 막혀 있거나, 무질서한 상황이 전면화 되기보다는 질서 자체가 존재하기는 하나 그것이 잘못됨으로써 가치관의 혼란을 불러일으킨 때에 가깝다. 따라서 질서에 대해 문제를 제기하고 그에 대한 반성과 해결을 도모하려는 시도에 있어 조세희나 오정희가 좀 더 적극적일 수 있었을 것이다.

그리고 장용학이나 하근찬 소설의 경우는 체념과 저항을 모두 노정하고 있다. 체념하는 모습과 저항하는 모습을 모두 보여주지만 앞의 작가들과는 차이가 있다. 간단히 정리하면 이들은 적극적으로 체념하고 소극적으로 저항하는 쪽에 가깝다. 장용학은 꽉 막힌 미래를 감당할 수 없어 모든 것을 부정해버리고 터부마저 깨버렸지만 사회 체제에 저항하려는 의지가 없었던 것은 아니다. 하근찬의 경우도 보수적이고 안정적인 성향의 인물들을 내세워 순응하는 인물로 그리고자 한다.

그러나 내면에 분노를 가득 품고 있으며 매섭게 기회를 노리는 모습도 보인다. 장용학과 하근찬은 울분은 가득하나 아무런 극복 방안도 갖지 못한 자들 마냥 체념해 손을 놓고 있을 수도 없고 적극적으로 나서기도 두려워하는 내면을 드러냈다.

더불어 작가들의 공통점으로 방법론적 특성도 지적해볼 수 있다. 신체표징을 다룬 작가들은 환상의 공간을 확보함으로써 현실의 상황을 부정하고 벗어나려는 시도를 한다. 따라서 환상적인 방식이나 공간이 등장하는 경우가 많았다. 마찬가지 이유로 역설 또는 아이러니도 많이 구사되었다. 역설이나 아이러니는 어떤 대상을 있는 그대로 표현하는 것이 아니라 우회적으로 혹은 정반대로 표현함으로써 기존의 의미를 재고하게 하는 기능을 한다. 이와 같은 표현 방식은 신체가 사회에 대해 우의적인 표현의 매체로 사용될 수 있는 것과 더불어 대상을 새로운 시각으로 볼 수 있게 한다는 점에서 작가들이 자주 활용하는 방식이다.

이상과 같이 현대소설에 나타나는 신체표징의 양상과 그 의미를 살펴보았다. 이 연구를 통해 소설 속에 나타나는 신체의 상징이 사회와의 관계에서 당대 사회의 부정적인 양상을 제시하고 그에 대한 해결의 실마리를 찾도록 유도하는 기능을 수행하고 있음을 알 수 있었다. 이 책에서는 주로 불구와 기형적 신체 그리고 병든 신체 등의 비정상적 신체표징을 분석하였다. 이를 통해 소외된 약자로서 사회의 구석진 곳에 숨어 있던 타자들이 사회의 부정적인 모습을 또 다른 방식으로 보여주는 일련의 이야기들을 정리해 본 셈이다. 이 책에서 다룬 작가의 작품 이외에도 신체표징을 주조로 하는 작품들이 있다. 그러한 작품을 포섭해 좀 더 체계적이고 확장된 연구를 수행하는 것을 다음의 과제로 삼기로 한다.

1. 기본자료

김윤식 편, 『이상전집 2·3』, 문학사상사, 1995.

문순태, 「문신의 땅」, 『문신의 땅』, 도서출판 동아, 1988.

손창섭, 『손창섭 단편 전집 1·2』, 가람기획, 2005.

오정희, 『불의 강』, 문학과지성사, 1997.

──, 『유년의 뜰』, 문학과지성사, 1996.

──, 『바람의 넋』, 문학과지성사, 1994.

이제하, 「한양고무공업사」, 『초식』, 문학동네, 2008.

장용학, 『장용학 대표작품선집』, 책세상, 1995.

──, 『원형의 전설 外』, 두산동아, 1999.

전상국, 「지빠귀 둥지 속의 뻐꾸기」, 『우상의 눈물 外』, 동아출판사, 1995.

조세희, 『난장이가 쏘아올린 작은 공』, 이성과힘, 2006.

──, 『난장이 마을의 유리병정』, 동서문화사, 1979.

──, 『시간여행』, 문학과지성사, 1983.

──, 「하얀 저고리」, 『작가세계』, 세계사, 1990년 겨울~1991년 여름.

하근찬, 『수난이대』, 정음사, 1972.

──, 『수난이대』, 일신서적출판사, 1994.

──, 『야호』1-3, 지식산업사, 1987.

──, 『산울림』, 한겨레, 1988.

──, 「왕릉과 주둔군」, 『젊은 느티나무/수난이대』, 동아출판사, 1995.

하근찬·정연희·한말숙, 『현대한국문학전집』13, 신구문화사, 1967.

하근찬·정연희, 『한국현대문학전집』34, 삼성출판사, 1981.

하근찬·강용준,『정통한국문학대계』, 어문각, 1988.

하정일 엮음,『하근찬 선집』, 현대문학, 2011.

2. 국내논저

강유정,「손창섭 소설의 자아와 주체 연구」,『국어국문학』133, 국어국문학회,
　　　2003.

강진구,「수기(手記)를 통해 본 한국사회의 혼혈인 인식」,『우리문학연구』26, 우
　　　리문학회, 2009.

강진호,「손창섭 소설 연구」,『국어국문학』129, 국어국문학회, 2001.

──,「민중의 근원적 힘과 '유우머'」,『畿甸語文學』10~11, 수원대 국어국문학
　　　회, 1996.

고미숙,『한국의 근대성. 그 기원을 찾아서』, 책세상, 2004.

고　원,「〈날개〉삼부작의 상징체계」,『문학사상』, 1997. 10.

고　은,『이상평전』, 민음사, 1974.

곽경윤,「몸 담론의 계보학을 통한 몸의 형태학 구성」, 서강대학교 석사학위 논문,
　　　2004.

곽민혜,「하근찬 문학에 나타난 상징성 연구」, 목원대학교 석사학위 논문, 2013.

구재진,「'근대'초월의 기획과 휴머니즘의 가능성」,『장용학전집 6』, 국학자료원,
　　　2002.

권영민,「이상 문학, 근대적인 것으로부터의 탈출」,『문학사상』, 1997. 12.

김건우,「장용학 소설 연구」, 서울대학교 석사학위 논문, 1995.

김경수,「여성성의 탐구와 그 소설화」,『외국문학』, 1990년 봄.

김교선,「심리적 지적 사색과 소설적 형식」,『현대문학』, 1964. 5.

김기림,「고 이상의 추억」,『조광』, 1937. 6.

김동석,「경계의 와해와 분열 의식」,『어문논집』47, 민족어문학회, 2003.

김미덕,「한국 문학에서 기지촌 성매매 여성과 아메라시안에 대한 연구」,『아시아
　　　여성연구』46권 2호, 숙명여자대학교 아시아여성연구소, 2007.

김민정,「근대의 신체와 혼혈」,〈경향신문 칼럼〉, 2010. 10. 25.

김병익, 「한의 세계와 비극의 발견」, 『문학과 지성』, 1972년 봄.

———, 「난장이, 혹은 소외집단의 언어」, 『문학과 지성』, 1977년 봄.

———, 「대립적 세계관과 미학」, 『문학과 지성』, 1978년 겨울.

———, 「세계에의 비극적 비전」, 『월간조선』, 1982. 7.

김복순, 「여성 광기의 귀결. 모성 혐오증」, 『페미니즘은 휴머니즘이다』, 한길사, 2000.

김사림, 「자학과 가학 그리고 여성편력의 構造」, 『문학사상』, 1986. 1.

김성수, 『이상소설의 해석』, 태학사, 1999.

김소운, 「李箱異常」, 『하늘 끝에 살아도』, 동아출판공사, 1968.

김승희, 「김해경 삶과 이상적 자아 사이의 갈등과 비극」, 『문학사상』, 1993. 9.

김아람, 「1950년대 혼혈인에 대한 인식과 해외 입양」, 『역사문제연구』 22, 역사문제연구소, 2009.

김양호, 「전후 실존주의 소설연구」, 단국대학교 박사학위 논문, 1992.

김연숙, 「'양공주'가 재현하는 여성의 몸과 섹슈얼리티」, 『페미니즘 연구』 3, 한국여성연구소, 2003.

김옥희, 「오빠 이상」, 『현대문학』, 1962. 2.

김용성 · 이종화, 「이상 소설의 욕망구조」, 『교육논총』 14, 전북대 교육대학원, 1994. 12.

김우창, 「산업시대의 문학」, 『문학과 지성』, 1979년 가을.

———, 「역사와 인간이성」, 『작가세계』, 세계사, 2002.

김유순, 「하근찬 소설에 나타난 모티프 연구」, 창원대학교 석사학위 논문, 2009.

김윤식, 「모더니즘의 정신사적 기반 ─ 근대와 반근대」, 『한국근대문학사상비판』, 일지사, 1980.

———, 「창조의 기억. 회상의 형식」, 『소설문학』, 1985. 11.

———, 「서울과 동경 사이」, 『이상연구』, 문학사상사, 1987.

김은실, 「민족 담론과 여성」, 『한국여성학』 10, 한국여성학회, 1994.

김은하, 「소설에 재현된 여성의 몸 담론 연구」, 중앙대학교 박사학위 논문, 2003.

———, 「탈식민화의 신성한 사명과 '양공주'의 섹슈얼리티」, 『여성문학연구』 10, 한국여성문학학회, 2003.

김인환, 「방황과 순례」, 『세계의 문학』, 1984년 봄.

김장원, 「'몸'으로부터의 탈각과 이분법적 인식의 탈구축」, 『현대문학의 연구』 26, 한국문학연구학회, 2005.

──────, 「장용학 소설과 '몸'의 상관성」, 『시학과 언어학』 9, 시학과 언어학회, 2005.

김정자, 「한국 기지촌 소설의 기법적 연구」, 『한국문학논총』 16, 한국문학회, 1995.

김정주, 「장용학의 문체연구」, 이화여자대학교 석사학위 논문, 1985.

김정현, 『니체의 몸 철학』, 문학과현실사, 2000.

김종성, 「한국 현대소설의 생태의식 연구」, 고려대학교 박사학위 논문, 2003.

김종은, 「李箱의 理想과 異常」, 『문학사상』, 1973. 7.

김종철, 「산업화와 문학」, 『창작과 비평』, 1980년 봄.

김주리, 「한국 근대 소설에 나타난 신체 담론 연구」, 서울대학교 박사학위 논문, 2005.

김주현, 『이상 소설 연구』, 소명출판, 1999.

김지혜, 「오정희 초기 소설 연구」, 이화여자대학교 석사학위 논문, 2003.

김치수, 「전율 그리고 사랑」, 『유년의 뜰』 해설, 문학과지성사, 1981.

김한식, 「장용학 소설의 '반전통'과 현대 비판」, 『한국 현대소설의 서사와 형식연구』, 깊은샘, 2000.

──────, 「30년대 후반 모더니즘 소설과 질병」, 『국어국문학』 128, 국어국문학회, 2002.

김향안, 「이젠 이상의 진실을 알리고 싶다」, 『문학사상』, 1986. 5.

김   현, 「에피메니드의 역설」, 『현대한국문학전집』 4, 신구문화사, 1965.

──────, 「요나 콤플렉스의 한 증상」, 『월간문학』, 1969. 10.

──────, 「공업사회와 공해문제」, 『우리 시대의 문학』 문장, 1980.

──────, 「살의의 섬뜩한 아름다움」, 『불의 강』 해설, 문학과지성사, 1997.

김혜순, 「여성의 정체성을 향하여」, 『옛우물』 해설, 청아, 1994.

김혜영, 「오정희 소설의 이미지 연구」, 『현대문학이론연구』 19, 현대문학이론학회, 2003.

김혜원, 「1930년대 단편소설에 나타난 몸의 형상화 방식 연구」, 서강대학교 석사
　　　학위 논문, 2002.

김화영, 「개와 늑대 사이의 시간」, 『문학동네』, 1996년 가을.

나은진, 「이상 소설에 나타난 여성성」, 『여성문학연구』 6, 한국여성문학학회,
　　　2001.

남금희, 「다성적 문체의 특성과 기능」, 『울산어문논집』 12, 울산대학교 국어국문
　　　학과, 1997. 12.

남원진, 「장용학의 근대적 반근대주의 담론 연구」, 『현대소설연구』, 한국소설학회
　　　편, 2006. 6.

노영범, 『한방의 몸, 양방의 육체』, 전통과 현대, 1999.

노영희, 「이상문학과 동경」, 『비교문학』 16, 한국비교문학회, 1991. 12.

류동규, 「식민지 학교의 기억과 그 재현 ─ 하근찬의 경우」, 『우리말글』 51, 우리말
　　　글학회, 2011.

류의근, 「메를로─퐁티에 있어서 신체와 인간」, 『철학』 50, 한국철학회, 1997.

류희식, 「장용학 소설 『원형의 전설』에 나타난 탈근대성」, 『한민족어문학』 49, 한
　　　민족어문학회, 2006. 12.

명형대, 「조각그림 맞추기와 소설읽기」, 『배달말』 27, 배달말학회, 2000.

문종혁, 「심심산천에 묻어주오」, 『여원』, 1969. 4.

─────, 「몇 가지 異議」, 『문학사상』, 1974. 4.

박경태, 「우리 곁을 떠나간 혼혈인」, 『소수자와 한국 사회』, 후마니타스, 2008.

박배식, 「장용학 소설의 모더니티 연구」, 『한국언어문학』 38, 한국언어문학회,
　　　1997.

─────, 「전후소설에 나타난 내면화 경향」, 『비평문학』 12, 한국비평문학회, 1998.
　　　7.

박선애, 「기지촌 소설에 나타난 매춘 여성의 문제」, 『현대소설연구』 24, 한국현대
　　　소설학회, 2004.

박유희, 「손창섭 소설론」, 『국어국문학』 117, 국어국문학회, 1996.

─────, 「1950년대 소설의 반어적 기법연구」, 고려대학교 박사학위 논문, 2002.

박태원, 「고 이상의 편모」, 『조광』, 1937. 6.

박종현, 「다큐멘터리 사진 속에 나타난 한국 전쟁의 잉여와 상처」, 『기초조형학연구』, 한국기초조형학회, 2011.

박훈하, 「기지촌 소설의 계보와 남성성의 확립과정」, 『한국문학논총』 19, 한국문학회, 1996.

방민호, 「전후소설에 나타난 알레고리 연구」, 서울대학교 석사학위 논문, 1993.

———, 「방법·기법의 가치」, 『납함 아래의 침묵』, 소명출판, 2001.

백지은, 「손창섭 소설에서 '냉소주의'의 의미」, 『현대소설연구』 20, 한국현대소설학회, 2003.

변화영, 「하근찬 소설에 나타난 식민교육담론 연구」, 『현대문학이론연구』 27, 현대문학이론학회, 2006.

———, 「분단소설에 나타난 혼혈아의 표상」, 『한국언어문학』 87, 한국언어문학회, 2013.

———, 「한국전쟁의 문신, 흑인혼혈인과 양공주」, 『현대소설연구』 57, 한국현대소설학회, 2014.

서동욱, 『차이와 타자』, 문학과지성사, 2003.

서승희, 「전후작가의 식민지 기억과 민족주의」, 『현대문학이론연구』 53, 현대문학이론학회, 2013.

서영채, 「이상의 소설과 한국 문학의 근대성」, 『민족문학과 근대성』, 문학과지성사, 1995.

서종택, 『한국현대소설사론』, 고려대학교 출판부, 1999.

서준섭, 「이상문학의 현대성」, 『동서문학』, 1997. 12.

성민엽, 「이차원(異次元)의 전망」, 『한국문학의 현단계 Ⅱ』, 창작과비평사, 1983.

———, 「추상적 사랑의 구체화」, 『문예중앙』, 1984년 봄.

———, 「존재의 심연에의 응시」, 『바람의 넋』 해설, 문학과지성사, 1986.

송기숙, 「창작과정을 통해 본 손창섭」, 『현대문학』, 1964. 9.

송선령, 「한국 현대소설의 환상성 연구」, 이화여자대학교 박사학위 논문, 2009.

송주현, 「하근찬 소설 연구」, 『인문연구』 68, 영남대 인문과학연구소, 2013.

송하춘, 「전후시각으로 쓴 첫 일제 체험」, 『작가연구』 1, 새미, 1996.

신경득, 「인간 소외의 탐구-장용학, 김문수론」, 『현대문학』, 1979. 5~6.

─── , 「실존과 죽음의 문제」,『한국전후소설연구』, 일지사, 1983.

─── , 「반항과 좌절의 미학」,『한국전후소설연구』, 일지사, 1988.

신명직, 「조세희의『난장이가 쏘아올린 작은 공』연구:'환상성'을 중심으로」, 연세
대석사학위 논문, 1997.

신은영, 「조세희 소설의 환상성 연구」, 전남대학교 석사학위 논문, 2003.

신철하, 「성과 죽음의 고리─오정희의 소설구조」,『현대문학』, 1987. 10.

심광현, 「육체. 무엇이 문제인가?」,『문화과학』4, 1993년 가을.

양해림, 「메를로─퐁티의 몸의 문화현상학」,『몸과 현상학』14, 한국현상학회,
2000.

엄해영, 「한국전후세대소설연구」, 세종대학교 박사학위 논문, 1993.

염무웅, 「실존과 자유」,『현대한국문학전집』4, 신구문화사, 1965.

─── , 「도시─산업화 시대의 문학」,『민중시대의 문학』, 창작과비평사, 1979.

오생근, 「허구적 삶과 비관적 인식」,『야회』해설, 나남, 1990.

─── , 「데카르트, 들뢰즈, 푸코의 '육체'」,『사회비평』17, 나남, 1997.

─── , 「육체의 시대와 육체의 시학」,『동서문학』, 1997년 여름.

오세영, 「사랑의 입법과 사법」,『세계의 문학』, 1989년 봄.

오연희, 「슬픔을 밀어내는 서사의 힘」,『인문학연구』88, 충남대 인문과학연구소,
2012.

오창은, 「분단 상처와 치유의 상상력」,『우리말글』52, 우리말글학회, 2011.

우찬제, 「분노와 사랑의 뫼비우스 환상곡. 혹은 분배의 경제시학」,『작가세계』, 세
계사, 1990년 겨울.

─── , 「'텅 빈 충만', 그 여성적 넋의 노래」,『타자의 목소리』, 문학동네, 1996.

유종호, 「모멸과 연민」,『현대문학』, 1959. 9~10.

─── , 「비극추구의 민요시인」,『현대한국문학전집』13, 신구문화사, 1967.

─── , 「농촌 사람의 눈으로」,『한국현대문학전집』34, 삼성출판사, 1978.

유초하, 「동서의 철학적 전통에서 본 육체」,『문화과학』4, 1993년 가을, 1993.

육근웅, 「장용학 소설의 신화비평적 접근」,『한국어문』24, 한국언어문학회, 1986.

이경호, 「서정의 공간과 다성의 공간」,『작가세계』, 세계사, 1990년 겨울.

이경훈, 「모더니즘과 질병」,『한국문학평론』, 1997년 여름.

———,『이상. 철천의 수사학』, 소명출판, 2000.

이광훈,「패배한 지하실적 인간상」,『문학춘추』, 1964. 8.

이규동,「이상의 정신세계와 작품」,『월간조선』, 1981. 6.

이기인,「손창섭 소설의 구조」,『한국현대소설연구』, 새문사, 1990.

이나영,「기지촌 여성의 경험과 윤리적 재현의 불/가능성」,『여성학논집』 28-1, 이화여자대학교 한국여성연구소, 2011.

이동하,「유신시대의 소설과 비판적 지성」,『1970년대 문학 연구』, 예하, 1994.

이득재,「문체와 공간」,『문학과 사회』, 1994년 여름.

이미라,「매체의 상이함에 따른 각색 사례 연구」, 한양대학교 석사학위 논문, 2011.

이미림,『21세기 한국소설의 다문화와 이방인들』, 푸른사상, 2014.

이부순,「한국 전후소설 연구-전도적 상상력을 중심으로」, 서강대학교 박사학위 논문, 1995.

이상섭,「〈별사〉의 수수께끼」,『문학사상』, 1984. 8.

이선영,「아웃사이더의 반항-손창섭과 장용학을 중심으로」,『현대문학』, 1966. 12.

이숙인,「유가의 몸 담론과 여성」,『여성의 몸에 관한 철학적 성찰』, 철학과현실사, 1987.

이승원,「근대 계몽기 서사물에 나타난 '신체' 인식과 그 형상화에 관한 연구」, 인천대학교 석사학위 논문, 2000.

이어령,「流星群의 위치」,『문학예술』, 1957. 2.

———,「소설의 방법」,『사상계』, 1963. 2.

이영아,「신소설에 나타난 육체 인식과 형상화 방식 연구」, 서울대학교 박사학위 논문, 2005.

이영일,「부도덕의 사도행전」,『문학춘추』 13, 1965. 4.

이용은,「나르시시즘의 대안으로 '몸' 느끼기」,『여/성이론』 2, 여이연, 2000.

이재복,「이상 소설의 몸과 근대성에 관한 연구」, 한양대학교 박사학위 논문, 2001.

이재선,『문학의 해석』, 서강대학교 출판부, 1988.

———, 「현대소설의 병리적 상징」, 『문학의 이해』, 서강대학교 출판부, 1988.

———, 「전쟁체험과 1950년대 소설」, 김윤식 · 김우종 외 34인 지음, 『한국현대문학사』, 현대문학, 2008.

이재인, 「장용학 소설의 근대비판적 성격」, 『한국문예비평연구』, 24. 한국현대문예비평학회, 2007.

이정숙, 「전쟁을 기억하는 두 가지 방식」, 『현대소설연구』 42, 한국현대소설학회, 2009.

이정우, 「미셸 푸코에 있어 신체와 권력」, 『문화과학』 4, 1993년 가을.

이진경, 『노마디즘 2』, 휴머니스트, 2002.

이철범, 「장용학론」, 『문학춘추』, 1965. 2.

이 청, 「손창섭 소설의 신체 의미 연구」, 『현대문학이론학회』 28, 현대문학이론학회, 2006. 8.

———, 「조세희 소설에 나타난 불구적 신체 표상 연구」, 『우리어문연구』 27, 우리어문학회, 2006. 12.

———, 「오정희 소설의 불구적 신체 표상 연구」, 『국어국문』 144, 2006. 12.

———, 「장용학 소설의 신체 담론 연구」, 『인문연구』 58, 영남대 인문과학연구소, 2010. 6.

———, 「하근찬 소설의 신체 표상 연구」, 『한국문학이론과 비평』 18-1, 한국문학이론과 비평학회, 2014. 3.

———, 「한국 전쟁 소설의 혼혈 표상」, 『현대문학이론연구』 61, 현대문학이론학회, 2015. 6.

이평전, 「1950년대 소설의 '주체' 문제」, 『한국어문학연구』 44집, 2005. 2

이현석, 「전후소설의 서사구조와 수사적 성격 연구」, 서울대학교 석사학위 논문, 1997.

이혜령, 『한국문학과 골상학적 타자들』, 소명출판, 2007.

임병권, 「1930년대 모더니즘 소설에 나타난 은유로서의 질병의 근대적 의미」, 『한국문학이론과 비평』 17, 한국문학이론과 비평학회, 2002. 12.

임옥희, 「'법 앞에 선' 수행적 정체성」, 『여/성이론』 1, 여이연, 1999.

———, 「히스테리」, 『페미니즘과 정신분석』, 여이연, 2003.

───, 『주디스 버틀러 읽기』, 여이연, 2006.

임인숙, 「엘리자베스 그로츠의 육체 페미니즘」, 『여/성이론』 4, 여이연, 2001.

임중빈, 「실낙원의 카타르시스」, 『문학춘추』, 1966. 7.

임헌영, 「장용학론-아나키스트의 환가」, 『현대문학』, 1966. 3.

임현주, 「코라:모성적 공간」, 『페미니즘과 정신분석』, 여이연, 2003.

───, 「여성적 섹슈얼리티」, 『페미니즘과 정신분석』, 여이연, 2003.

임혜정, 「손창섭 소설에 나타난 '몸'의 의미 연구」, 이화여자대학교 석사학위 논문, 2004.

장문평, 「현대문학과 애니멀러티」, 『현대문학』, 1964. 9.

장윤준, 「하근찬 문학에 나타나는 서발턴 양상 연구」, 원광대학교 석사학위 논문, 2012.

장(윤)필화, 『여성·몸·성』, 또하나의문화, 1999.

장 현, 「하근찬 소설의 모티프 연구」, 『한국현대문학연구』 26, 한국현대문학회, 2008.

전소영, 「하근찬 소설 연구」, 서울대학교 석사학위 논문, 2009.

정귀영, 「이상의 「날개」-정신분석학적 시론」, 『현대문학』, 1979. 7.

정덕준, 「이상 소설의 시간-현재, 과거의 구조」, 『우석어문』 1, 전주우석대학교 국어국문학연구회, 1983. 12.

정명환, 「이상, 부정과 생성」, 『한국작가와 지성』, 문학과지성사, 1978.

정미진, 「조세희의 『난장이가 쏘아올린 작은 공』 연구」, 경상대학교 석사학위 논문, 2005.

정인택, 「불쌍한 이상」, 『조광』, 1937. 6.

정재림, 「1950~60년대 소설의 '양공주-누이' 표상과 오염의 상상력」, 『비평문학』 46호, 한국비평문학회, 2012.

───, 「전상국 소설에 나타난 추방자 형상 연구」, 『한국문학이론과 비평』 55, 한국문학이론과 비평학회, 2012.

정재원, 「경험과 상상력」, 『현역중진작가 연구 Ⅰ』, 국학자료원, 1997.

정창범, 「손창섭론-자기모멸의 신화」, 『문학춘추』, 1965. 2.

정호웅, 「손창섭 소설의 인물성격과 형식」, 『작가연구 1』, 새미, 1996.

정화열,『몸의 정치』, 박현모 역, 민음사, 1999.

정희모,「일상과 역사의 만남, 그 서사적 상황의 힘」,『작가연구』3, 1997.

조두영,「이상의 인간사와 정신분석」,『문학사상』, 1986. 11.

조명기,「다문화소설에 나타난 국가, 자본의 폭력과 윤리 효과 그리고 로컬의 위
        상」,『현대문학이론연구』59, 현대문학이론학회, 2014.

조민환,「유가미학에서 바라본 몸」,『몸 또는 욕망의 사다리』, 한길사, 1999.

조연현,「병자의 노래」,『현대문학』, 1955. 4.

조진기,「깨어 있는 意識과 잠자는 意識－李箱小說에 나타난 '잠'의 의미」,『시문
        학』, 1988. 4.

조현일,「손창섭, 장용학 소설의 허무주의적 미의식에 대한 연구」, 서울대학교 박
        사학위 논문, 2002.

주정란,「장용학 소설의 환상성 연구」, 경희대학교 석사학위 논문, 2007.

천이두,「안티오스의 자유」,『현대문학』, 1960. 11.

─── ,「동화와 그 살육」,『현대한국문학전집』13, 신구문화사, 1967.

─── ,「전쟁에의 공분과 평화의 찬가」,『산울림』, 한겨레, 1988.

최강민,「한국 전후소설의 폭력성 연구」, 중앙대학교 박사학위 논문, 1999.

최상윤,「성격학에서 본 자의식의 작중 인물고」,『어문학교육』4, 부산국어교육학
        회, 1981. 12.

최성실,「장용학 소설의 반전(反戰)인식과 개인주의적 아나키즘 특성연구」,『우리
        말글』37, 우리말글학회, 2006. 8.

최현주,「하근찬의 '수난이대'에 드러난 거리의 양상」,『한국문학이론과 비평』1,
        한국문학이론과 비평학회, 1997.

하응백,「자기 정체성의 확인과 모성적 지평」,『작가세계』, 1995년 여름.

하정일,「전쟁세대의 자화상」,『작가연구』1, 새미, 1996. 4.

─── ,「한국전쟁의 시공간성과 1960년대 소설의 새로움」,『한국언어문학』40,
        한국언어문학회, 1998.

─── ,「저항의 서사와 대안적 근대의 모색」,『1970년대 문학 연구』, 소명출판,
        2000.

한미선,「문체분석의 구조주의적 연구」, 서울대학교 석사학위 논문, 1986.

한수영, 「1950년대 문학의 재인식」, 『작가연구』 1, 새미, 1996.

———, 「관전사의 관점으로 본 한국전쟁 기억의 두 가지 형식」, 『어문학』 113, 한국어문학회, 2011.

한용환, 『소설학 사전』, 문예출판사, 1999.

한점돌, 「장용학 소설 연구─장용학 문학의 생태아나키즘적 특성」, 『현대문학이론연구』 33, 현대문학이론학회, 2008. 4.

한혜선, 「한국 현대소설의 인물 연구:신체적 결손징표를 중심으로」, 이화여자대학교 박사학위 논문, 1991.

허명숙, 「민족 수난사의 환유와 신화적 사고의 표상」, 『한국문예비평연구』 26, 한국현대문예비평학회, 2008.

홍기정, 「손창섭 소설의 그로테스크 미학 연구」, 고려대학교 석사학위 논문, 1999.

홍원경, 「장용학 소설 연구」, 중앙대학교 박사학위 논문, 2008. 4.

황광수, 「노동문제의 소설적 표현」, 『한국 문학의 현단계 IV』, 창작과비평사, 1985.

황국명, 「수난의 슬픔과 낯선 근대」, 『젊은 느티나무/수난이대 외』, 동아출판사, 1995.

황도경, 「빛과 어둠의 이중문체」, 『문학사상』, 1991. 1.

———, 「여성의 글쓰기와 꿈꾸기, 그 여성성의 지평」, 『문학정신』, 1992. 5.

———, 「이상의 소설 공간 연구」, 이화여자대학교 박사학위 논문, 1993.

———, 「존재의 이중성과 문체의 이중성」, 『현대소설연구』 1, 한국현대소설학회, 1994. 8.

———, 「뒤틀린 성, 부서진 육체」, 『작가세계』, 세계사, 1995년 여름.

황상익 편저, 『문명과 질병으로 보는 인간의 역사』, 한울림, 1998.

황순재, 「조세희 소설 연구」, 『한국문학논총』 18, 한국문학회, 1996. 7.

3. 국외논저

그로츠, 엘리자베스, 『뫼비우스 띠로서 몸』, 임옥희 역, 여이연, 2001.

네틀턴, 사라, 『건강과 질병의 사회학』, 조효제 역, 한울아카데미, 1997.

노클린, 린다, 『절단된 신체와 모더니티』, 정연심 역, 조형교육, 2001.

니체, 프리드리히, 『짜라투스트라는 이렇게 말했다』, 장희창 역, 민음사, 2004.

들뢰즈, 질, 『매저키즘』, 이강훈 역, 인간사랑, 1996.

─────, 『프루스트와 기호들』, 서동욱 · 이충민 역, 민음사, 1997.

들뢰즈, 질 · 가타리, 펠릭스, 『앙띠 오이디푸스』, 최명관 역, 민음사, 1994.

뢰트라, 장 루이, 『영화의 환상성』, 김경은 · 오일환 역, 동문선, 2002.

루카치, 게오르그, 『루카치 소설의 이론』, 반성완 역, 심설당, 1998.

미키, 헬레나, 『페미니스트 시학』, 김경수 역, 고려원, 1992.

바흐찐, 미하일, 『장편소설과 민중언어』, 전승희 외 역, 창작과비평사, 1988.

브룩스, 피터, 『육체와 예술』, 이봉지 · 한애경 역, 문학과지성사, 2003.

브르통, 다비드 르, 『근대성과 육체의 정치학』, 홍성민 역, 동문선, 2003.

비트머, 페터, 『욕망의 전복』, 홍준기 · 이승미 역, 한울아카데미, 2003.

손택, 수전, 『은유로서의 질병』, 이재원 역, 이후, 2002.

쉴링, 크리스, 『몸의 사회학』, 임인숙 역, 나남, 1999.

잭슨, 로즈메리, 『환상성 – 전복의 문학』, 서강여성문학연구회 역, 문학동네, 2001.

즈네뜨, 제라르, 『서사 담론』, 권택영 역, 교보문고, 1992.

지젝, 슬라보예, 『이데올로기라는 숭고한 대상』, 이수련 역, 인간사랑, 2002.

커니, 리처드, 『이방인, 신, 괴물』, 이지영 역, 개마고원, 2010.

컨, 스티븐, 『육체의 문화사』, 이성동 역, 의암출판사, 1996.

크리스테바, 줄리아, 『공포의 권력』, 서민원 역, 동문선, 2001.

터너, 브라이언, 『몸과 사회』, 임인숙 역, 몸과 마음, 2002.

푸코, 미셸, 『감시와 처벌』, 오생근 역, 나남, 2005.

─────, 『광기의 역사』, 이규현 역, 나남, 2003.

프라이, 노스럽, 『비평의 해부』, 임철규 역, 한길사, 2000.

프로이트, 지그문트, 『성욕에 관한 세 편의 에세이』, 김정일 역, 열린책들, 2004.

────────────, 『정신분석학의 근본개념』, 윤희기 · 박찬부 역, 열린책들, 2004.

핑크, 브루스, 『라캉과 정신의학』, 맹정현 역, 민음사, 2004.

파르마콘, 몸의 소설

용어

인명

작품, 도서